你退后，让我来

"排雷英雄战士"杜富国奋斗实录

张首伟　欧阳治民 ◎ 著

浙江文艺出版社
Zhejiang Literature & Art Publishing House

图书在版编目(CIP)数据

你退后，让我来："排雷英雄战士"杜富国奋斗实录 / 张首伟，欧阳治民著. —杭州：浙江文艺出版社，2024.5
ISBN 978-7-5339-7537-1

Ⅰ.①你… Ⅱ.①张… ②欧… Ⅲ.①传记文学—中国—当代 Ⅳ.①I25

中国国家版本馆CIP数据核字(2024)第054420号

策划统筹	虞文军　邱建国
责任编辑	柳聪颖
责任校对	陈　玲
责任印制	吴春娟
装帧设计	水玉银文化
营销编辑	宋佳音
数字编辑	姜梦冉　诸婧琦

你退后，让我来："排雷英雄战士"杜富国奋斗实录

张首伟　欧阳治民　著

出版发行	浙江文艺出版社
地　　址	杭州市体育场路347号
邮　　编	310006
电　　话	0571-85176953（总编办）
	0571-85152727（市场部）
制　　版	杭州天一图文制作有限公司
印　　刷	浙江新华印刷技术有限公司
开　　本	710毫米×1000毫米　1/16
字　　数	234千字
印　　张	17.25
插　　页	6
版　　次	2024年5月第1版
印　　次	2024年5月第1次印刷
书　　号	ISBN 978-7-5339-7537-1
定　　价	58.00元

版权所有　侵权必究

献给这个时代的奋斗者，献给像杜富国一样，经历了人生挫折与坎坷，仍然不气馁、不服输、不放弃，迎着朝阳奋力奔跑、不懈追梦的人！

你我在同一个战队，我们是这个时代的觉醒者、追梦人。战友，加油！让我们向杜富国致敬，向每一位甘于牺牲奉献的英雄致敬！

杜富国

2015年11月3日，南部战区陆军云南扫雷大队数百名官兵在云南省文山州马关县誓师出征，执行中越边境云南段第三次大面积扫雷作战任务（黄巧 摄）

南部战区陆军云南扫雷大队四队组织官兵到麻栗坡烈士陵园祭奠革命烈士时，杜富国与战友的合影。右一为杜富国（杨萌 摄）

杜富国和战友们一起搬运扫雷爆破筒（杨萌　摄）

杜富国是队里的"三小工"，承担着队里的修理任务（杨萌　摄）

南部战区陆军云南扫雷大队的官兵正在扫雷（张峻森　摄）

2018年9月2日，云南猛硐发生特大山洪泥石流灾害，扫雷四队官兵正在搜救、转移群众（陈杨　摄）

扫雷作业结束,杜富国拉着安全绳从雷场出来(黄巧 摄)

扫雷四队官兵在天保口岸四号洞雷场排除的部分地雷和爆炸物(黄巧 摄)

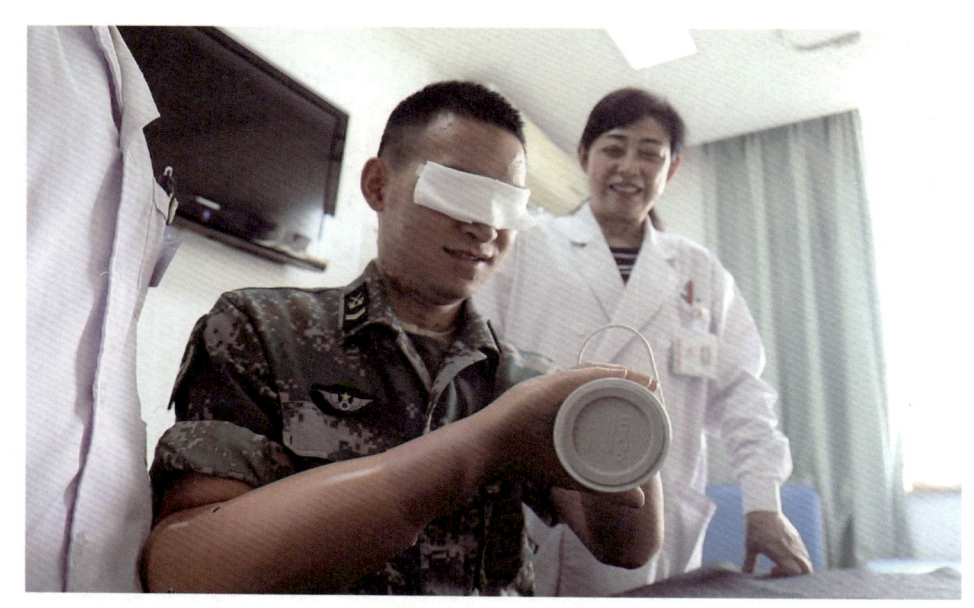

负伤后，正在进行康复训练的杜富国

2022年8月8日，南部战区陆军召开深入开展向忠诚使命、英勇无畏排雷英雄，"八一勋章"获得者杜富国同志学习动员大会

在战友的陪同下，杜富国在陆军军医大学的操场上练习跑步

"南陆一号"的播音员杜富国正在录制节目

贵州大学2021级新生开学典礼暨军训动员大会，第二排中间站的是杜富国和他的妻子王静

一家人在一起吃着团圆饭，杜富国的母亲李合兰脸上露出了久违的微笑

序言

品读英雄　励志青春
——致新时代奋斗追梦的杜富国们

　　认识杜富国，是从坝子雷场那声巨响开始的，迄今已五年多。五年的时间，一千八百多个日日夜夜，足以让咿呀学语的幼儿，变成被妈妈拿着扫帚追打的顽童；足以把青涩稚嫩的懵懂少年，变成热血奋斗、勇于担当的追梦青年；更足以使走出大学校园的学子，变成某一专业领域的骨干精英。然而，对于杜富国来说，他却经历了人生中最艰难的一次长征！

　　我作为南部战区陆军政治工作部宣传处的处长，见证了他的长征，组织了对这一时代英雄的宣传，目睹了他的浴火重生、凤凰涅槃，对他行进中每一步的艰辛和欢乐，感受真切、感触良多。

　　清楚地记得，第一次见到杜富国，是在位于红河州开远市的解放军第926医院，隔着玻璃，他躺在重症监护室，浑身缠满绷带。那时，他已经失去了双手和双眼。

　　在麻栗坡，第一次新闻发布会上的视频短片是我和战友一起做的。二十分钟的短片，没有任何特效，大多是扫雷大队新闻干事平时的拍摄积累和扫雷纪实，制作虽粗糙，但胜在内容真实。我看一次，心痛一次。每当听到那哀婉的音乐，看到杜富国负伤前的照片——一个浓眉大眼、朝气蓬勃的青年时，心中都有一种难言的悲伤。

你退后　让我来
六个字铁骨铮铮
以血肉挡住危险
哪怕自己坠入深渊
无法还给妈妈一个拥抱
无法再见妻子明媚的笑脸
战友们拉着手蹚过雷场
你听　那嘹亮的军歌
是对英雄的礼赞

这是《感动中国》写给杜富国的颁奖词。"无法还给妈妈一个拥抱，无法再见妻子明媚的笑脸"，道出的是多么残酷的现实——杜富国再也看不到斑斓的世界，他坠入了无边的黑暗深渊；杜富国再也不能拥有正常人的生活，他仿佛被丢弃到一叶无桨的扁舟上，独自漂泊在大海中。

他的世界里没有白天和黑夜，只有闹钟的铃声和军营的号声。走在大街上，他不敢一个人迈步，对他来说，前面的每一步都是峭壁深渊。

杜富国的康复医生刘宏亮主任说，失去双手和双眼的病例，在世界上都很少见。视觉和手上的触觉是一个人感知外界最重要的两个通道，而现在这两个通道在杜富国身上完全关闭了，连一条缝都没有留下。

后来有不少热心的专家和医疗科研单位，想帮他装个义眼或义肢，迄今都没能如愿。

杜富国的父亲杜俊比我大一个月，身为同龄人，又同为父母，经过五年多的交流与交往，我们已成为可以交心的兄弟。

其实我内心深处早已把杜富国当成自己的孩子，因此也更能设身处地地理解和体味，杜富国身上的难、经历的苦，以及他身上的不平凡之处。

有人说，英雄是时代的坐标，是看得见的价值观。说起杜富国，人们都会想到"让我来"。杜富国的名字是和"让我来"精神紧紧连在一起的。

"你退后，让我来！"是杜富国在生死雷场、危急关头，说出的在他看来最平常不过的一句话。正是这句话，把战友面临的危险堵在了门外，而他自己却被加重手榴弹炸倒在了血泊中，身上厚厚的防爆服被炸成了棉絮状，现已保存在中国人民革命军事博物馆内。

这件防爆服有二十多斤重，铠甲一般密不透风，穿在身上，每走一步都很艰难，何况是在南方夏季的烈日下。杜富国和他的战友们每天穿着防爆服，穿梭在高山丛林之间，起舞在刀尖之上，征战于危机四伏的雷场。

哪有什么岁月静好，不过是有人在替我们负重前行！

这件溅满铁砂和弹片的防爆服，不仅永久记载着新时代革命军人为人民无惧生死、甘愿吃苦的铁血荣光，而且真实诠释了新时代革命军人生死关头"让我来"，用生命担当使命的壮烈情怀和血性胆气。

有人说，杜富国的"让我来"精神，是对当今社会不担当、不作为的有力鞭挞；也有人说，这是医治"躺平""佛系""摆烂"的一剂良药；还有人说，他让我们军人洗了一把脸，找回了人民军队的自豪和荣光！

如果说征战雷场的路，是危机四伏、刀尖起舞，那么，漫漫康复路，对杜富国来说，则是精神和肉体上的双重挑战。

他说，他不止一次梦见自己深陷阴森恐怖的沼泽地难以自拔，梦见自己遭遇车祸鲜血直流却打不开车门，梦见自己眼睛和手都还在，在跟奶奶种地、在同父亲钓鱼、在陪妻子爬山……他也曾沉浸在幻梦中不愿意醒来——因为现实实在太痛。

他说，有段时间一个念头一直折磨着他：活着，就意味着孤独、痛苦，而死亡却不是一件难事，反而能求得永久的解脱。

有人担心：杜富国即使不在病床上躺一辈子，也会被残酷的现实击垮。是的，的确，他也曾想到过自杀！

然而，英雄自有英雄的意志、英雄的品格、英雄的力量。漫漫康复路，无边黑暗里，他一次次逆风前行，一次次迎难而上，刷牙洗脸、吃饭走路，他一遍遍地尝试、练习，失败再尝试，不断突破生活自理能力的极限，以惊人的毅力向所有人证明："我是一个正常人"。

在与伤痛的斗争中，杜富国表现出来的坚韧、坚强和乐观的精神，感染着他周围的每一个人。从采访过他的记者到陪护过他的战友，都有这样的感受，"本想给他鼓劲，却总能从他那里获得激励；本想给他力量，却总是从他身上汲取力量"！

见过杜富国的人，都会被他直抵人心的微笑感染，生活中所有的挫折和苦难，都在他的笑容里烟消云散。他说："我只看我拥有的，不看我所没有的。"他发自内心的阳光乐观，总能给人信心和勇气。

他说："虽然失去了双眼，但我心中永远充满阳光；虽然失去了双手，但我还有双腿，可以继续为梦想奔跑。"他坚持听书学知识、拜师学播音、练字练体能，在"人生的第二个战场"奋力拼搏，终于成为一名合格的主播，给听众们讲扫雷兵的故事，还拿到毕业证书圆了大学梦。

我们崇尚英雄，不仅仰望他们舍生忘死、舍利取义的英雄壮举，还在于当我们遇到困难挫折的时候，当人生遭遇低谷的时候，当征途漫漫困顿无助的时候，他们总能给我们点亮一盏"心灯"，让我们看到光亮、找到方向，少些抱怨、多些自强。

从雷场到康复战场，杜富国为我们树立了勇于担当、英勇无畏的青春榜样，书写了自强自立、奋斗追梦的励志教科书。

五年多以来，我们在宣传杜富国的事迹，曾先后走进中国人民大学、北京大学、清华大学、军事科学院，感动了首都成千上万的青年学子，播撒着一粒粒坚强的种子。

五年多以来，我们被杜富国的顽强不屈、自强不息精神深深感染着，每当工作生活中遇到困难挫折的时候，都会跟自己说：加油，与失去双手和双眼的杜富国相比，这点难算什么?!

　　五年多以来，我始终有一个梦，就是要把杜富国的故事讲给每一个正在成长、正在逐梦的青年人听，告诉他们，奋斗的道路不会一帆风顺，往往荆棘丛生、充满坎坷，唯有把挫折当阶梯、把困难当垫脚石，才能风雨无阻、一往无前，才能无愧人生、担当重任!

　　奔跑在追梦路上，愿杜富国能为您点起一盏心灯，给您力量!

　　是为序。

张首伟

目录

第一章　富国是个遵义娃　/ 001

　　一、吃得亏、打得堆　/ 003

　　二、太爷爷留下的那盏马灯　/ 011

　　三、农民父亲的家国情　/ 018

第二章　参军入伍到边防　/ 025

　　一、到达33号界碑的新兵　/ 027

　　二、他是连队"三小工"　/ 038

　　三、每个岗位都出彩　/ 045

第三章　为人民扫除雷患　/ 053

　　一、扫雷请战书　/ 055

　　二、英雄团队英雄兵　/ 063

　　三、来到扫雷队就要上雷场　/ 070

· 1 ·

第四章　**每一步都踏在实处**　/ 081

　　一、32分的逆袭　/ 083
　　二、扫雷入场券　/ 093
　　三、老山脚下英雄梦　/ 100

第五章　**刀尖起舞不畏惧**　/ 105

　　一、踩着我的脚印走　/ 107
　　二、永不停歇的"小马达"　/ 112
　　三、入了党才有资格带头干　/ 117

第六章　**生死雷场"让我来"**　/ 125

　　一、只身闯"雷窝"　/ 127
　　二、战友叫他"暖男"　/ 132
　　三、冒着生命危险的逆行　/ 137

第七章　**坠入无边的深渊**　/ 145

　　一、生死未卜　/ 147
　　二、死亡幻梦　/ 159
　　三、三套方案　/ 165

第八章　**勇于与伤痛作斗争** / 171

　　一、无悔的选择　/ 173

　　二、心中住着英雄　/ 182

　　三、我要自己站起来　/ 192

第九章　**爱的力量使我坚强** / 199

　　一、战友接力陪护　/ 201

　　二、父母永远在身边　/ 209

　　三、最难的是妻子王静　/ 214

第十章　**追梦的脚步不停歇** / 225

　　一、"南陆一号"播音员　/ 227

　　二、我有一个大学梦　/ 235

　　三、不平凡的每一天　/ 243

尾声　**英雄归队** / 251

附录　**让世界看见我们** / 261

致谢 / 264

第一章

富国是个遵义娃

生死雷场,杜富国喊出"你退后,让我来",用惊天一挡保护了战友、感动了中国。起初,也有人报以质疑的目光:真有这样的人吗?然而,当得知杜富国来自遵义时,不少人都默默点头——来自老区啊,难怪!

一、吃得亏、打得堆

盛夏六月的傍晚，北京市东城区的东棉花胡同依然人流如织、热闹非凡。这条胡同约六米宽，呈东西走向，全长不过四百多米，却遍布名人故居。古朴如线装书的老房砖块，无声倾诉着悠长的历史。抬头望见屋檐下的瓦当，瓦面上篆刻的纹样早已斑驳，不知出自哪桩典故。

沿着东棉花胡同往里走，有一所艺术学府。这所学府，从延安时期成立的鲁迅艺术学院走来，是新中国第一所戏剧教育高等学校，也是当今国家戏剧艺术的最高学府。它就是中央戏剧学院。

今晚，中央戏剧学院实验剧场座无虚席，大型舞剧正在上演。

台下靠前居中的位置，坐着一位戴墨镜的特殊观众。灯光下，黑色的墨镜格外扎眼。他的右侧坐着一位扎着马尾辫的女士，白皙俊俏，明眸善睐。

"班长，舞台上演到哪儿，我就给您讲到哪儿。"女士轻声细语。

"好的，我虽然眼睛看不见，但内心能感受得到。"戴墨镜的男士爽朗作答。

灯熄音乐起。伴随着凄厉的爆炸声，大幕拉开了。枯树、焦土、界碑、老牛、土篱笆，萧瑟的场景诉说着曾经的硝烟，哀怨的琴弦倾诉着雷患给边境百姓带来的沉重灾难。

悲极而舞。身着各色民族服饰的演员们登场了，他们或仰天怒吼，或相拥而泣，或捶胸顿足。又有舞者飞速地旋转着，这分明是被地雷炸伤、炸死、炸怕的乡亲们，伤心、恐惧、无助的表达。

"班长，您听，铜鼓被擂响，唢呐在欢唱，边民们在用他们最隆重的礼仪，欢迎扫雷官兵的到来！"

"我听到了，边境的老百姓待我们扫雷兵可真亲啊！在雷区，他们自发给我们当向导，逢年过节，他们会带上自己不舍得吃的食物到队里慰问，平时学生们遇到我们的车队，都会自发停下来，向我们敬礼！"黑暗中，男子微微翘起的唇，像一艘快乐的小船，满载着扫雷兵的光荣和自豪，驶向他昔日战斗过的雷场。

雷场就是战场。大屏上，疯长的灌木丛、硕果累累的芭蕉树、郁郁葱葱的橡胶林，处处充满杀机。舞台上，全副武装的扫雷兵，明知山有虎，偏向虎山行，他们迈着矫健的舞步，向雷患发起了"决死突击"。生死雷场上，扫雷兵勇闯"阴阳道"，力拔"虎口牙"，在"死亡地带"书写"生命之舞"。

"班长，队伍最前面，扛着两箱炸药的就是您……"看到兴奋之处，女士用手指向了舞台中央。

抬起手的一刹那，她仿佛触电了一般，又迅速地收了回来——她差点忘了，他看不见。她想去握男子的手，抓到的又是空荡荡的袖管，她心中猛地一痛。

正在上演的舞剧，是中央戏剧学院的师生们，以南部战区某扫雷大队的故事为原型创作的毕业作品——《没有硝烟的战场》；台下戴墨镜的男子，是远道而来的嘉宾，也是这场舞剧主角的原型人物——杜富国；旁边的女子，是舞剧的编剧——中央戏剧学院博士、清华大学教师曾夏琰。

"富国班长，王静嫂子说，她想跟您去看雪，舞台上正飘着雪花呢，王静嫂子挽着您从大雪中走来。"曾夏琰笑里含泪。

"哎呀，你们是怎么知道的？王静她特别爱看雪，白色是她最喜欢的颜色……"杜富国有些惊讶。

黑色的墨镜遮住了杜富国的双眼，却遮不住他脸上的微笑。曾夏琰从杜富国身上看不到半点沮丧、颓废或自卑，他的脸上只有直抵人心的微笑。他的笑清澈而明亮，犹如山之清泉、晨之清风、冬之暖阳。和他在一起，有一种说不出的舒适和愉悦。尽管曾夏琰与杜富国是第一次见面，尽管他们的成长轨迹和人生经历千差万别，但两个人却聊得很投机。

曾夏琰问杜富国："班长，您保持快乐的秘诀是什么？"

"哪有什么秘诀？快乐需要寻找。"杜富国笑了。

"那您是怎么寻找的？"

"我是闭着眼寻找的！"杜富国开玩笑说。

"命运以痛吻我，我报之以歌"，历经坎坷磨难的杜富国，将人生的伤痛铸成了战斗的铠甲。

曾夏琰从杜富国口中得知，她与杜富国是同年生人，杜富国只比她大了几个月。剧场里的灯全亮了，雷鸣般的掌声打断了曾夏琰的思绪。人们自发起立欢送英雄退场，她连忙去扶杜富国，杜富国却轻声说："我自己来。"

杜富国和曾夏琰都出生于1991年，正赶上中国大踏步全面改革开放的时代。那时，一切都是新的，一切都处在"尚未被定义"的状态，一切都在不确定性中充满了希望、充满了机遇。

20世纪90年代的中国，恰似从乡村来到城市的少年，虽然还有些许莽撞、落后甚至愚昧，却充满了朝气，充满了好奇，充满了创业创造的无穷动力。

那个年代，一切皆有可能。你可以大胆地去憧憬每一件事。坐在工地的砖墙上，你可以畅想一座未来的城市；坐在工人铺下的第一条枕木上，你可以畅想铁路绵延至青藏高原；坐在一台计算机面前，你可以畅想高速发展的信息公路。

那个年代，长篇小说《平凡的世界》走红，路遥在小说中写道："其实我们每个人的生活都是一个世界，即使最平凡的人也要为他生活的那个世界而奋斗。""奋斗就有收获，一切尽有可能。"这是当时普遍的社会心态。由此，带来两大奇特景观：一是官员们放弃铁饭碗出现"下海潮"，一是世代农耕的农民放下锄头形成"打工潮"。

杜富国的家乡在遵义市湄潭县兴隆镇太平村，这是一个距离县城仅十几公里的小山村。湄潭，历史悠久、山川秀丽、土地肥沃，素有"云贵小江南"的美称。和当时的许多农民一样，杜富国年轻力壮的父母，放下卷起的裤脚，背起行囊，加入到打工的洪流中去了！

杜富国快乐的童年时光，伴随着父母渐行渐远的背影远去了。那一年，他十二岁。

杜富国在隔壁乡的天城中学读书，一来一回要走五六里路，所以寄住在舅舅家。家里兄弟姊妹四个，他是老大，底下有两个弟弟、一个妹妹。穷人的孩子早当家，杜富国从小就很懂事，很能体谅父母生活的不易。

周五下午，放学铃声响起，别的同学三五成群，一边走一边嬉笑打闹，杜富国却像泥鳅一样，哧溜一下消失在回家的田野里。

十月的湄潭，茶香遍野，山花烂漫。乡间的小路旁，偶尔会发现荆棘丛中的野果已经黑红。杜富国到家时，天色已晚，爷爷奶奶去田里收拾庄稼还没回来，他赶忙生火做饭。

黔北农村的土灶，烧的是柴火，用的是大锅。过年时做的烟熏肉还剩下几块，吊在灶屋顶，黑黝黝、油滋滋的，家里来了客人才舍得切一块炒菜。老橱柜里放着一盆鸭蛋，这是奶奶养鸭子储下的，平时也舍不得吃。到了赶集天，奶奶会背到街上，卖两角钱一个，换些家用，买些油盐酱醋回来。

杜富国先用竹刷子把锅灶刷了一下，又从米缸里挖了两碗米，倒入铁锅中，加上水，用柴草烧热大灶。生米煮成了半生的饭，再用竹制的笊篱把饭捞起来，倒入饭甑。然后把饭甑架在锅中，锅内放水，烧火蒸饭。

农家的饭菜简单，杜富国见菜篮子里还有一把小白菜，便快速地洗好，切了根，就算备好菜了。篮子底部还有几个红薯，爷爷奶奶牙口不好，洗净了之后，杜富国把红薯放在饭甑里一起蒸了。

眼见饭快熟了，杜富国取出饭甑，开始炒菜。他往锅里倒了一些油，油烧得冒烟了，再将小白菜倒入锅中，刺啦一声，开始翻炒。炒得差不多了，才想起来忘了放水，铲起来时有几片叶子已经焦黑。

爷爷奶奶回家时，天已黑透了。他们放下农具，看见灶房里烟气腾腾，知道大孙子已经在做饭了。

煤油灯下，兄妹几个围在饭桌前叽叽喳喳。妹妹杜富佳是个小不点，话却最多，她摇头晃脑地说："哥，白菜炒黑菜，手艺真不赖！"一句话，惹得满屋子都是笑声。

奶奶最疼杜富国，她伸手轻轻拍了拍富国，唤着他的乳名："飞飞炒的菜奶奶最爱吃，下次我采点蘑菇，炒来吃肯定更香。"爷爷剥着红薯，连声附和："对头，飞飞炒的，黑白菜也好吃！"

到了周六，杜富国帮着爷爷奶奶去田里把红薯藤割了，再一捆一捆地挑回家，放在院子里晾晒，那是老牛冬天的"干粮"。

池塘里的水葫芦，也去捞了两篓筐，又加两捆猪草，混着谷糠煮一大锅猪食，两头猪儿拱着吃得欢。看到猪圈里脏得难以下脚，杜富国外套一撂，铁锹一抡，又是掏粪，又是垫土，不一会儿就累得满头大汗。奶奶喊他歇会儿，杜富国笑着说："奶奶，爸妈不在家，我就是顶梁柱！"

黔北十月的早晨，天气已经转凉。青山被薄雾笼罩，庄稼被露水点缀。今天是周日，杜富国一骨碌从床上爬起来。推门一看，爷爷奶奶已

你退后，让我来
"排雷英雄战士"杜富国奋斗实录

经下地，锅里盖着已做好的早饭。

他安顿好弟弟妹妹，简单扒拉了几口早饭，背上砍刀，拿上棕绳，就赶着老牛上山了。

老牛摇着尾巴，不紧不慢地踱着步，一人一牛沿着村口的小路，穿过菜园，走过田垄，去往山林。老牛识路，并不用赶。只是杜富国年龄小，耐不住老牛的磨蹭，不时"嚯嚯"地喊几声，让老牛走快点。

老牛上了山，自顾自地吃着草，倒不用人一直盯着。杜富国在旁边的树林中，拾掇枯枝，再砍些粗壮的藤蔓，拢成一堆。他拿出一根棕绳在柴火的一头缠绕两圈，然后用脚踩着柴火，将绳子拉紧，接着他又拿出另一根棕绳，在柴火的另一端绕两圈，踩紧捆实。

杜富国擦了擦额头上的汗水，将捆好的柴火搬到一旁，坐在坡坎上发起了呆，他想起父亲在家时常带他去摸鱼。

想着想着，富国鼻子一酸："爸、妈，你们啥时候才回来啊？"

"哞——"老牛的叫声打断了他的思绪。他忽然想起来，出门前答应弟弟要带只蝈蝈给他，于是起身去找。

"唧唧，唧唧……"宁静的山林中，传来蝈蝈清脆的叫声。杜富国循着声音找去，他蹑手蹑脚，小心地靠近。蝈蝈叫声却戛然而止。

刺眼的秋阳下，少年一动不动地站着，只有眼睛滴溜溜地乱转。终于，蝈蝈忍不住了，它再次拉动了琴弦。少年弯腰，伸手，双手一扣，把蝈蝈扣在了手心。

周一的清晨，是返校的时候。村里炊烟袅袅，枝头麻雀啾鸣，杜家兄妹四个都要回学校了。

走了大约两公里，到了皂角村，杜富国与弟弟妹妹分了手，他们在皂角桥小学读书，他还得继续往前走。

临别时，杜富国对妹妹富佳特别交代了一番："谁要是欺负你，我就捶他！"

杜富国说这话是有原因的。父母去了广东，照看保护弟弟妹妹的责任，就落在了他的肩头。杜富佳长得瘦弱，个头小，胆儿也小，又是家里唯一的女娃，杜富国生怕妹妹受欺负。

杜富佳班里有几个调皮的男生，给富佳取了个绰号"豆腐渣"（杜富佳谐音）。富佳昂起头，说："我要告诉哥哥！"

男生们知道她大哥平时不在家，一点都不顾忌，说她哥哥就是"豆腐果"（杜富国谐音）。几个男生一见她就起哄，齐声喊"豆腐渣——豆腐渣"，小姑娘害羞，被当众喊过几次，气得哭了。

杜富国回到家，看见妹妹哭得肩头一颤一颤的。为了这个事，有一天早上，他专门去皂角桥小学"埋伏"，果然逮到了男生们挤眉弄眼，喊妹妹外号。杜富国冲了过去，一把拎起领头男生的衣领，质问他："你喊啥？"

男生顿时蔫了，说："不喊啦，不喊啦。"杜富国大声地说："再欺负我妹妹，我就捶你！"打这以后，男生们看到杜富佳，再也不敢起哄了。

杜富国的学习成绩不算好，但老师和同学们都很喜欢他。

农村办学条件差，教室里四处透风，窗户的玻璃碎了，冬天只能用塑料布盖上挡风遮雨，学生们用的桌椅板凳也总是缺胳膊少腿。

有时老师正在讲台上说得手舞足蹈，讲台下却忽然咔嚓一声，有同学的凳子腿折了，一时间人仰马翻，同学们哄堂大笑。

杜富国个子不高，却热心又手巧。他找来石头和钉子，哐哐几下，凳子就修好了。长此以往，班里的同学都爱找他修东西。

父亲杜俊经常告诫杜富国："你记住，吃得亏、打得堆，不要太计较！""吃得亏、打得堆"是黔北的一句老话，意思是做人要大气，不要怕吃亏。

杜富国说，这句话对他和弟弟妹妹的影响很大，他们从小就知道不能小气、不能自私，凡事要愿吃亏、敢奉献，所以他们走得正、行得端，走到哪儿都有好人缘。

你退后，让我来
"排雷英雄战士"杜富国奋斗实录

"爸，我恐怕不是读书的料，要不我去学个技术吧？"饭桌上，杜富国低着头，手扯着衣角，小声地说。

夜幕降临，一家人劳作了一天，正围坐在一起吃饭，杜俊在深圳打工时带回来一台旧风扇，它像一头不知疲倦的老牛，执意要制造出一丝凉意。

这些天，初中毕业的杜富国，一直在思考下一步该怎么走。他思来想去，终于打定主意，要去学一门技术。可是，他始终不敢跟父亲开口，他知道父亲一直希望自己好好读书，将来能走出大山。

晚饭时，看到父亲陪爷爷聊着家长里短，他终于忍不住开了口。

"先吃饭！"杜俊没接话，杜富国想了几天的理由，就这么被憋回去了。

月已挂中天，杜俊却翻来覆去睡不着，他索性爬起来，推开老父亲的房门。不承想，老父亲也和衣躺在床上，没有睡。

"爸，富国这娃，看来上学是没指望了。要不就让他去学修理？"杜俊半是征求老父亲的意见，半是给自己拿主意。

"这娃，我从小看到大，脑子笨，手不笨，做什么都很踏实。"爷爷对这个大孙子格外疼爱。

"那就送他到遵义去学个修理吧。"杜俊说。

"三百六十行，行行出状元。让他去吧，只是他还小，身子骨还太嫩，别把他累着了。"老父亲满意地抽完一锅旱烟，父子俩都回去睡了。

农村的日子像春江里的水，总是波澜不惊、静静流淌，纵然有无奈、忧愁、贫困、心酸，也都被土里刨食的农民吞到肚子里去了。

等啊，等啊，杜富国终于等来了好消息，他能到遵义的一家机械设备修理店去当学徒了。从山村到城市，走在车水马龙的柏油路上，杜富国感到一切都是那么的新鲜。

但是，他始终记得父亲嘱咐的那句话："吃得亏、打得堆，不要太计较！"

钻车底、搬轮胎、注机油、洗配件，杜富国每天都一身油污一身汗。他对来到店里的每一位顾客都很热情，那双爱笑的眼睛让人一看就知道这是个淳朴的孩子。

杜俊去看儿子，老周师傅对杜富国赞不绝口，直夸这孩子能做成事。

修理店业务不忙时，杜富国也会请假回家看看。乡邻都知道，杜俊家的老大在城里学修理。一传十，十传百，谁家的摩托车、自行车坏了，都会找上门来，后来连打谷机、铲车出了故障，也来找他。

杜富国本就是个热心肠，无论谁找来，都没有推辞过。有一回，村里一户人家的铲车"趴窝"了。车主火急火燎地找到刚进家门的杜富国。他二话没说，就跟车主走了。

从下午五点，一直鼓捣到凌晨，发动机终于重新冒起了烟。车主拉住杜富国非要塞个红包，富国却死活不接。"乡里乡亲的，咋还给钱呢！"杜富国一脸诚恳地说。

还没来得及合上眼，天已经亮了，杜富国又坐上了去城里的头班车。

二、太爷爷留下的那盏马灯

杜富国的家里珍藏着一盏马灯。这盏马灯的底座和灯头早已锈迹斑斑，一看就是个老物件。煤油已空，灯芯还在，尤其是玻璃罩擦得十分干净。

小时候，淘气的弟弟杜富强不知从哪儿翻出用旧帆布包着的马灯，神气十足地提出来，让两个哥哥瞧瞧。

正当他们兄弟三个趴在马灯旁仔细研究时，爷爷来了。爷爷一把收起马灯，板着脸，严肃地说："以后不准玩这东西！"

爷爷一向和蔼，今天却发这么大的火，胡子都翘了起来。

兄弟三人感到很委屈。午饭后，看到爷爷吧唧着旱烟，杜富国凑到

你退后，让我来
"排雷英雄战士"杜富国奋斗实录

跟前问："爷爷，您为啥不让我们碰马灯呢？"

"飞飞啊，这个马灯可是大有来历，那是你太爷爷留下的，救过红军的命嘞！"

向来少言寡语的爷爷一下子打开了话匣子。

这事要从遵义会议说起，1935年1月7日凌晨，中央红军先头部队攻占了遵义，15日至17日召开了著名的遵义会议。当年开会的那栋两层小楼，是国民党一个师长的官邸，至今还保留着。开会期间，湄潭来了红九军团，在外围警戒，保卫遵义会议。

爷爷捋着胡子说，红九军团从隔壁的余庆县来到湄潭县的落花屯，而后主力部队从落花屯经过兴隆镇，向湄潭县城进发。消息传开，驻扎在湄潭县城的黔军和旧县政府里的大小头目，一夜之间跑了个精光。

老百姓听说穷人的部队来了，奔走相告，无论是大人还是小孩都像过年一样，喜气洋洋，翘首以盼。在城里卖水的郑兴培挑着鞭炮，往兴隆场方向去迎接红军。城南门外人称"周大脚板"的妇女，也带着人抱起鞭炮，到离城十里的高山上，去迎接红军……

爷爷把锃亮的烟袋锅，在鞋底上磕得铛铛响，像鼓手抡起鼓槌敲出咚咚嚓嚓的音符。他慢悠悠地又续上了一锅烟丝，接着用拇指轻轻地摁了一下，火柴嚓的一声被擦燃，古铜色的烟袋锅里升起了袅袅青烟。

爷爷的思绪跟着青烟飘向远方。

他说，其实红军在遵义驻扎的时间并不长，也就十几天。但这十几天，却让遵义换了一重天。红军在遵义成立了长征中第一个红色政权——革命委员会，设立了红军遵义警备司令部，并在这里发行了货币。

红军大部队离开湄潭后，留下了部分干部开展革命活动，1935年3月，组建了红军遵湄绥游击队，游击队的政委名叫王友发。

然而，游击队刚成立不久，就被敌人包围了。白狗子们荷枪实弹，气势汹汹地封锁了进出的道路。王友发命令部队分散突围，向大碑山撤退，他自己则率人掩护。

当时大雾弥漫，游击队边打边撤，准备翻过大山。可是，由于敌众我寡，伤亡过重，游击队最终被打散了，队员们不得不分散到老乡家里躲了起来。

等到敌人搜查的风声稍微平静了些，一名队员便假装成百姓到街上买盐，好打听游击队的消息，不料被探子跟踪，游击队暴露了。正当游击队员准备趁夜色突围时，敌人竟放火烧了他们藏身的茅草房。

突围时，有两名队员中弹牺牲，姓余的分队长因负伤被捕。敌人将他五花大绑，严刑拷打，妄图从他口中得到游击队的情况。一连几天的拷打与折磨，敌人一无所获。他们恼羞成怒，派三个乡丁把奄奄一息的余分队长抬到山顶上，准备用刀砍死后丢到溶洞里。

谁知，他们刚到山顶，奄奄一息的余分队长竟一跃而起，用尽全力抱住手持马刀的乡丁，要与敌人同归于尽。抬滑竿的两个乡丁赶紧上前帮忙，四个人扭成一团搏斗起来。身负重伤的余分队长终因力竭，被敌人活活扔进了溶洞。

敌人杀害余分队长后，又组织乡丁反复搜山，好些游击队员被杀害。王友发与一名姓邱的福建籍战士转移到老乡家里躲藏，因被当地土匪告密，他们不得不连夜转移。攀藤爬岩途中，王友发政委不幸中弹牺牲。

讲到这里的时候，爷爷的声音明显有些低沉，嗓子眼好像被什么哽住了一样，烟袋锅里一闪一闪的暗火早已熄灭，他却全然不知。杜富国依偎在爷爷腿上，仰着小脸听得入神，一双明亮的眼睛时而欢喜、时而忧伤。

爷爷说，红军游击队是咱穷苦百姓的队伍，在湄潭时打地主、分浮财，帮助老乡做农活、修房子、挑水、扫地，样样都干，和老百姓亲如一家，深受百姓的拥戴。

如今红军落了难，家家都来帮。街上有个王裁缝，利用做活之便，为失散的红军战士提供情报，被乡丁杀了抛尸于山洞。有个红军战士被捕后，被敌人捆绑起来要处决，有个老婆婆从庙里讨来一水瓢的斋饭，含着泪一口一口地喂他。

爷爷忽然提高了音量。他说，有一天夜里，有两名负伤的红军战士来到咱太平村藏身。太爷爷和乡亲们一道，把他俩悄悄藏在村后山的山洞里，铺上厚厚的稻草，让他们养伤。乡亲们白天上山采草药，给红军战士治伤，晚上悄悄给他们送饭。太爷爷把家里唯一一盏马灯提了过来，给红军战士照明。

那时候，农民的生活苦，经常吃红薯充饥，不是顿顿都能吃上白米饭。但乡亲们却把家里仅剩的米，都拿出来煮饭给红军战士吃。谁家有舍不得吃的腊肉、鸡蛋，也都拿出来给受伤的红军战士补身体。乡丁几次来村里搜查，威逼利诱下，乡亲们个个守口如瓶，没有一人泄露红军战士的秘密。

红军战士的伤情有了好转后，怕连累乡亲们，提出要去找大部队。临走的那个晚上，太平村的乡亲们流着泪来送，将煮好的鸡蛋、捏好的饭团、煮好的红薯，塞到红军战士的包袱里。两名红军战士将用过的被褥、板凳，一一还给乡亲，将马灯交还给太爷爷。告别时，他们流着泪，向乡亲们敬了个军礼。

爷爷郑重地说："飞飞，你太爷爷去世时叮嘱，要保护好这盏马灯，这是咱杜家保护红军战士的见证！"

杜富国好奇地问："爷爷，那两名红军战士离开后，到哪儿去了？"

爷爷叹了一口气说："哎，大家都不知道他俩去哪了，只知道，红军游击队前前后后有十九人被敌人杀害，你的太爷爷和乡亲们冒着杀头的危险，将牺牲的红军战士一一安葬，像对待亲人一样祭扫守护，后来这些牺牲的红军战士都集中安葬到了烈士陵园。"

杜富国想起清明节时，老师组织他们到烈士陵园扫墓的情景，好奇地问："爷爷，红军烈士墓里埋着的，是不是你讲的红军战士？"

爷爷说："肯定是为百姓牺牲的红军烈士，但不好说是不是那两名在太平村住过的红军战士。"

杜富国又问:"难道墓上没有写名字?"

爷爷告诉他:"干革命,就是这样啊。除了王友发政委等少数几人,大多数红军战士都没有留下姓名……"

最后,爷爷拍着杜富国的脑袋讲:"飞飞,咱家门口的路,就是当年红九军团走过的路。你上的皂角桥小学,前身就是抗战时期收养过四百余名孤儿的育幼院嘞!"

我们家门口的路,红军曾经走过?!杜富国惊讶地张大了嘴巴。他腾地从爷爷身边站起来,推开大门走了出去。

站在门口的小路上,他左右张望,这条乡间小道蜿蜒曲折,道路一侧保留着当年的红军标语,杜富国仿佛听到了红军战士坚定的脚步声。

他的心头涌起一种有志少年的冲动与悲壮!从此,每当走在这条路上的时候,杜富国都会情不自禁地挺起胸膛、抬起下巴,他想模仿红军当年走路的姿态。

这条路,他一走就是十几年,一首红色歌谣《我要当红军》,在他的耳畔也激荡了十几年。

> 我要当红军
> 我要把那热血汇入红色的海洋
> 就为那颗红星
> 就为潜伏在生命里的向往
> 我要当红军
> 我要去那最纯粹的地方
> 红旗漫卷西风
> 那是真正的勇敢和坚强

青春的种子在哪里发芽,人生的躯干就会在哪里成长。在少年时期,太爷爷的那盏马灯在杜富国的内心深处种下了一粒红色的种子,这是一粒革命的火种，引领他向着理想、向着崇高生长。

在遵义学修理时，一有闲暇时间，杜富国就爱往"红军山"上跑。

"红军山"是人们对坐落着红军烈士陵园的凤凰山南麓的小龙山的敬称。陵园有一座牌坊式的大门，上书"红军烈士陵园"几个大字。进了大门，拾级而上，很快就能登到山顶，这里有一座高高矗立的烈士纪念碑。

纪念碑底座的四角有四个石刻的红军战士头像，英武刚强。杜富国仔细地看过碑记，知道外围大圆环的外壁上镶嵌的二十八颗闪光的星，象征着中国共产党经过二十八年艰苦奋斗，夺得了政权。

纪念碑的后面，是邓萍将军的墓。原红三军团参谋长邓萍是红军长征中牺牲的职务最高的将领，曾与彭德怀元帅并肩作战。1935年2月在红军二次占领遵义的战斗中，邓萍亲自到阵地前沿侦察敌情，后脑中弹，壮烈牺牲。

由于战事激烈，邓萍牺牲后，战士们只好将他的遗体就地掩埋。为了防止红军走后敌人发现和破坏烈士墓，当年他们既没有立碑，也没有做标记。

1957年，也就是邓萍将军牺牲后的第二十二年，彭老总给当过贵州省委书记、在娄山关战斗中任红三军团十二团政委的苏振华布置了一项特殊任务：设法找到邓萍的遗骸。

彭老总给苏振华提供了一条线索：邓萍同志牺牲当晚，红军战士在街上买了一副黑漆棺材装殓遗体，第二天早上，掩埋在遵义城北郊的山坡上。

苏振华此时已经离开了贵州，但他对那里的情况很熟悉。他专门安排遵义干部寻找烈士遗骸之事，时任遵义市政协副主席的朱振民等工作人员根据彭老总提供的线索，几番辗转，终于找到了当年在遵义新街开棺材铺的颜大娘。

老态龙钟的颜大娘，对别的事都记不大清了，但提起红军战士买棺材的事，她却一清二楚。她说，当年红军攻打遵义的时候，她很害怕，白天躲到了山上，晚上才回家。没多久，来了几个红军战士，说要买棺材，她就将一口黑漆棺材卖给了他们。听说装殓后，埋到了罗家坟山上。

朱振民随即找到了坟山的主人罗徽五，罗徽五带着朱振民等人来到自家坟山，指着一个没有碑记的土堆说："旁边这两个坟是我祖上的，中间这个土堆，埋的就是那个红军战士。"

朱振民初步判断，这个无名坟埋的很可能就是邓萍烈士。报请上级同意后，朱振民找来在邓萍身边工作过的遵义会议纪念馆馆长孔宪权（原红三军团四师司令部侦察参谋、十二团作战参谋），一起开棺辨认。

打开棺木后，他们看到遗骸穿着短呢大衣，大衣的扣子已经锈迹斑斑，脚下鞋子已经腐烂，只剩下胶质的鞋底。将头部的泥土扒开，看到右耳上额骨有个小孔，后脑壳开裂。为了确认遗骸身份，李波等人又电请与邓萍共事多年、时任贵州省军区政委的石新安来作最后辨认。最终确认是邓萍烈士遗骸。

捧起老首长邓萍的头骨，石新安悲痛难抑。在场的人也都默然肃立，泪流满面。后来，邓萍烈士的遗骸被安葬于红军山。

邓萍烈士墓的一侧，就是被当地百姓奉为"红军菩萨"的铜像。铜像定格了一名红军女卫生员左手怀抱小孩，右手端着汤匙喂药的瞬间。红军山没有庙，却不断地有百姓来给这位"红军菩萨"上香。

红色志愿者介绍说，这位女卫生员的原型人物，其实是一名男性，他叫龙思泉，出身于广西一个中医世家，参加过著名的百色起义，1935年初随部队长征到遵义。

当时遵义流行"鸡窝寒"，实际上就是伤寒病。龙思泉挨家挨户给老乡看病，挽救了许多伤寒病人的生命。老乡们都说，红军里有个能为穷人治百病的神医。

一天，一个中年农民辗转二十多里山路来到部队，哭着请求龙思泉为他的父亲看病。龙思泉请示领导后，立即背上药箱，连夜冒雨前往。

龙思泉给这位农民的父亲打了针、喂了药，等病人病情稳定时，已经是次日清晨了。龙思泉正准备返回营地，推开门却发现不大的晒谷场上挤满了前来找他看病的老乡，于是留下来继续给大家看病。

当他处理完病患，回到驻地时，部队已经转移。部队首长写了张字条，让房东交给他，告诉他部队出发的方向。在追赶部队的途中，龙思泉被敌人残忍杀害。

附近的群众听到枪声后，纷纷赶来，见到还背着红十字药箱的卫生员倒在血泊中，许多人都悲愤交加。百姓们将龙思泉的遗体安葬在路旁向阳的松树林，因为不知道他的姓名，就在碑上刻了"红军坟"三个字。

"红军坟"建好后，附近的很多老百姓都来烧香祭拜，既表敬意和哀思，也说这位红军卫生员经常"显灵"，能祛病消灾。这件事传到敌人那里，他们多次想把"红军坟"挖掉，但都被乡亲们千方百计地保护下来。"红军坟头挖不掉，头天挖了第二天又长起来"的传说，吓坏了反动派。

遵义解放后，"红军坟"迁入了红军山，这尊红军卫生员的铜像常年香火不断。乡亲们都说，"红军菩萨"很灵验，摸一摸、拜一拜，就能消灾祛病、平安吉祥。"红军菩萨"的脚部被祭拜的乡亲摸得锃亮，这一幕深深刻进杜富国的脑海里。

杜富国想：老百姓的心是天底下最朴实的，他们心目中的菩萨，是真正能够保护他们、真心实意待他们好的人！

"富国，你看谁来了？"杜富国正想得出神，店里同事的说话声把他拉回了现实。

三、农民父亲的家国情

"爸，您怎么来了？"杜富国惊讶地问道，家里农活多，父亲少有空闲的时候。

"这不是国庆节嘛,你弟弟他们放假了,我带他们来看看你。"父亲的话音刚落,杜富国的弟弟妹妹就一溜烟儿挤进了店里。

兄妹几个一见面,店里顿时炸了锅,杜俊连忙摆手让孩子们出来说。

杜俊是个地道的黔北农民,初中毕业后在家务农,早早结了婚。夫妇俩育有四个子女,分别叫富国、富佳(家)、富民、富强,寓意"国佳民强"。

老大富国出生的时候,是1991年12月3日,农历十月二十八。这一年杜俊才十九岁,初为人父,他激动而喜悦。

他找村里懂风水八卦的"老先生"借了一本老皇历,仔细地研究。印象最深的是,这一天的"宜事"清单里,有"安机械""修造";"忌事"清单里,有"开业""出火",这孩子是不是命里注定要当工程师呢?

按照杜家的族谱,杜俊的下一代字辈是"富"字,中间这个字不能动,杜俊要考虑的就是最后一个字。

首先跳入他脑海的,就是"精忠报国"的"国"字。"国"和杜家的字辈"富"连在一起,就是"富国"。

"富国、富国……"杜俊反复念叨,觉得还可以。

老先生听了哈哈笑,也说:"不错,不错!"

两年后,老二出生了,是个女娃。杜俊觉得"有国才有家",于是取了个谐音"富佳"。

再两年之后,妻子又生了一个男娃,前面有了"国"与"家",杜俊给老三取名"富民",老百姓的日子要富起来、好起来。

又两年之后,四子出生了。杜俊和妻子李合兰商量,这个是幺儿,就叫"富强"吧。三子一女,"国佳民强",国家好,人民好,千家万户都好,这是杜俊的愿望和寄托,一位农民朴素的家国情。

杜俊对孩子的教育,不挥棍棒,只讲实在道理,他用自己的言行教孩子做人做事。

杜俊十四岁时，父亲患病，有段时间卧床养病，全家失去了主要的劳动力。作为家里唯一的男孩，杜俊早早地挑起了养活一家九口的重担。生活的磨难和艰辛，让这个黔北汉子变得勤俭、坚忍。

湄潭，高海拔、低纬度、多云雾、少污染，自古是产好茶的地方。早在1939年湄潭就设立了国家级的桐茶实验场。那几年，杜俊扛着锄头，在自家的承包林里开荒，将杂草杂树一一清理，一锄一锄地把山地挖成垄，种上茶苗，再挑着农家肥去改良土壤，仔细地为逐渐长大的茶树修枝，终于侍弄好了几亩茶园。

只是农民的收入要看天，要看雨水和收成，也看茶叶行情。眼看四个娃娃不断长大，花销的地方越来越多，杜俊决定带着妻子外出打工。

为了挣钱养家，他和妻子卷着铺盖南下，广州、深圳、佛山，去过不少地方，啥苦都吃过。杜俊曾经同时打四份工，到了饭点去饭店端菜洗盘子，过了饭点再赶回厂里加工玩具，晚上又值夜当保安，有点空闲还去捡破烂。

他认定一个理：只要能吃苦、肯出力，别人能有的，自己也一定能有。

在南方打拼了几年后，杜俊有了一些积蓄，在县城为三个儿子都贷款买了商品房，也算尽了当父亲的责任。

后来，父母年纪越来越大，身体又不太好，杜俊不敢再离家，便琢磨着在家乡做点事，给家里创收。

太平村的村头，有一块河滩地，千百年来冲刷下来的泥沙堆积在两岸。岸边长满了杂草，随便拔几根，草根湿润滴水，根部还粘连着沙土。

那些年，城里、农村都大搞建设，对沙石的需求量很大。杜俊和几个好友一商量，办了一个采石场。采石场主要给附近的乡镇服务，乡里乡亲要盖房、砌墙，杜俊多数时候只收成本钱。

几年下来，采石场没挣多少钱，却挣了个好口碑。杜俊虽然是个普通农民，却屡屡做出义举，乡里上下都夸他有善心、有公德心。

湄潭县搞"村村通"工程，提出要"村村通沥青（水泥）路""村村通客车"，实现"通村畅乡、班车到村"。这让杜俊格外振奋，主动和县乡派来的干部对接，愿意以成本价，支持家乡建设。

不过，"村村通"只是通到村口，村里各家各户住得散，家家户户互相走动，还是要踩泥巴路。特别是有不少耕地，离村子比较远，最远的在十里开外，再加上村里的青壮劳动力很多都外出打工了，这些田地就荒芜了。

杜俊在县乡两级政府的大力支持下，在村里修了几公里长的"通组连户"水泥路，太平村不仅实现了"户户通"，连闲置的耕地也复耕了。

太平村依山傍水，村民依山建屋，但距河道却颇有一段距离，村民们去河边洗衣、洗菜、挑水，很不方便。

所以村里很多人家在房前屋后挖了水井，安了"摇水机"，把地下水抽上来作生活用水，虽然味道有点涩，但也足够一家老小的基本用水。

只是一到旱季，摇水机就很难摇出水来。那几年，受地质变化的影响，地下水源越来越难找。村里的年轻人分了家，建了房，往地里打十米，也冒不出水来。吃水难，成了村民的大问题。

县里、乡里为了解决农村的饮水问题，实施"管网延伸"工程，目标是给家家户户通上自来水，永久性解决吃水问题。政府管大头，将基础管道通到村里，但家用饮水设施要村民自筹。稍微有点活路的乡亲，都能交这个"份子钱"，难就难在一些困难户。

村支书左思右想，来找杜俊商量。

村支书给杜俊散了烟，杜俊接过后，开口说："村里要接自来水，我看那几家困难户，要让他们交钱，恐怕很难呢。"

村支书笑着说："杜俊你是想到我前头了，也想到他们前头了啊。"

杜俊说："活儿我来做吧，这几户的接水，我过年前就修好。"

杜俊话不多，做事利索，又认真负责，赶在春节前，果然让村民们用上了自来水。

这位质朴善良、热心助人、心有家国的农民，被村党支部发展为农村党员。在入党仪式上，杜俊激动得说不出连串的话，只是不断地重复着："我做得还不够，我要继续努力……"

让儿子参军，是杜俊的愿望。

杜富国在修理店待了一年多，遇到县里征兵，他二话不说就报了名。

家里的叔伯不太赞同，家里地多人少、缺劳力，杜富国如今在遵义学修理，离家近，农忙时还能回来搭把手。部队津贴才几百块，他在修理店每月少说也有几千块，何必去当兵呢？

杜俊说："钱嘛，什么时候都能挣，把娃娃送到部队，才是正事。"

2010年12月，杜富国在原红九军团司令部旧址旁，穿上了绿军装，戴上了大红花，走上了军旅路，成为一名光荣的解放军战士。

参军出发那天，杜富国和湄潭籍的新兵们在红军雕像前集合，一起敬了第一个不太标准的军礼。

送行的队伍中，杜俊和妻子李合兰默默地望着儿子。军装偏大，显得杜富国更加瘦小。杜俊不善言谈，对富国说："到了部队，要好好干，要听领导的话，练好身体，当个好兵。"

杜富国答应着，背着背包，一步三回头。李合兰忍不住哭出了声，杜俊说："哭啥子，儿子大了，就要出去干事业嘛……"

大儿子参了军，杜家人成为军属，乡里发来"光荣军属"的牌子，杜俊砰砰砰地将牌子钉在门框上，自己退到远处，打量着没钉歪，这才放心。

"儿子当了兵，就是国家的人了。"杜富国当兵后，在父亲心里陡然长大了一般。

杜俊常常给大儿子打电话，谈人的理想究竟是什么，做事情要积小步成千里……

李合兰在旁边笑道:"你和你儿说话,咋和电视里一个样呢?"杜俊严肃地对妻子说:"你晓得啥,这是男人和男人的对话……"

日子像湄潭河的水一般平静流淌,一圈一圈画着杜俊一家的年轮。儿子打枪了,第一次站岗了,授衔了,下连了,考核了,巡逻了,演练了,到炊事班帮忙了,寄来津贴了……

一名士兵的军旅生活,在老兵看来毫不稀奇,在父母这里却是百看不厌。杜俊平时话少,但要有乡邻问起杜富国,他却滔滔不绝,能侃上半包烟的工夫。

杜富国当兵的第三个年头,转了士官,第一次休假回了老家。

儿子返乡前,杜俊特意跟儿子交代:一定要带一身军装回来。杜富国问:"帽子呢?领带呢?"杜俊强调:"全身上下,一样都不能少。"

那天,杜富国是穿着便装回村的,刚放下行李,杜俊就催着他换上军装,又喊来亲戚,帮忙照了一张全家福。

按照农村的规矩,拍全家福应该是长辈坐中间,但杜俊说:"富国现在'是国家的人',所以要坐中间。"

拍完全家福,弟弟妹妹争着抢着,要穿大哥的军装拍个照。那会儿富强才十多岁,穿上了军装就不愿脱。杜俊呵呵笑,说:"你以后也可以穿军装。"

杜俊选了一张最好看的全家福,到照相馆放大,洗了出来,挂在墙上。这张全家福也成了他多年不变的手机屏保。

回家后,不少亲戚同学来探望杜富国,叽叽喳喳地问他:"在哪里当兵?表现好不好?"杜俊乐得合不拢嘴,当即做了一个决定:在村里放一场坝坝电影。

坝坝电影是偏远山村最吸引人的活动之一。以前都是杜家的孩子们去别人家、别的村子看电影,这一回终于轮到杜家"豪阔"地当了主场。

乡村要放坝坝电影，从来不用发通知，十里八乡的乡亲都闻讯而来。

那天傍晚，杜俊和镇里文化站的师傅，早早在晒谷场旁的树梢上挂起了银幕。

村里的男人早早收工了，女人早早烧好了饭，小孩子哪有心思好好吃饭，扒上几口，就呼朋唤友地跑来了。

晒谷场上，幕布前的"黄金观影位置"，已摆好了几排木凳竹椅。孩子们用不着凳子，电影快开场了，就在大人前面席地而坐。

开场前，杜俊作为主人，对着喇叭讲了几句。音箱传出的声音变了调，大家听不明白讲了啥，只隐约听到"精忠报国""谢谢"。

杜俊让杜富国穿着军装，向大家庄重地敬了军礼。放映机恰好将他的动作投到了屏幕上，在乡亲们的一片叫好声中，电影开始了。

受哥哥的影响，杜富强后来也参了军，杜富佳、杜富民从医。他们不同的人生轨迹，映照出一位农民父亲、农村党员的家国情。

和杜俊夫妇打过交道的人都知道，他们虽是普普通通的农民，却善良、朴实、正直。我们常讲，积善之家，必有余庆。向上向善的好家风，才能给儿女正向的影响，使他们择善而从。

第二章

参军入伍到边防

　　杜富国英勇负伤后,我们意外地在扫雷大队过去的照片、视频中发现,他经常冲在最前面。

一、到达33号界碑的新兵

2010年冬，杜富国身披大红花，入伍来到位于澜沧江畔的云南边防团。

冬天，祖国的南疆阳光灿烂、舒适干爽。澜沧江的滚滚洪流犹如军营欢快的锣鼓，热情地迎接戍边新战士的到来。

初到军营的新鲜劲还没过，"嘟嘟嘟——嘟嘟嘟——"伴随着急促的哨声，艰苦紧张的新兵训练就开始了。

"杜富国！"

"到！"

"你怎么又顺拐了！"班长桑特权扯着嗓门喊。

桑特权脸黑嗓门大，个头不高，但很敦实。他双手一背，呈跨立姿势，往队列前一站，像个横刀立马的将军。再不服管的新兵，在他面前也会老实三分。

他是杜富国的新兵班长，也是杜富国下连后的第一任班长，跟杜富国关系很好。

提起新兵时的杜富国，桑特权两手一背："两个字，老实！"刚入伍时的杜富国，身体单薄，但有一双清澈的眼睛。训练成绩虽说一般，但性格活跃，喜欢和战友们交流。

杜富国新兵训练遇到的第一道难关，是队列训练。山里长大的孩子，习惯打猎摸鱼，喜欢无拘无束，部队严格的纪律规定让他浑身不自在。

"你看，你看！"桑特权的大嗓门又响了起来，新兵正在进行单列横排齐步走训练，站在第四名的杜富国又走顺拐了！

别人都是迈左脚摆右臂，迈右脚摆左臂，而他却是迈左脚摆左臂，迈右脚摆右臂，就像一只笨拙的企鹅。他滑稽的动作，惹得全班哄堂大笑。杜富国红着脸嘟囔了一句："我也不是故意的！"

晚上，熄灯号吹过，整个军营沉静了下来，皎洁的月光把大地照得如同白昼。杜富国躺在床上翻烙饼，他回想着入伍一个多月走过的路，感觉自己被沮丧和委屈淹没了，从起床、出操、叠被、洗漱，再到开饭、打饭、洗碗、打扫卫生，甚至连见面打招呼，都有严格的规定，部队的生活太严苛了！再回想白天自己遭遇的尴尬，杜富国的心情更是低落到了冰点。

"杜富国，怎么了？我们出去走走吧。"不知什么时候，班长桑特权站在了床前，他压低声音对杜富国说。

杜富国一跃而起，穿好了衣服，桑特权已在门口等他。深冬的夜晚，寒意逼人。他俩并肩走在操场上。

"杜富国，白天的队列训练，大家不应该嘲笑你，作为班长，我向你道歉！"一向威严的桑班长，言语中透着温和与真诚。

"不，不是，班长，是我做得不好，拖了咱班的后腿！"杜富国连连摆手。

"好，那你说说，队列训练你怎么老走神？"桑班长问道。

"班长，实话跟您说吧，我有点想不通，到部队咋还学走路？"

"嗨，杜富国，这哪里是学走路，这是培养革命军人的精气神！队列训练不仅能彰显军人的风范，还能培养服从意识、集体意识，以及令行禁止的作风！"

杜富国点点头，似乎明白了，他挠了挠头说："班长，部队里的生活条条框框太多了，我有点不适应！"

"种子在破土中发芽，竹子在拔节中成长。人必须突破自我、摆脱旧习、学会适应，才能有新的气象、新的进步、新的生命！这个过程肯定是要脱层皮的！"桑班长坚定地说。

"脱皮的过程，是辛苦的、艰苦的，甚至是痛苦的。要想成为一名合格的新兵，首先必须在思想上脱层皮，然后在行动上脱层皮。无论是生活方式还是行为举止，都要自律起来，与旧习气决裂，从一点一滴做起，只有这样，我们才能实现从普通青年向合格士兵的转变。"桑班长眼里放着光，他说的每一句话都像鼓槌一样敲打在杜富国的心坎上。

……

不知不觉，月已西沉。杜富国抬头望向璀璨的夜空。

"走。睡吧，明天还要出操呢！"两个男人蹑手蹑脚地回到自己的床铺。

俗话说，明人无须多说，响鼓不用重锤。第二天，杜富国在竖着"有灵魂、有本事、有血性、有品德"的大幅标语牌的操场上，昂首挺胸，接受风雨砥砺。

新兵连首次三公里考核，四百米一圈的跑道，要跑七圈半。杜富国跑完四圈后，两条腿就渐渐不听使唤了，沉重得如同灌了铅。他感到胸闷、气喘，汗水模糊了视线，他甚至能听到自己的心脏怦怦跳动的声音。

桑特权跑在杜富国前面，回头大喊："不要停下来，千万不要停下来，注意呼吸节奏，把步子迈大，身体向前倾，坚持！"

杜富国机械地迈着双腿，此时他心里只有一个念头："快点，快点！"可双腿却越来越不听使唤了，别人越跑越远，他却弓着背、叉着腰，走了起来。

"怎么回事？"桑特权瞪大了双眼，对着他大喊，"快，快跟着我跑！"

你退后，让我来
"排雷英雄战士"杜富国奋斗实录

杜富国喘着粗气，太阳穴青筋暴起，他一只手叉着腰，有气无力地说："班长，我没力气了，我真跑不动了，再跑下去，我会跑死的！"

桑特权眼里冒火，他一把抓住杜富国的手，边跑边大声呵斥："这里不是高原，跑不死人，你要是跑死了，我就陪着你死！你记住，就是倒，也要向前趴着倒！"

"豁出去了！"杜富国咬紧牙关，奋力起步。桑特权在他耳边不停地提醒："注意脚步！注意摆臂！身体不要后仰……"时间渐渐凝固，杜富国的意识里只剩两个字："坚持！"

杜富国不知道自己是什么时候到达终点的。班长讲评时说："跑步就要有一股气，这股气散了，整个人也就散了。这股气憋着，就没有迈不过去的坎！咱当兵的，干啥都要有这股气！"

转眼三个月过去了。杜富国的新兵训练生活是在冲坡花果山的比赛中结束的。

花果山位于营区后面，那里苍松翠柏，植被郁郁葱葱，在树荫中，藏着一道高高的青石台阶，石阶上长满了碧色苔藓，站在石阶下向上望，仿佛是一条通天云梯。大家经常从这里路过，但谁也没有数过究竟有多少级台阶。

眼看新兵训练马上就要结束了，连长凝视着台阶，突然有了个主意，他说："同志们，这一段台阶，我们冲上去，就当是打仗冲山头、夺高地，咱们比比看谁先冲上去，这就是我们的结业礼！"

话音刚落，大伙儿就像离弦的箭，纷纷往上冲，可是没多久，就有不少人泄了气，有的弓着腰费力地迈着步子，有的双手撑着膝盖大口地喘着粗气，还有人干脆一屁股坐到了台阶上，摘下帽子扇着风。但有一个身影，中途片刻也没有停留，一鼓作气冲到了最上面。战友们惊掉了下巴，这个人就是杜富国。

不一会儿，战友们都上来了。连长走到杜富国面前正欲开口，杜富国却抢先报告，他笑着说："连长，这一段石阶有二百六十八级，我数过好多次了，肯定不会错。"

原来，为了增强腿部力量，杜富国常常独自一人悄悄来这里练习，这一个月来，他已经跑了好多趟。

桑特权被感染了，他重新打量起杜富国。经过三个月的新兵训练，杜富国变了，他褪去了怯懦与腼腆，褪去了浅薄与浮躁，浑身上下散发着军人的执着与坚定。

桑特权坚信，杜富国一定会是个好兵！

新兵训练结束后，杜富国被分到了位于滇南西双版纳傣族自治州的边防连队。这个连队可以追溯到组建于20世纪50年代的民族工作队，是个响当当的先进连队。

连队负责戍守的边境地段，山高坡陡、林密草深，条件非常艰苦。其中，又以33号界碑的巡逻最为艰苦。

去往中缅边界33号界碑的巡逻路，全程三十六公里，往返要十二个小时，沿途遍地荆棘。热带雨林里植物长得很快，每次都要带砍刀开辟通路。途中需多次攀缘悬崖陡峭，还要数次跨过沟壑激流，一路上还有很多会吸血的蚂蟥，团里的官兵都知道这是一个"巡逻禁区"。新兵不参加这条路线的巡逻，这是团里多年来形成的不成文规矩。

杜富国得知后，心里有些不服气，心想，老兵能去的地方，新兵凭啥不能去？再难走的路，无非就是走嘛，咬咬牙坚持，一定能挺过去！杜富国决定挑战一次！

他找到班长桑特权，低声说："班长，我想参加33号界碑的巡逻，您帮我争取一下呗！"杜富国眉毛微微上挑，露出真诚的微笑。

桑特权看着那双清澈明亮的眼睛，心里暗自高兴，心想，这小子有股"吃螃蟹"的勇敢劲儿！但他嘴里却说："喏……这事我可做不了主，你向连长报告吧！"说着，眼睛向连长的房间瞧了瞧。

杜富国原本有些犹豫，但看到班长桑特权支持的眼神，决定去试

你退后，让我来
"排雷英雄战士"杜富国奋斗实录

一试。

"报告！"杜富国声如洪钟。

"进来！"正在伏案疾书的连长吴广兵抬起头。

"哦，杜富国，啥事儿？"甭看新兵下连的时间不长，连长对杜富国这个来自革命老区遵义的新兵印象却很深。杜富国训练积极，肯吃苦，三班长桑特权经常在他耳边絮叨："这可是一棵值得培养的好苗子。"

"报告连长，我申请参加33号界碑的巡逻。"杜富国笔挺地站着，大声说。

连长望着杜富国，稍稍有些意外，心想，这不是破规矩吗？他本想一口拒绝，但看到杜富国坚定的目光，便改口笑着说："小杜啊，你的这种精神值得肯定，但是，去33号界碑巡逻，路远山高坡陡，你体能跟得上不？路上还有拇指粗的蚂蟥，你怕不？33号界碑的每一次巡逻，都是向生理极限的挑战，你受得了不？"

连长以为自己的"灵魂叩问"会吓退杜富国，没想到这小子还真杠上了："请连长放心，您说的，我一定能做到，我想挑战一次，至于蚂蟥嘛，小时候我还抓蚂蟥玩儿呢！"

连长再次打量起杜富国："那，你先加强训练吧！"连长虽然没有答应，但也没有完全把话说死。

回到班里，杜富国高兴地对班长说，连长似乎默认了他的申请，只是让他加强训练。桑特权半信半疑，拍拍他的肩膀说："加油，有准备才会有机会！"

说到就要做到。杜富国一门心思投入到巡逻准备中。别人跑完三公里就回来，他还要再加练一次；背着十公斤重的沙袋拉单杠，手臂发抖也不愿停下；钻铁丝网，背部被铁丝划伤，毫无畏惧……他成了连队的"训练狂人"。

去33号界碑巡逻，最考验的是耐力。班长告诉他，多做俯卧撑。经过一段时间的加练，杜富国三十分钟能做三百个了。

正当他暗自得意的时候，班里有个老兵提出要和他"过过招"。只见老兵一伸臂膀一搓手，俯下身子一口气做了五百个，中间还做了几十次胸部击掌的花式动作，杜富国一下子傻眼了，他连连称赞："老兵厉害，老兵厉害！"

别看比赛输了，连队不少战友对杜富国还是交口称赞。班长桑特权不止一次力荐："连长，我看杜富国能参加巡逻。"

连长点点头："新兵巡逻还没有先例，不过好马多加料，我也对他抱有信心。"

没有金刚钻，哪敢揽瓷器活？桑特权深知，要想让连长开这个先例，必须拿出真功夫、硬把式。桑特权不仅在平时的训练中对杜富国要求格外严格，还常常利用午休和晚上熄灯后的时间给他"开小灶"。

做俯卧撑训练时，桑特权在杜富国胸部下方摆了张 A4 纸，对他说："汗水把纸全部打湿，就搞完一次训练了。"汗水很快把纸张打湿，桑特权说："刚才你的口水滴到纸上了。不算数！再来！"

说着，又放了第二张纸。

这种魔鬼式的训练，使杜富国的训练成绩突飞猛进。他的军事技能、综合体能进步很大，颇有一些虎气、底气了。

"嘟嘟——嘟嘟——嘟嘟嘟"，清晨，一阵急促的哨声，打破了所有人的美梦，连队紧急集合，组织十公里武装奔袭。

热带山岳腹地，气候如同小孩的脸，说变就变。一声响雷，天变得阴沉沉的，好像要塌了一般。不一会儿，大雨倾盆而下。

"这下可好，背囊湿了水，又重了十多斤。"陈亚浑身湿透，在林间一边小跑，一边叫苦。

"不要说话，调整呼吸，注意节奏。"杜富国提醒陈亚。

一路上，战友们连喊带拉，奋力穿林。雨水顺着钢盔，滴落在肩膀上。杜富国脸上湿漉漉的，分不清是汗还是雨。因为高强度的奔袭，他的脸看上去红通通的。

班长在前面不断地吆喝："快、快、快点……"

抵达终点，杜富国成绩不错，他很满意。他大口地喘着粗气，坐在土坎上，脱了陆战靴，倒出里面的积水。

而他心里最挂念的事，却是连长会不会兑现承诺呢？他听说，连队马上就要组织去33号界碑巡逻了。

想问却不敢，杜富国又等了两天。第三天晚点名时，连长突然喊："杜富国！"

"到！"杜富国有些吃惊。

"出列！"

"是！"

杜富国跑出队列，站在队伍前，连长让他把手掌展开，面向所有战士。

这双手粗糙如砂纸，坚硬如铠甲，满手的老茧写满了战士的执着，一道道伤疤如同成长的年轮。

连长举起杜富国的双手说："同志们，杜富国是新战士，但他却主动申请参加33号界碑巡逻，为了实现这个目标，他真的很拼！拼到什么程度，看看这双手，就知道了。"

"这样的同志，能不能参加巡逻？"连长大声问。

"能！能！能！"全连官兵异口同声。

33号界碑巡逻的任务，很快就来了。

三月，滇南的早晨，天空飘着细雨，薄雾笼罩大地，天地间湿漉漉的，一支六人巡逻分队出发了。

走在最前面的是少尉排长，殿后的是三班长桑特权，杜富国走在队伍中间，担负后勤保障任务。临行前，桑特权交给他一个带钢架的背囊，说，这是巡逻分队的标志。

这个背囊是绿色迷彩帆布做的，打着几块补丁，洗得有点发白，有的地方还穿着细铁丝，看着有些年头了。背囊里面装着一套单兵野外炊具和给养，有十多公斤重。杜富国心里犯嘀咕，都快成文物了，咋不换个新的呢？他来不及多问，一抬头，一座大山横亘在眼前了。

前往33号界碑，第一关是翻越扎咔亮山。

扎咔亮山虽然海拔只有一千二百多米，但整座山几乎是原始森林，少有人涉足。年年戍边、岁岁巡逻，一代代边防官兵硬是用双脚在这里开辟出了一条巡逻路。

这条路上，有陡坡还有激流，对体能和胆量都是严峻的考验，官兵们称它为"一兵小道"，意思是说，走过这条巡逻道的边防战士，才称得上是真正合格的"一兵"。

杜富国认为自己生在大山、长在大山，脚底板就是为爬山而生的。可是，上了"一兵小道"，他才知道，爬家乡的山是哪里有路就走哪，哪里路好走就走哪，而巡逻爬山则是要沿着山脊线走，这是国与国之间边境划界的通用线，也是界碑矗立的地方。因此，巡逻爬山是没有路要蹚出路来，好走不好走都要走。

中午，走在深山密林里，太阳像火球一样挂在天上，空气好像凝结了一般，一丝风都没有。杜富国背着笨重的背囊，跟着队伍，沿着"一兵小道"往上爬，一开始，他跟队友有说有笑。后来，越往上爬，脚步越沉重，脸上的汗水像断了线的珠子直往下淌，带队的排长关心地问他："行不行？"

"没问题！"杜富国坚定地回答。

中途休息，杜富国半是好奇半是认真地问："班长，这背囊都可以进博物馆了，咋还不换个新的呢？"

桑特权瓮声瓮气地说："你小子可别瞎说！这个背囊是有故事的，它是给养员张帅的。那年冬天巡逻，张帅在过河时，不慎将背囊掉入河中，背囊一下子被冲出十几米。河里又滑又寒，大伙都让张帅不要管了，他却死活不肯。追了十几米，总算把背囊打捞上来。背囊又湿重、伤痕

你退后，让我来
"排雷英雄战士"杜富国奋斗实录

累累，庆幸的是里面的炊具、给养一样都没少。那一刻，大伙都为张帅鼓起了掌，因为一旦背囊被冲走，没得吃、没法子做饭，这荒郊野岭的，可要命了！"

这些年，背囊的钢架多次被压弯，迷彩布多次被刮破，但大家总也不舍得丢了它。每次到33号界碑巡逻，总要带上它。

听了背囊的故事，杜富国一下子来了精神，脚下也轻快了很多。到达扎咔亮山巅，杜富国顿感一身畅快，极目远眺，祖国的壮丽山川犹如一道绿色屏障。

第二关是过"老虎嘴"。

这是一条从绝壁间凿出的栈道，共有四十九道弯，最宽处不足一米，最窄处仅有四十厘米。老乡说："连马都要蒙上眼才能过去。"

桑特权让杜富国跟在自己身后，他取出一根绳子，一头扎在杜富国的腰上，一头系在自己腰上。头顶有瀑布飞石，下方则是万丈深渊，杜富国每迈出一步，都胆战心惊。

好不容易过了这段险路，桑特权解开腰上的绳索，对杜富国说："我再给你讲讲这根绳子的来历吧。"

杜富国摘下汗湿的头盔，抹去额头的汗水："班长，有啥来历？"

桑特权告诉他，两年前，连队买了这根三十米长的攀登绳。两年过去了，绳索硬是被拉长了三十厘米。有一回，上等兵吴军抓住绳索下崖壁时，手一滑，身体快速下溜。万幸的是，他踩到一块突出的岩石。

"绳子被拉长的每一厘米，都记录着一个惊心动魄的故事。"桑特权的话语里既有自豪也有辛酸。

眼看夜色已晚，巡逻分队决定就地宿营。这时，桑特权从包里取出一瓶红星二锅头，杜富国一看，顿时惊掉了下巴——难道巡逻途中还让喝酒？

班长哈哈大笑说："这酒可不是让你喝的，而是用来驱寒的！"

原来，战士们常年巡逻，翻大山、蹚冰河、宿湿地，不少战友都得了风湿性关节炎。为了缓解病痛，巡逻分队出发时，都会带上一瓶二锅头。宿营时，大家在脚踝、膝盖处倒上酒，使劲搓热搓红。桑特权边说边倒出酒来，往杜富国的腿上搓，杜富国顿感脚上热乎乎的。

第三关是闯"蚂蟥山"。

去往33号界碑，要穿过一片热带雨林。巴掌大小的树叶上，常常吸附着好几只张牙舞爪的旱蚂蟥。刚走进林子，杜富国就感到手背一阵奇痒。一看，是一条拇指粗的蚂蟥正在拼命地吸血。

对付这东西，杜富国早有经验。他点上一支烟，直接朝蚂蟥戳去，蚂蟥瞬间落地。

越往密林深处走，蚂蟥越多越厉害，它们像一把把暗器，从树上、草丛，不断地向队员们发起袭击。排长一边提醒大家把衣领拉紧、裤脚扎紧，一边普及对付蚂蟥的"妙方"。

"哎哟，疼死我了！"巡逻分队好不容易冲出了蚂蟥山，胜利在望的时候，杜富国的右腿却抽了筋。

整个大腿发硬、发疼，他本想咬牙坚持，可是抽筋疼得他一屁股坐在地上。

其实，这也是团里不让新兵参加33号界碑巡逻的一个主要原因。新兵腿部力量不够，很容易出现抽筋等问题。尽管杜富国训练很刻苦，准备也很充分，但终究没有逃脱这一"魔咒"。

大伙赶紧把他身上的物资取了下来，一边帮他按揉疏通，一边安慰他："富国，不行你就留在这里，等我们巡逻结束再回来接你。"

"班长，我不能停下来。"杜富国的倔强劲又上来了，"你不是跟我说过，就是倒下，也得向前趴着！就是爬，我也要爬到33号界碑去！"

眼看杜富国是九头牛也拉不回来了，桑特权只好从包里取出绳子，把他抽筋的腿扎实地捆了几圈，轻轻拍了拍杜富国的肩膀，说了句："出发！"

终于到达33号界碑了。队员们在界碑处展示国旗、宣示主权，杜富国难以抑制激动的心情，他拉着国旗一角，脸庞被映得红红的，此时此刻，他觉得一切的苦和累都是值得的！

回到连队，全连列队欢迎，连长一把搂住杜富国的肩膀，向大家宣布："同志们，杜富国同志是我们团第一个到达33号界碑的新兵！"

往事如烟。33号界碑巡逻之事已过去多年，但桑特权记忆犹新。他经常跟连队里的战士讲，当兵就要当杜富国那样的兵，大伙喜欢，连队需要，打起仗来最顶用！

得知杜富国雷场负伤的消息后，桑特权一整晚都没睡着觉，他翻来覆去，总觉得不敢相信，自己兄弟的两只手、两只眼怎么就没了？他今后的日子该怎么过？

天亮了，桑特权给杜富国发了一条微信："其实，每次去执行任务，我们都知道，可能有人再也回不来了，但是我们还是义无反顾，带上我们的装备、我们的武器，一次次去完成任务，我相信你不后悔！"

二、他是连队"三小工"

杜富国入伍前，当过汽车修理工，动手能力强，修理东西时，又喜欢琢磨其中的道道。新兵下连后，他自然而然地兼任了连队的特殊岗位：三小工。

部队里的"三小工"，也就是水电工、木工和泥瓦工，并不是专职的岗位，而是为了自家自建，在营、连设立的兼职维修小队。"三小工"可以是一个人，也可以是几个人，钱不多拿，活不少干，一年到头忙忙碌碌，灯泡坏了换灯泡，水管破了修水管，厕所堵了通厕所……有人曾给"三小工"画像：

上联：水电管道维修立等见效
下联：营产营具保养随叫随到
横批：解决实际

杜富国会的东西多，自然就成了连队"三小工"的代表。战友们遇到事情总是扯着嗓子喊一声"富国"，杜富国准会及时出现，乐呵呵地答"到"。

杜富国的热心是出了名的。

他将打小就深植于心的"吃得亏、打得堆"的人生理念，带到了部队。平时训练、执勤回来，大家或坐或卧，喘着气休息，杜富国却闲不住、忙不完，脏活、累活、重活，他总是抢着干，从来不嫌麻烦。他的观点是："连队的这些活，总得有人干，我多干一点，大伙就轻松一些、方便一些。"

"哎呀，又满了又满了。"小李捏着鼻子快步从厕所出来。

连队驻在偏远的苗寨，厕所和淋浴房都是单独加盖的，离连队宿舍有一段距离。因为年久失修，厕所被堵是常有的事，官兵们对此都颇有微词。

"化粪池又——满啦？"杜富国扯住即将与自己擦肩而过的小李，故意拉长了声音问道。

"可不是嘛，这个'老破小'，一到雨季，外面下大雨，里面下小雨，蹲个坑都蹲不安心。这不，今天坑又满了！"小李嫌恶地摇了摇头，边说边拨开杜富国的手，"我得赶紧和班长报告去，赶快叫人来清理清理！"

杜富国不慌不忙地将两只袖子撸了起来："杜富国在此，何必麻烦他人！"他滑稽的腔调，一下子把小李逗乐了。

别看杜富国是个列兵，他在连队的威信却很高。他对着宿舍喊了几嗓子："厕所满了，来打扫厕所了，没事的过来搭把手。"不一会儿，大家拿着扫把、背着铁锹，还真来了六七个人。

大伙儿一起掀开化粪池的盖子，一股臭气扑面而来，熏得人往后退了好几米。

杜富国笑着摆摆手说："别那么娇气！"只见他衣袖一挽、裤腿一卷，拿起铁锹就干起活来了。

他边干边说："鼻子闻惯了，就不觉得臭了，我小时候就经常挑粪去田里……"

后来，杜富国不知从哪里扛来两袋水泥，大家七手八脚，你和泥、我拌沙、他钉钉子，一个下午的工夫，就把厕所修葺一新，大家再也不用为上厕所发愁了。

杜富国的"巧"是全队公认的。

四年一届的世界杯足球赛开始了。聚在一起看球赛，成了大家最好的娱乐活动。晚饭后，不用吹哨，大家早已整整齐齐地坐在电视机前，目不转睛地盯着绿茵场，不承想，电视机突然黑屏了。

连队值班员快步走了过去，对着电视机左拍拍右拍拍。紧接着，他又开机、关机、再开机，折腾了好一会儿，却只有声音，没有画面。

值班员两手一摊，说："修不好，没法看了，各班带回。"战友们纷纷摇头。

大家都解散了，杜富国却留了下来。他对着电视机左瞧瞧右看看，而后直接去找文书借工具了。文书问："你借工具干啥？"杜富国说："把电视机拆开看看。"

文书一听急了："杜富国，电视机你不碰，啥事都没有，要是你碰了修不好，再把聋子治成瞎子，你可要负责任的哦！"

"放心吧！"杜富国胸有成竹地说，"应该是屏幕背光灯出了故障。"

随后，杜富国便拿起螺丝刀，拆起了电视机。战友们也凑了过来，看起了热闹。

杜富国那双布满老茧的手，一摸到螺丝刀，就充满了灵性，电视机的零部件在他手中翻转如飞，大小螺丝钉眨眼间就叮当脱落。

拆开电视机后，杜富国对着背光灯仔细观察了起来，原来是一处接头出现了细微的松动。这时的杜富国，就像手术台旁的医生，他拾起一根镊子，一根根地夹起接头，在电路板上穿插。没多时，他喊了一声"开机"，电视机出画面了。

杜富国一番操作，把周围的战友看呆了："杜富国，你的手指头上长着眼睛呢！"

这件事在营里迅速传开了。这天，司务长找到杜富国，焦急地问："兄弟，你会修冰柜不？咱炊事班的冰柜不制冷了，放不住菜啊！"杜富国说："我试试吧。"也不知是炊事班的兄弟操作有误，还是杜富国真的有本事，反正他一去，还真是"手到病除"了！

杜富国的名气更大了。没多久，团里要组织"三小工"培训，杜富国成为连队的不二人选。

杜富国问指导员："'三小工'是干啥的？"

指导员拍拍他的肩膀，笑着说："是搞服务的，是为连队服务、为战友们服务的，是'活雷锋'的岗位！"

杜富国一听，两腿并拢，敬了个标准的军礼说："指导员，我要学雷锋，我愿意为连队服务、为战友们服务！"

培训归来，杜富国的手艺大长，连队维修上的事都离不开他，他暗自有些得意。

那天，连队正在组织政治教育。教室的门"呼"地被推开了，"杜富国，杜富国在哪？"营长火急火燎地喊。

"到！到！"杜富国吓了一跳，立即站了起来。

营长笑了笑，说："没事没事，营里的电路出现故障了，你快去看看。"

杜富国提着工具箱就往营部赶。原来，上级马上要召开视频会议了，但会议室的大屏幕却忽然一阵黑一阵白，视频会议系统也"吱吱"地响，大家急得火烧眉毛。

杜富国打开控制柜，里面的线路密密麻麻，许多小灯一闪一闪，他顿感头皮发麻，就像是在刺窝里摘花——无从下手。领导们围了上来，七八双眼睛在背后盯着他："快点快点，别误了开会！"杜富国紧张得手心直冒汗，折腾了好一会儿也没修好。

"不能再等了！"营长拨通了机关营房股的电话。没多久，营房股一名水电老班长骑着自行车满头大汗地赶来了。他停好自行车，拿出电流表，这里点点，那里看看，很快就找出了故障原因，接着三下五除二就给修好了，视频会议如期举行。

"杜大拿，你也会马失前蹄呀！"有战友与杜富国半开玩笑地说。

这件事如同一桶冷水，让顺风顺水的杜富国清醒了许多。他私下拜水电老班长为师，虚心向他请教。老班长不紧不慢地对他说："小杜呀，你有一定的实践基础，但电工知识太薄弱了。还有，遇到事千万不要慌，一慌就要乱，线路再多，也要一根一根地去理，就像吃饭一样，要一口一口地吃，囫囵吞枣是会噎住的……"

水电老班长爱教，杜富国爱学。他不仅把老班长的本事学到了手，还自学了《水电识图》《电工技能》《电工安装与维修》等专业书籍。水电老班长喜在心上，他不紧不慢地说："小杜啊，你这徒弟都快要超过师傅了！"

杜富国的"抠"也是出了名的。

有一次，上级为边防连队配发空调，但由于营房线路老化，需要重新采购设备、搭设线路，同是"三小工"的李飞和杜富国一起去了趟县城，采购相关设备。

当老板报出价格时，李飞一口答应。杜富国悄悄将他拉到一边："那么快答应做什么？我们要讲讲价，肯定能商量的。"

"这是公家的事，连队都能报销的。"

"公家的钱怎么了？能省一点是一点，连队用钱的地方多着呢。"拗不过杜富国，他俩又折回来跟老板砍价，还真省了一百多块钱。

早些年，从县城到连队只有一条土路，一到雨季，路面就变得坑坑洼洼，泥泞不堪，不要说大车，就连小车都不好通过。短短二十多公里的路程，开车要一个多小时，通行十分不便。

有一回，连队要修缮附属营房，需要一些砖头。驻地附近的砖厂老板一听要送货上门，连连摆手："不去不去，太难走了，要送也不是不行，一块砖得加五毛钱。"负责后勤的副连长一听就急了："这是宰我们呢，运费比砖头还贵，我们还要请师傅来砌墙，连队这一点修缮经费，哪里付得起？"

副连长为此很发愁。杜富国主动找上门说："连副，运费我们找老乡再说说，砌墙就不用请师傅了，我来搞就行。"

杜富国来到砖厂，听说厂里的拖拉机老是出故障，动不动就冒黑烟，他立刻笑了："这不是我的老本行嘛！"说着他脱下军装，拿起钳子、扳手，直接爬上机头。不一会儿，拖拉机"嘟嘟嘟"地冒着烟启动了。砖厂老板瞅着满手油污的杜富国，直竖大拇指，说："解放军中有人才，运费不加价了！"

满满一车砖，当天就运过来了。接下来几天，杜富国起早贪黑地砌墙、刷墙，战士们轮流给他打下手。

营房修缮了，钱也省下来了，连队还培养了不少"三小工"。团里领导来连队检查，夸赞这次修缮是"自家自建的典范"。

> 头顶边关月，情系天下安
> 当兵走四方，时刻听召唤
> 爱心献给那千万家
> 真情捧在百姓前
> 来来来来来来来

你退后，让我来
"排雷英雄战士"杜富国奋斗实录

来来来来来来来来
……

夕阳西下，战士们扛着枪唱着《爱国奉献歌》，巡逻归来了，每个人的脸上都洋溢着完成任务的喜悦。边境巡逻是边防连队的重要使命，"眼前是界碑，身后是祖国，我们不能把领土守小了，不能把领土守丢了。"这是刻在每个边防战士心上的箴言。

欢快的歌声中，杜富国却眉头紧锁、若有所思。白天巡逻途中，在过一座独木桥时，他脚下没踩稳，一个趔趄就坐到了木桩上。眼看着要掉入河沟，幸亏身后的指导员眼疾手快，拉住了他。指导员叮嘱他，经常有巡逻官兵在这座独木桥上滑倒，要特别注意。

晚饭后，他敲开了指导员的房门。

"指导员，我有个想法。"杜富国开门见山。

"又有啥想法？快说。"指导员不仅喜欢杜富国的勤快手巧，更喜欢他那股爱动脑筋、爱琢磨的劲儿。

"巡逻执勤路难走、情况多，我们能不能建一些跟巡逻地形相匹配的功能模块？平时让大家进行针对性训练，这样一旦遇到突发情况，也好处置应对。"

指导员一听，拍着杜富国的肩膀说："好，太好了，咱们想到一块去了！你是'三小工'，明天就干！"

第二天，指导员就把连队的骨干召集在一起，就建功能模块的事情召开"诸葛亮会"。很快，大家结合巡逻路上的真实情况，设计了"人"字架、水上独木桥、"天梯"、崖壁小道、"梅花桩"。

他们肩扛手提运回废弃木材，制成了"天梯"，搭设了"人"字架，还从河里搬来石头，垒挡墙、砌深坑，用拆除旧房时留下的废铁皮铺成滑坡，一个模拟训练场很快就有了雏形。

练兵越逼近战场越好，打仗越抵近敌人越有胜算。

为了让模拟训练更逼真,杜富国和战友们在独木桥和"梅花桩"上面涂了青苔,下方灌了水,踩在桥上、桩上,一走一打滑,很容易掉下水。他们还用抽水机把河水引到滑坡顶部,人往上爬,水往下流,进一步增加攀爬的难度。

经过一个多月的努力,杜富国手上的沟壑更深了,大家的汗水没有白流,一个连贯的训练场呈现在官兵眼前。"人"字架是用十二根横梁、五根竖柱搭建而成的,滑坡一半是斜梯、一半是铁皮铺成的,"天梯"则竖直搭建在悬崖上,上了"天梯"之后,便是仅能容一人行走的崖壁小道了,在小道上行走二三十米后,要从另一"天梯"下到地面,这里就是水上独木桥了。

杜富国在"人"字木架上,率先体验了一把。下来后,他兴奋地对战友们说:"能过这个'人'字架,就不怕过'老虎嘴'啦。"

一个小小的模拟训练场,可真帮了连队的大忙。经过训练,连队"晕水"、恐高的战士减少了,越障行走、处置突发情况的能力也朝前迈了一大步。

全连军人大会上,指导员竖着大拇指,连连称赞说:"杜富国这个'三小工',干成不少大事情,他是'骡马精神'的真传人!"

杜富国腼腆地摆摆手,说:"不敢当,不敢当!这是大家的功劳,我做的事情微不足道!"他微微翘起的嘴角盛满了快乐。

三、每个岗位都出彩

遥远的边防连队,始终与人间烟火保持着遥远的距离;漫长的边关岁月,难免夹杂着无边的枯燥。不知道从什么时候开始,杜富国感觉自己不快乐了。驻守在偏远的连队,他觉得自己越来越渺小,心里时常空落落的。

你退后，让我来
"排雷英雄战士"杜富国奋斗实录

连队的驻扎地有一个响亮的名字叫龙门。他问自己，啥时候才能"鲤鱼打挺，跳出龙门"呢？难道真要把自己的青春埋没在这默默无闻的边境村寨吗？他越想越迷茫。

指导员很快发现了杜富国的不对劲儿。

这天是周末，大伙打球的打球，下棋的下棋，还有人在操场慢悠悠地跑步，人人都在享受这惬意的闲暇时光。然而，杜富国却独自一人在整理衣柜。

指导员进来了，他一眼就看到杜富国。两个人并肩来到院里，坐在石凳上倾心畅谈。

"富国，你还记得连队的'骡马精神'吗？"指导员笑着问杜富国。

"当然知道啊，就是老老实实做人、踏踏实实做事、扎扎实实打好基础嘛。我来连队的第一天，桑特权班长就跟我说过。"杜富国认真地回答。

指导员接着说："我再给你讲一讲吧。三十年前的西双版纳，可不像今天这般车水马龙、喧闹繁华，前不着村后不着店的龙门山，更是常年不通车辆，连队所需的物资要靠马驮、靠人背。1987年，战士齐克军在一年内赶着马驮运物资四十多吨，来回行程五千六百多公里，官兵都叫他'骡马队长'，'骡马精神'就是从这里诞生的。"

杜富国一时不知道指导员葫芦里卖的什么药。

"'骡马精神'的另一层含义，就是读懂边关、热爱边关、献身边关。"指导员说。

"驻守边关是平凡的，甚至是寂寞的，然而，把平凡的岗位干好了就是不平凡的，把寂寞嚼碎了，心就不浮躁了，脚步就会稳下来。"

"热心对待每一个人，用心做好每一件事，专心干好每一个岗位，平凡而不平庸。"

……

指导员的一席话，春风化雨，滋润了杜富国，开导了杜富国。

"只有干一行爱一行，才能活出自己！"这句话成了杜富国的座右铭，成了他军旅生活的信条。

牵引横越是每个侦察兵都熟悉的训练课目。通俗地说，就是顺着一根悬空的绳索向上爬行，通常用来通过悬崖、沟壑或河流。因悬空、负重、绳细，这一课目对官兵的肌肉力量、身体协调性、平衡能力和心理素质要求较高。杜富国和战友们先在平地练习，脚部不能着地，而后模拟河滩练习，一旦掉下去就变成落汤鸡。他仔细地揣摩攀绳的每一个动作要领，认真研究每一种情况的处置办法：

双脚掉落后，怎样才能翻身回到绳子上方？

是该单脚挂绳还是双脚挂绳？

过绳时背囊该怎么携带？

鞋带容易被挂住绊住怎么办？

……

作为一个边防战士，杜富国努力把每项工作都做到极致。超乎常人的毅力与付出，让杜富国成为"多面手""实干家"，成为每个单位都争着要的"宝贝疙瘩"。

2013年，杜富国选改为士官后，被抽调到军分区教导队炊事班担任炊事员。炊事，说起来只是杜富国的业余爱好，平时在连队偶尔"露一手"，他万万没想到，自己的这个爱好，竟会成为工作。

到了教导队，他每天起早贪黑，和锅碗瓢盆为伴，与灶台勺子为友。当战友还沉浸在梦乡时，他已经在细心筹划一天的伙食了；周末当战友们休息时，他在操作间挥汗如雨。

杜富国并不满足于日常做做饭，在他看来，当兵要当最好的兵，当炊事员也要当最好的炊事员。

他到书店买来厨师培训的相关书籍，自学自研，买来食材、调料一步一步对照操作，一个多月的时间，他学会十多种新菜品。他做的豆豉蒸排骨、生炸子鸡、滑水鱼丸、糖醋鲤鱼等，深受战友好评。

为了了解战友们的需求，他经常向战友们收集建议，协助司务长科学制定食谱，确保大家能吃到美味可口的饭菜。伙食质量提高了，战友们的训练自然更高效。

做饭，只是炊事员工作的一个方面，一个优秀的炊事员还得会"持家理财"。不当家不知柴米油盐贵，这话一点都不假。伙食费很有限，要覆盖粮油米面、酱醋调料和柴火煤炭等一应支出，日常买菜的钱就不多了。杜富国要计算好到底买什么菜、买多少量，既要保证"四菜一汤"吃得好，又要保证经费不超支。

部队的炊事员归根结底是为打仗服务的，是战斗力建设链条中不可或缺的一环。

虽然这些年，部队的炊事挂车、野战主副食加工方舱、模块化野战厨房等新型野战炊事装备已相继列装，部队野战炊事保障水平有了很大的提高，但在山川丛林条件下，利用就便器材进行炊事制作，仍是炊事员必须掌握的基本技能。其中，挖无烟灶就是一个重要的技能。

无烟灶，也叫避光散烟灶，是野外单兵最简便实用的炊事用灶。单兵在野外只需一把工兵锹，五分钟内就能做好这种灶，无光无烟，不是近距离的话，敌方根本发现不了。

杜富国认真钻研过无烟灶的门道。挖灶的首要问题就是选点，首先要确认该处是否能安全生火，在野外稍有不慎就可能引发山火。有些地方还要小心野兽。烹调离不开水，所以挖灶应选在近水处。但若靠得太近，又容易暴露目标，所以灶与河流得有一定的距离。

在课目示范中，杜富国的表现让人眼前一亮：

他先挖了一个能容纳一个人蹲下或者坐下的方形坑A，在距A坑两手掌远的地方再挖一个小一点的坑B，大小以能架住锅子为准。然后从底部将两洞贯穿，把挖出的土堆在A坑周围挡风，在B坑洞口上方向后延伸挖出至少三道浅沟做烟道，烟道要高于炉口十五到二十厘米，这样好出烟。

然后，把锅放在B坑洞口上，并用土把边填死，在烟道上方盖上树枝、麦秆之类的东西，其上再覆盖一层土，将烟道隐蔽好，然后将引火物从A坑底放入B坑内，加柴，做饭。

使用完毕后，将烟道上的树枝撤回，放入A坑，再把旁边的土填回踩实，然后把烟道填平，从旁边找些土或是植被恢复其原有地貌，然后迅速撤离。

这是在平地挖无烟灶的方法，还有一种简易方法：杜富国找了一个有坎的地方，从垂直于地面的一面往里面挖灶，上面开个洞放锅。灶的两边开两个小洞，顺着两个小洞往外分别挖两条两米长的浅沟，把烟引来，沟上面盖上草，就差不多了。

接下来，淘米煮饭、洗菜配菜、生火点灶……杜富国和战友们分工明确，各司其职，动作娴熟。他熟练地起锅烧油，下料爆炒，不一会儿就饭香袭人。番茄炒鸡蛋、蒜薹炒肉丝、红枣小米粥、香喷喷的大米饭，还有香瓜等水果，荤素搭配，色香味俱全。

饭菜做好了，他们的工作并没有结束，他们要将做好的饭菜"打包"送至指定地点，迅速有序地进行热食分发。

当炊事员的这段经历，对杜富国的影响很大。他每次探亲回家，都要给亲人露一手，妻子王静半开玩笑地说："是他做得一手好菜，我才嫁给他的。"

入伍八年，杜富国被五个单位争先选调，从事了四个专业，无论是新兵连，还是教导队，无论是边防执勤，还是雷场扫雷，他始终干一行、爱一行、钻一行、精一行。

哪里最危险，哪里最艰苦，在哪里能成为最好的兵，他就去哪里。当兵的时间越长，杜富国就越觉得，打仗是部队的主业，真正的战士，要到能打仗的岗位上去战斗。

2015年春节刚过，杜富国就要求回到连队去带兵。领导、战友都很不理解，为什么好好的军分区机关不待，非要到艰苦的边防连队去。营房科长找他谈了几次心,也没能扭转他的想法。杜富国一再坚持,最后他回到了老连队。

回到勐腊县城,杜富国匆匆赶回团司令部军务股报到,股长安排他先到招待所住下。走出机关大楼,他意外地见到了新兵连的战友张中君。

"张中君,你也在机关办事啊?"与两年多不见的战友重逢,杜富国显得格外高兴。

"我已经调到特务连了。"张中君笑着跟杜富国说,"你不是去军分区工作了吗?今天怎么有时间回来啊?"

"我自己要求回来的,军分区机关的工作跟打仗关系不大,我还是想回来锻炼锻炼。"交谈中杜富国了解到,张中君已经当上五班班长。他满是羡慕:"你发展得好啊,调到特务连就说明干得不错,当上特务连的班长,说明本领高强。"

张中君正要跟杜富国说话,连队文书喊:"张中君班长,连长有事找你。""你先到招待所住下,晚上有时间我再来找你聊。"张中君交代完,转身往连队走了。

杜富国站在原地,看着张中君远去的背影,脸上露出了微笑:"到了军事素质最好的特务连,还当上了班长,张中君厉害啊!"

杜富国在招待所住了下来。外面已经开始搞体能训练了,杜富国站在窗口看大家训练。跑完步,特务连练起了捕俘对抗,有几个人被摔得不轻。杜富国看得出神:"特务连训练搞得好,个个跟拼命打架一样,怪下得了手。这要是在战场上,可真是一点儿也不会手软了。"

晚饭过后,张中君到招待所找杜富国。两个战友长时间不见,聊得很投机。

"当初在新兵连的时候,你体能不行的嘛!今天下午看你们对抗训练,你出手够狠的啊,对方一下子就招架不住了。"杜富国刚说完,张中君就接过话茬:"这是捕俘基本技能,我当班长的打不过战士,人家不服气的。这要是在战场上,那可是不是你死就是我亡的决斗呢!要命的!"

杜富国和张中君正在聊着，电话响了起来。"我们连长打来的，我先接个电话。"接完电话，张中君一看快到点名时间了，就先返回连队了。

"连长您好！我回到团里了，明天想找车回去。"杜富国也给自己的连长打了电话，报告了自己的情况。

"我知道了，昨天就收到你分流回来的通知，还担心你是不是在分区没干好呢！后面问了机关，说是你自己要求回来的，才算放了心。"还没等杜富国说话，连长的声音又传了过来："你先别回来，作训股来电话，说马上要搞士官集训，让你到教导队报到去。"

杜富国本想说自己想回连队，但连长那头已经挂了电话。"服从安排吧，到机关工作一年半了，回炉炼一炼也是好事。"杜富国在心里说。

很快，作为同年兵中的佼佼者，杜富国被连队第一个推荐到了教导队。迎接他的，又将是新岗位的挑战。

第三章

为人民扫除雷患

在一次陆军高级干部会议上,一位中将推介了一名战士的雷场请战书:"我思索着,什么样的人生才是有意义、有价值的。我始终觉得衡量自身价值的唯一标准,是真正为国家做了些什么,为百姓做了些什么……一个声音告诉我:走进雷场,消灭地雷!"

一、扫雷请战书

云南省勐腊县,与老挝山水相连,与缅甸隔澜沧江相望。坐落在勐腊县东南侧的边境小寨——曼帕寨,是云南边防某团教导队的所在地,也是全团优秀士官的"加工厂"。

杜富国清楚地记得,新兵训练时班长桑特权跟他说的那句话:当步兵,就要进教导队,教导队是班长的"成长摇篮"!

在集训队开训仪式上,个头一米八、浑身都是肌肉疙瘩的少校队长,紧握拳头,对大家说:"进了教导队,就是要苦练、苦练、再苦练,三个月的时间,实行末位淘汰、全程淘汰!"

"'人'字一撇又一捺,就是用来爬坡过坎儿的。"杜富国对自己说,拼了!掉皮掉肉绝不能掉队,来了绝不能被淘汰回去!否则,这脸往哪搁啊!

练练练,练为战
练成那精兵才是好汉
练练练,练为战
练成那个打得赢的好儿男

> 练就杀敌硬本领
> 练得豪气冲云天
> ……

因为集训时间紧、训练任务重，队里恨不得把一天当作两天来用。训练场上，每个集训队员都铆足了劲天天冲锋，大喇叭里《练为战》的歌声和着刺杀声，如洪流似彩带，绘就了一幅新时代强军练兵图。

2015年7月15日，七点五十分，伴随着一阵急促的哨声，原本热闹非凡的院子一下子安静了下来。

"所有人电教室集合！着迷彩服、戴帽子、扎腰带！带上本子和笔！"值班员短促有力的话，让大家感到此次任务必定不寻常。

各班带到电教室，队长、指导员早已等在那里。值班员整队报告完毕，队长接着讲："同志们，根据习主席指示，国务院、中央军委将启动中越边境第三次大面积扫雷……"宣读到这里时，队长加重了语气。

"中越边境云南段，雷患依然很严重，迄今为止，仍有113块雷区，面积约81.7平方公里。在雷区附近生产生活的边民，达5000余户，50000余人。他们有田不能耕、有地不能种、有路不敢走，深受雷患之苦！"

杜富国心中猛然一震："听说以前已扫过几次雷，为什么还这么严重？"

"《通知》明确提出，这是一次扫雷作战行动，意义十分重大，能够参加这次行动，是一名军人的荣耀。"队长宣读完《通知》后，指导员接着动员道。

"但是，扫雷很危险，可能会有人牺牲，大家还是要慎重考虑，最好征求一下家人的意见，想报名的尽快向所在连队的党支部提交申请……"

"上级有号令，百姓有疾苦，刀山火海也要上！"杜富国暗暗下定决心。他侧耳听着报名的每一项条件，生怕漏了一丁点儿信息。

"参加扫雷的人员，于7月19日到文山州马关县报到。"

"前后才四天时间，任务咋这么急啊？"

"从教导队回到连队需要一天时间，从连队辗转几趟长途汽车到文山州马关县，估计又得几天时间，真是刻不容缓啊！"杜富国心里盘算着。

刚散会，他就迫不及待地和战友聊了起来。

"我准备参加扫雷，你去不去？"杜富国问战友蔡天万。

"我还没想好。"蔡天万犹豫不决。

"当兵就要上战场，国家有需要，我们应该站出来、顶上去！"杜富国劝说这个同乡同连队的战友一同报名。

"我已经想好了，我要参加这次扫雷行动。我先给连队打个电话，等会儿就写申请。"杜富国笑着说，言语中透着坚定。

"嘟——嘟——嘟"，指导员的手机一直无人接听。杜富国有些纳闷，挂了电话，转头准备写申请。

蔡天万又来找杜富国："你真的决心去参加扫雷了？听说雷场情况很复杂，扫了几次都没扫完。"蔡天万怯怯地看着杜富国，眼神有些飘忽不定。

"你不是经常看维和新闻吗？扫雷也没有那么难。"杜富国笑着说，"只要胆大心细，安全是没有问题的。就算爆炸了，还有防爆服保护身体呢。听说现在扫雷不像以前了，有扫雷火箭，还有扫雷车。"

听到这，蔡天万眼里的疑云散去："那我再想想，先打电话问问家里。"

杜富国找好纸笔，刚坐下准备写申请，电话就响了，一看是指导员打来的，杜富国赶紧接了电话。

"指导员，我准备报名参加扫雷，希望连队党支部能给我这个机会。"还没等到指导员开口，杜富国就急切地说。

"你这小子，好久没打电话了，今天半夜看到你的'未接来电'，我就知道你准是又有新想法了。"指导员半开玩笑地说，他打心眼里喜欢这个上进肯干的好兵。

但是，指导员也有顾虑，他不想让这个好兵走，这几年连队有点走下坡路，再不迎难而上，老先进的牌子就保不住了。

想到这里，指导员对杜富国说："在连队干得好好的，为什么要去扫雷队呢？你要好好考虑，扫雷是很危险的！再说你征求家人的意见了吗？"

指导员的一番话，把杜富国浇了个透心凉。他轻声说："那我先给家里打个电话，如果家里同意，就让我去吧！"

旁边的蔡天万有些惊讶："指导员没同意你的申请？"

"扫雷是作战行动，机会难得，我一定要争取！"杜富国有些失落地说道。

回到宿舍，这里像是被捅破了的马蜂窝，大家七嘴八舌，都在讨论扫雷的事。

"和平年代能参加作战行动，是个很好的机会！"

"地雷不认人，何必去冒这个险？又不是人人都必须去！"

"中越边境的雷不是排过好几次了吗？怎么还没有排完？不会是难度太大，没办法排吧？"副班长也疑惑地问着大家。

"我认识普洱军分区的一个领导，叫蒋俊峰，他参加过第二次大扫雷，当了英雄，还提了干。以前听他聊起过扫雷的事，没大家想象的那么难。"班长对扫雷有自己的看法。

"听说那个地方坡度很大，地雷经常滚落下来，好多都移位了，很危险的。杜富国，你还是要慎重考虑！"副班长好心提醒。

"大家先聊吧，我给家里打个电话。"杜富国边说边出了门，走到大院的僻静角落，思索着怎么和父亲开口。

夜半时分，杜俊在自家的堂屋里抽完烟，正准备进卧室休息，手机却突然响了。杜俊从裤兜里掏出手机，一看是大儿子打来的，心中掠过一丝惊讶："富国平时不会这么晚打电话的，难道有什么紧要事？"

"爸，我要到中越边境去扫雷。"杜富国开口说道。

杜俊一听，心里咯噔一下。他试探着问儿子："以前听说过云南扫了几次雷，到现在都还没排完？"

"是，还没排完，这是第三次大面积扫雷，想去的人多着呢！"杜富国恳切地说。

"这是单位选派的，还是你自己申请的？"杜俊接着问儿子。

"我是自己写申请的，也是单位派去的，每个单位都有人参加。"杜富国有意减少父亲的担心。

"那些没有排完的地雷，要排除难度很大吧？"杜俊还想跟儿子再确认一下，扫雷可不是闹着玩的。

"扫雷没那么危险，培训了才能上雷场，还要穿防爆服呢！不用担心！"

听儿子这么说，杜俊想自己当初送他当兵，就是把他交给了部队，部队有需要，决不能拖后腿。他选择支持儿子，只是一再嘱咐要多加小心。接着，又交代道："这个事，暂时不要让你妈知道！"

父亲对于儿子，犹如雨中之伞、树下之荫、大地之于禾苗。得到父亲的支持，杜富国心里更加踏实，也更有底气了。

挂断电话，杜富国下定决心："身为军人，军装就是征战的铠甲，军令就是万死不辞的号角，为人民而生，为祖国而死，雷场再危险也要上去，付出再多都是值得的！"他急切地来到电教室，连夜写下申请书。

尊敬的连队党支部：

　　在学习了上级将组建扫雷队的《通知》后，我决定申请参加这次光荣的任务，特此写下这份申请书。

　　我知道扫雷是一项艰辛、艰苦、艰难的任务。五年前加入中国人民解放军这个光荣的集体时，我思索着，什么样的人生才是有意义、有价值的。

　　我始终觉得衡量自身价值的唯一标准，是真正为国家做了些什么，为百姓做了些什么！

时至今日，我的想法并没有丝毫改变。好不容易等来一次上战场的机会，我又岂能错过，让青春的生命留下遗憾？

当我了解到生活在雷区的村民不时被地雷炸伤、炸死的惨痛事件时，我的心难以平静。

我感到冥冥之中这就是我的使命，我听到一个声音告诉我：走进雷场，消灭地雷！

在连队这些年，很感激党支部和领导对我的悉心培养。

我渴望着更多的牺牲和奉献，恳请连队党支部批准我的申请，让我能够加入扫雷大队。

如果连队党支部批准了我的申请，我一定不负连队对我的培养，在扫雷队服从命令，遵守规章制度和纪律规定，努力学习，扎实工作，不忘连队的"骡马精神"，在扫雷队做出更大的成绩和贡献，以报答连队党支部的支持和培养。

如果连队党支部没有批准我的申请，证明我的能力素质还没有达到要求，我会更加严格要求自己，刻苦训练，认真学习，争取早日加入扫雷大队。

再次恳请组织批准我的申请！

此致

敬礼！

申请人：杜富国
2015年7月16日

青春的热血在翻腾，崇高的使命感在激荡。杜富国思绪泉涌，手中的笔像战马奔腾在草原，像火车欢快的嘶鸣，像滚滚春雷激荡于夜空。

这分明是战士对人民的忠诚回答！

这分明是儿子对母亲的涌泉回报！

这分明是红色基因在新一代官兵血管中的澎湃接续！

入伍五年来，杜富国从没有感到如此畅快。

军队是一个大学校、大熔炉，它能把英雄少年锻造成领兵打仗的将军，也能把油头粉面的胆小鬼变成阳刚气十足的男子汉，还能把让父母头疼的叛逆少年塑造成心有信仰、听令而行的战士。

走出电教室，已经是凌晨了。杜富国长长地舒了一口气，随手点燃一支烟，他思索着："明天一早该怎么跟连队报告，才能如愿上雷场呢？"

躺在床上，杜富国感到热血沸腾，仿佛已来到危机四伏的雷场。曼帕寨的公鸡鸣了好几次，他翻来覆去，怎么也睡不着。天快亮了，他才迷迷糊糊睡去。

"嘀嘀嘀"，起床号响过了，杜富国还没有醒。蔡天万推了他一把："你的申请书写好了没有？昨天晚上我问了连队，说今天早上就要报，不然来不及。"

杜富国一骨碌爬起来："连队同意你的申请了？指导员还没有答应我的申请呢，我得赶紧给他打个电话。"

他起身拨通电话："指导员，经过慎重考虑，我决定报名参加扫雷，请党支部批准我的申请。"

指导员在电话里愣了好一会儿："全团就二十个名额，我们连队已经有九人报名了，个个都非去不可，上级只给我们两个名额，你让我怎么办？"

指导员顿了顿，又说："你能不能考虑一下连队的建设发展，别掺和这个事了，留下来？"

听指导员这么一说，杜富国急了："我已经慎重考虑过了，申请书已经写好了，家里也很支持我。一上班，我就让教导队文书把申请传回连队。希望党支部给我一次机会！"

两个人你来我往交锋了几个回合，指导员知道这小子是"张飞吃秤砣——铁了心"，只好很不情愿，但又折中地说了句："那我再做做其他支委的工作。"

"如果杜富国参加扫雷的愿望强烈,就让他去吧!这个兵是个人才,上级争着调,我们也留不住。"连长说了自己的看法。

指导员虽然内心有一百个不情愿,但连长都这么说了,他只能忍痛割爱,推荐杜富国参加扫雷作战行动。

与此同时,接到组建扫雷队通知的各部队也沸腾了起来,"走,向党组织递交请战书",官兵们在自觉行动。云南省军区下辖的部队、第十四集团军的部队、第十三集团军的部队、西藏军区的部队等,大家都在争着抢着报名,而名额只有405个。

很快,云南扫雷指挥部的命令下来了,名单中杜富国、蔡天万的名字赫然在列。

因为扫雷时间长,需要携带的物资也较多,教导队专门给即将加入扫雷队的学员们批了假,让他们返回连队收拾东西。

杜富国马不停蹄地回到老连队驻地龙门山。一见面,不少战友都主动迎上来,与他拥抱在一起。这个拥抱既有战友长久分离的相见之喜,也有即将分别的不舍之情。大家心里都清楚,此次一别,再相聚将是彻底终结南疆雷患之时。

临出发的前一天晚上,思绪万千的杜富国怎么也睡不着,他心里有激动也有失落。

不知不觉间,天已微微发亮,西边的月亮还没完全下去,东方的地平线上,已经露出了鱼肚白。

半睡半醒中,起床哨声响起,杜富国揉了揉惺忪的双眼,跟着班级出完在连队的最后一个早操。

早餐过后,天空飘起了霏霏细雨,连队为他和蔡天万举办了一场简单而庄重的告别仪式。

"此门一出,你们的战场不再是挥洒汗水的训练场,你们的目标也不再是巡逻守护防区界碑，而是在雷场上为百姓扫除危难。愿我们的扫雷兵带着赫赫战功，平安归来！愿我们连队人才辈出，捷报频传！"

杜富国挥泪告别战友，坐上了跳出龙门的班车。

"杜富国、蔡天万，一定要当顶呱呱的扫雷兵。"车子开动前，连长冲着他们喊道。

车子一路南行，奔向新的征程。

二、英雄团队英雄兵

"欢迎来到扫雷大队！"

经过长途跋涉，一辆考斯特停在了位于马关县的扫雷大队门口。迎接大家的是队长龙泉，他是个重庆汉子，高大挺拔、声如洪钟。

"为人民扫雷、为军旗增辉"的大红标语，映入每个扫雷新战士的眼帘。迈进扫雷队的大门，迎接他们的是全新的考验与挑战。

"兄弟，缠着红胶带的那个包，麻烦给我递一下。"一个战士冲着杜富国的背影喊道。

"好咧！"杜富国二话没说，拿着包就往车外递去。一抬头，才发现是张中君。

"张中君，缘分啊！我们又见面了！"

"我比你早来一个月，因为我是工兵出身，六月初团里就派我来集训了，为组建扫雷大队打前站。"张中君高兴地握住杜富国的手。

"动作都快点，不要磨磨蹭蹭的！"到达各自分队，画风突变，气氛陡然变得紧张起来。一名个头不高、身着体能服的干部催促队员们加快安家速度，爱笑爱聊天的杜富国被他剋了一顿。

杜富国小声嘟囔了一句："这是谁呀？在那里吆来喝去的……"

"你们的副队长李华健。"张中君小声说。

"刚才队长对我们都那么热情，他怎么这么凶……"

"人家只是严厉，他可是个厉害人物，本事大，脾气也大，之前参加过两次国际维和扫雷，技术和经验都是顶尖水平，对人对己要求特别严格。"

"哦，是我冒失了。"杜富国不好意思地说道。

出生在云南省麻栗坡县董干镇的李华健，得知要在自己的家乡扫雷，第一个写了请战书：

"我们工兵参加国际维和扫雷，为深受战争之苦的外国人带去福音。现在，我家乡的人民深受雷患的折磨，我无论如何也要扛起这份责任，用自己的英勇和专长，为苦难的家乡人民彻底排除雷魔，尽到一名军人的义务。"

"富国，你别看大家看着普普通通，但他们要么身怀绝技，要么战功赫赫！"张中君说。

"都像扫地僧那么神奇吗？"杜富国眉毛微微上挑，明亮的眼睛眯成了一条缝，他分明有点不太相信。

"赶紧搬东西，一会儿带你去见识见识。"张中君报之一笑。

云南边境扫雷大队属于临时抽组单位，马关县是大队机关的临时部署点。这里的营房很破旧，是早已撤编的一个高炮团留下来的。出了营房往右走，是这个院子里唯一一条宽阔的直路，道路两侧竖着两排用不锈钢架撑起的展板。左侧的一排是"扫雷历史长廊"。展板图文并茂，记录展示了我国西南边境历次大排雷的具体经过和辉煌战绩。

第一次大面积扫雷，集中在中越边境云南段，从1992年4月开始，到1994年9月结束，参与扫雷的官兵有626人，扫除雷区102.8平方公里，排除地雷和其他爆炸物40万余枚（发），封禁雷区159.46平方公里。

第二次大面积扫雷，同样在中越边境云南段，从1997年12月开始，到1999年9月结束，参与扫雷的官兵有516人，扫除雷区109.67平方公里，排除地雷和其他爆炸物75万余枚（发）。

为了保障勘界立碑工作，从2001年9月开始，到2008年10月结束，边防部队组织了边界勘界立碑清障扫雷行动，清扫雷区面积4.77平方公里，扫除地雷3.6万余枚。

道路右侧的一排展板是红底黄字制成的"扫雷英雄谱"，记录了在中越边境云南段扫雷行动中获得二等功及以上荣誉的集体和个人。

张中君拉着杜富国，一一数下来，被授予荣誉称号的有11人，荣立个人一等功的有15人，荣立个人二等功的有35人……他们俩连连发出感叹："太了不起了！"

"富国，快看！"张中君惊喜地说，"哎呀，我们的这些队长太厉害了！一队长杨育富、二队长马永信、三队长蒋俊峰，都被原成都军区授予'排雷英雄'荣誉称号。二队副队长付小科，参加第二次边境大扫雷的时候，荣立一等功。还有，副大队长田奎方，也是一等功啊……"

"他们都是扫雷界的天花板啊！"杜富国赞叹不已。

"是啊，在这遍地都是'扫地僧'的大院里，要谦虚低调、认真学习！"张中君笑着说道。

"大队长陈安游、政委周文春，都是1986年入伍的老兵了，与地雷打了二十多年的交道。蒋俊峰队长参加过第二次大扫雷，带领全班完成9片雷区的扫雷任务，扫除雷障465万平方米，排除各种地雷6508枚，清除其他爆炸物3361件，运送弹药和扫雷保障物资52吨，不仅立了功，还提了干！"

"继续往下看。"张中君拉着杜富国往前走去。

第二次大扫雷时，班长王华身先士卒、英勇无畏，以娴熟的技术排除各种地雷和爆炸物1000余枚（发）。由于贡献突出，王华荣立个人二等功并被推荐提干，时任云南省委书记的令狐安到扫雷前线慰问扫雷官兵，还专门去老山主峰看望了王华。

不幸的是，1999年3月13日，在八里河东山偏马雷场，王华在清理堆积于通道两侧的战场垃圾时，被烧火引爆的手榴弹弹片击中眉心，造成颅内大出血，经全力抢救无效壮烈牺牲，年仅十九岁。

在牺牲的前两天，王华接到了昆明陆军学院的入学通知书。本来他可以提前离开雷场，到学校报到。但他一再坚持，要和战友们共同战斗，等扫雷结束再去报到，没想到年轻的生命就这样留在了雷场上。

令狐安书记得知王华牺牲的消息后，悲痛地写下七百多字的重要批示，要求《云南日报》专题宣传王华烈士的英雄事迹，并将此事列为当时在全省开展的"三讲"教育的必读材料。

凝视着照片上王华年轻英俊的脸庞，张中君和杜富国都陷入了沉思，这就是扫雷大队的前辈啊，他们是如此勇敢和无私，他们用生命书写出了扫雷兵的使命和荣光！战斗在这样的英雄集体，必须要成为英雄的传人！

看完展板往回走，路上张中君轻声对杜富国说："你也不要小看了这些新队员。他们大多工兵出身，对排雷可不陌生，在他们面前，我们都得叫一声'师傅'。"

和张中君一起来报到的战士刘贵涛，家就在麻栗坡县天保镇芭蕉坪村，那是中越边境雷患最严重的地方，被称为"中国地雷村"。

刘贵涛的爷爷刘荣聪是民兵，在支前参战中触雷牺牲了，麻栗坡烈士陵园里的第一个烈士，就是他爷爷。刘贵涛从小看着亲人们受尽雷患的折磨，他的姑姑也在劳动时因触雷失去了双腿。

"地雷不彻底清除，边疆人民就永远不得安宁！"刘贵涛带着对地雷的仇恨和终结雷患的决心，申请来到扫雷大队。

西藏军区某工兵旅战士李成林，得知要组织中越边境大扫雷，就跑去跟指导员报名。由于名额有限，推荐名单上并没有李成林。

得知情况后，李成林连续写了三份申请书，坚决要求去扫雷。最终，旅里特批一个名额给李成林，他才实现了自己的扫雷梦。

"每个扫雷队都有说不完的英雄故事,每名扫雷队员都有自己的战斗宣言,敢报名来这里的,没有一个孬种!"张中君激动地说。

次日一大早,扫雷大队开训动员大会在大队操场举行。播放完庄严的国歌之后,陆军大校、大队长陈安游,庄重地宣读《关于成立扫雷大队的命令》。

"扫雷四队一班:陈清、窦希望、张基多……"

"扫雷四队二班:张中君、陈富有、陈跃……"

……

"扫雷四队五班:刘贵涛、刘新未、杜富国……"

405名扫雷官兵的名字,被陈大队长一一宣读,虽然宣读时间很长,但他坚持要这么做。他说,扫雷兵是和平年代离死亡最近的职业,405名同志都是自愿报名而来,逐个宣读这405位同志的名字,是对每名扫雷勇士的尊重和鼓励!

"听到自己的名字,浑身像被电流击中了一样,一股莫名的使命感涌上心头。"副班长刘新未得意地说。

"尽管每个人的名字都有,但是我依然觉得自己像是被上天选中的雷神,是专门来战天斗地、降伏雷魔的。"杜富国小声地回应着。

"武侠小说看多了吧!认真参会!"刘贵涛的提醒把两人拉回了现实。

陈大队长接着讲:"这次中越边境云南段扫雷行动,是继1992年、1997年两次大排雷之后的第三次大排雷行动。这次扫雷行动针对的是被遗留下来的最难啃的'硬骨头',数量之多、密度之大、种类之全,完全超出雷区勘察时的预判。其中不少雷区临近边贸口岸,位于经济开发带,处在边民生产生活区,不仅阻碍了边疆地区的改革开放和经济发展,而且严重危及人民群众的生命财产安全。"

他顿了顿说:"雷患一日不除,我们决不收兵!大家有没有信心?"

"有!有!有!"台下,山崩海啸。

他接着宣布:"扫雷行动前,我们专门安排了一百天的集中训练。时间很紧迫,大家要刻苦努力,加强训练,早日练就一身真本事!为下一步夺取扫雷行动的胜利,打下坚实的基础。"

"下面,请大队周政委作动员,大家欢迎!"陈大队长的话音刚落,台下就掌声雷动。

颇有儒将风范的周文春政委,从座位上起身,拿起一摞厚厚的稿纸:

"这是我们扫雷大队的405封请战书,包括我和大队长的,每一封都表明了扫雷的决心,希望我们每一名扫雷勇士都勇往直前、不辱使命,坚决完成任务!"

"各中队,带到各自训练场,开训!"副大队长一声令下,扫雷训练正式开始。

扫雷大队一百天的临战训练,紧张而又有序。每周课表都安排得满满当当。星期天的晚上,还要召开队务会、班务会,总结一周的工作得失,安排下一周的工作任务。只有星期天白天,才能稍作休息。

"今天是我们班的第一次班务会,我们要做个班旗,激励全班团结一致、战胜雷魔。"班长许猛是个河南小伙,言语不多,一看就是个"啥苦都能吃、啥难都敢担"的硬汉。

"扫雷大队刚刚组建,我们班也刚刚组建,大家要搞好团结。我建议,班旗就用代表团结的图案,能很好地反映我们强大的凝聚力。"张鹏率先发言。

高彬滨接过张鹏的话:"对啊,一个班集体只有团结了,才能够发挥出力量。我建议,我们的班旗就用环环相扣来表示团结。"

田俊接着说道:"前几天我们不是在讨论相互帮扶的问题吗?我们班的班旗,可以反映'互帮互助'的主题。图案是不是用手拉手更好一点?"

"刘永云的意见呢?"许猛转头看向刘永云。

"我们要紧紧地团结拥护这个班集体,为了这个班集体一起努力奋斗。"刘永云说,"至于图案的事,我实在是想不出来,就不提意见了。"

轮到杜富国发言了。他思考了半天说:"我觉得班旗的图案应该是老黄牛的样子。"

刘永云没有理解杜富国的意思,就问道:"是要画一头黄牛?"

听刘永云这么一说,大家哄堂大笑。杜富国正想解释,一看大家笑得前仰后合,也忍不住笑了起来。许猛笑过之后,提醒大家:"让杜富国说完。"

杜富国接着说:"我的意思是黄牛代表了踏踏实实、勤勤恳恳、任劳任怨的品质。"

张鹏接过杜富国的话,说:"富国讲得好,不是有句话叫……什么牛来着,怎么一下子想不起来了。"

"俯首甘为孺子牛!"副班长刘新未说,"这个境界高!这是真正的为人民服务的态度啊!"

许猛综合大家的想法后,提出了自己的意见:"我们班八个成员心连心、手拉手,互相帮助、共同进步,踏踏实实干事、认认真真扫雷。"

"那我们的班旗就用八个环环相扣的小圆,代表八名成员紧密团结,外面再套上班集体这个大圆,代表我们的凝聚力。"许猛说完自己的想法后,又补充道,"扫雷需要有一股子韧劲,有一股老黄牛的精神,扫不彻底就不罢休。未来我们班一定能像扫雷英雄前辈们一样,完成使命,造福一方百姓。"

战友,战友,亲如兄弟,越是条件艰苦、任务艰巨,战友情就越是显得弥足珍贵。

百日集训的内容十分丰富,有老山作战历史,有雷区情况介绍,有地雷理论知识,有扫雷操作技能,还有安全防护技能。所有训练内容加起来,有三十多门课。

这些课程设置都快赶上工兵本科专业四年的课程了。杜富国和战友们如饥似渴地汲取养分和力量,在你追我赶中不断成长。

"不怕艰难困苦，不畏伤残牺牲，不计个人得失，勇扫雷障为人民！"这是一代代扫雷兵用生命凝成的"扫雷精神"。每天集合站队时，每当重大活动时，官兵们都齐声高呼，红色基因在官兵们的血液中奔流不息。

从扫雷作战纪实电影《征服死亡地带》里，从马关县扫雷大队的"扫雷历史长廊"里，在扫雷行动骨干成员的口口相传中，加入这个战队的每位同志，都被扫雷英雄逆行出征、担当作为、牺牲奉献的壮举感动着、激励着。

杜富国时刻提醒自己：雷场就是战场，英雄的扫雷兵，就是"越是困难越敢上，越是艰险越向前"！

三、来到扫雷队就要上雷场

"队长，给我们中队安排两名帮厨呗。"眼看集训强度一天比一天大，后勤保障的任务越来越重，炊事班班长李志华急得嘴上起泡，就凭炊事班原来的三个人根本应付不了！中午训练一结束，他就跑过来向龙泉队长要人。

"有什么要求没有？"龙泉干脆利索地问道。

"至少有过炊事经历，来了能直接上岗。"李志华笑着说。

"干过炊事员的举手！"龙泉是个急性子，点了两个人就让他们进了炊事班。

"我这是中彩了，第一天帮厨就点到我！"当过炊事员的杜富国被点个正着。

"会不会做菜？"李志华带着杜富国、赵豪两个人一边往炊事班走，一边面试。

"会做几个硬菜！"杜富国回答道。

"班长，我会做红烧肘子、油焖大虾、田螺鸭脚煲……"赵豪抢先说道。

"班长，我的刀工是专门练过的……"杜富国一点儿也不落下风。

"哟，都是人才啊！"李志华如获至宝。

"伙食不错！"一顿饭的工夫，两个人就得到了大伙的肯定。

"这两个帮厨，再借我们用几天呗。"李志华眉开眼笑，再次找到龙队长。

扫雷队人少事多，杜富国在炊事班一边帮厨，一边还领受了一个特殊任务，跟着队干部勘察雷区。

来扫雷队之前，杜富国已经听过很多雷患村的名字，但没想到实际数量有这么多。到了老山地区，随处可见画着骷髅头、刻着"雷区，禁止入内"字样的石碑。石碑的两边，有些还有围栏，有些连围栏都不见了。带队的干部满是伤感地说："石碑的背后，一个山头连着一个山头，全是荒芜的土地。附近散落着的村庄，小坪寨、垮土、坝子等，都是令人生畏的雷患村。"

摊开雷区分布图，到处插满了密密麻麻的三角锥，一个三角锥就是一个雷患村。

老山、扣林山地区的船头村、里头寨、新寨队、马嘿、小坪寨、上垮土、下垮土、大塘子、磨刀石、长地、坡脚、那秧、高棚、上扣林、下扣林、香草棚、野猪塘、卡房脚。

八里河东山地区的偏马队、八里河、马鞍山、苏麻湾、芭蕉坪、南洞、马家湾、谷地坪、老厂、黄瓜录、瑶人寨、火烧寨、小龙潭、楠木坪、香菌坝、凹塘、胖甲。

马关县的金厂、都龙、小坝子地区、罗家坪、作房、下天雨、银厂、新坪寨、茅坪、韭菜坪、绿洞、东瓜林、南当厂、牛场、南北、龙山、草果湾、田房、花山。

……

这些边沿村寨，都是著名的雷患村。虽然已经进行过两次大面积扫雷和一次勘界扫雷，雷患依然很严重。中越边境云南段仍有113块雷区，面积约81.7平方公里，主要集中在老山地区。

有关资料显示，仅云南省文山壮族苗族自治州，触雷伤亡的人员，就达到了几千人。其中，年龄最小的八岁，最大的八十四岁。牲畜的伤亡比人还多，具体数据根本无法统计。

麻栗坡县天保镇天保村委会八里河村，几乎家家有义肢、户户有拐杖，48户人家，6人被炸身亡，48人因触雷致轻重伤残，16人安装假肢。

天保村委会马鞍山村，全村28户人家，5人触雷死亡，21人触雷致轻重伤残，9人安装了假肢，几乎每家都有人被地雷所伤。

天保村委会苏麻湾村，全村16户人家就有3人触雷死亡，11人触雷致轻重伤残，5人安装了假肢。

……

一个个雷患村，令外村人敬而远之。本地姑娘只想远嫁，外地姑娘不敢嫁进来，每个雷患村都有一群光棍，除了"地雷村"的重负，还要背上"光棍村"的恶名。

在勘察雷区的路上，队长龙泉给杜富国讲了边民王开学的不幸遭遇。

八里河村的王开学，是苗族人，出生于1970年。他读小学二年级时，父亲因耕种时触雷而身亡。他的妈妈承受不了丧夫之痛和沉重的家庭负担，不辞而别，远嫁他乡。

从此，王开学和弟弟、妹妹成了孤苦伶仃的失学孤儿。为了活下去，为了支撑起家庭，为了向雷场要土地，一把锄头、一把镰刀、一把剪刀，王开学试着自己排雷。

说来也巧，勘察小分队下车问路的时候，一个胡子拉碴的村民热情地迎了上来，一聊才知，他就是王开学。

杜富国轻声地问他："大叔，用镰刀排地雷，您怕吗？"

"怕！谁不怕？但是父亲的惨状和母亲的眼泪我能记一辈子！"王开学说，"当时我父亲的腿被炸没了，从伤口能看见内脏、肋骨……"

年幼的王开学愣愣地看着血肉模糊的父亲，一旁的母亲哭得撕心裂肺，几乎昏厥。

父亲的死亡让王开学对地雷充满了恐惧，成年后王开学迫不及待地逃离了"地雷村"，和村里的年轻人一起到外面闯荡。

王开学曾在广东一个高速公路的工地上打工，每天能拿到六七十块钱，不算多，但没有地雷的威胁，他很满意。

可惜好景不长，干了没两个月，王开学不慎摔伤了腿，在医院把钱花没了，腿却不见好，连路费都搭了进去。最后他和老乡东拼西凑，才凑出了路费。回家后他用土办法，敷了些草药，好歹熬了过去，从那以后，他就再也不想往外跑了。

可是，大山横亘在眼前，边境谋生的路太窄。只能在崎岖的山路旁开荒种地，从土里刨食。层层的红土下面有没有地雷谁也不知道，为了开荒，把命都搭上在这里是常有的事。

怎么办？不甘心的王开学在田边捡了一些哑雷，拿回家研究。但他不敢上手去拆，一直也没研究出什么名堂，只能眼睁睁地瞅着地雷叹气。

王开学说，是一件事的发生彻底改变了他的想法。

村头的王大爷，早年在种地时被炸伤了腿，安装了假肢，家里的重担就落在了唯一的儿子身上。

这天，王开学正在家里干活，同村的人急急忙忙地敲响了他家的门："开学！快跟上！王大爷的儿子踩雷了！"

王开学急忙丢下手里的活计，和村民一起赶到村外的荒地，只见王大爷的儿子躺在地上，浑身上下都是血窟窿，锄头倒在一边，土坑里还冒着黑烟，到处都是散落的弹片。

那一刻，王开学仿佛看到了同样因为地雷而惨死的父亲。

王开学背起伤者就往村里的诊所跑，医生一摸脉搏摇了摇头，说："不行了！"王大爷听说后，有些愣怔，混浊的眼睛里缓缓流下两行清泪。

看着老人蹒跚的背影，王开学号啕大哭。他决心，就是死，也要去

你退后，让我来
"排雷英雄战士"杜富国奋斗实录

排雷！

回忆起第一次徒手排雷的情景，王开学握紧了拳头。

抽了五根烟，又枯坐了一个小时，王开学这才第一次触摸在家里放了很久的地雷……

十分钟、三十分钟……整整一个小时过去了，王开学终于成功拆除了这颗地雷，此时他才发觉自己浑身都是汗水，连衣服都被打湿了。

从此，王开学开始了"义务扫雷"。没有影视剧里排爆警察的全副武装，没有任何保护措施，甚至连厚棉服都没有。

"从侧面拿着，侧抓着这个地雷，用剪刀，或者钥匙，把上面硬的木头削掉，取掉螺丝，就能把壳打开，拿掉石棉垫片，取掉截针就安全了。"王开学一边介绍一边演示，一个巴掌大的地雷顷刻间就被拆开了。

八里河村的地雷多，最多的时候，王开学从一亩地里挖出过四十八颗地雷。每次挖出地雷后，王开学都会把雷管和炸药拆出来，积累到一定数量，他会向当地的派出所报告，警察就会过来集中销毁。

在他与地雷的抗争中，上百亩坡地被改成良田，种上了咖啡豆。

"王开学自己就是个地雷，我真怕哪天他就回不来了！"王开学的妻子整天提心吊胆，经常以泪洗面。

"如果我不去做，以后可能我的儿子、孙子就得去做。我父亲是被地雷炸死的，我不想让我的后代也承受这样的痛苦。"王开学对妻子说。

有人曾找到王开学，想拜师学习排雷，都被他拒绝了。王开学说："学这个干什么呢？我一个人排雷就够了，我的孩子我也不教，我去承受这些痛苦就够了。"

王开学说，他也不是每次都那么幸运。1992年6月，他用镰刀砍杂草时用力过猛，把一个胶木地雷带进了地里，黑烟瞬间升腾而起。

幸亏他的刀把很长，他也足够警惕，这才捡回了一条命。虽然没有遭受致命伤，但崩开的弹片却扑向了他。

王开学用手护住了脸，放下双手后，他发现自己满手都是血，头上的伤口还在不停地往外冒血。头晕眼花的王开学，坐在地上，整整一个小时才缓过来。这时他发现，眼睛好像什么都看不到了！

正当他惊慌失措时，一个去放牛的同村人经过，见此情景赶紧过来帮忙。

放牛人轻轻拉起他的眼皮检查了一番，说："没事的，我的影子还能在你眼睛上映出来，眼珠子应该没炸坏。"

王开学这才松了一口气，用手按了按眼睛，发现不疼，只是头上和额前都扎进了弹片，越肿越大，赶到卫生所的时候眼睛都被挤得睁不开了。

死里逃生的王开学对地雷的畏惧又增添了不少，但他并没有因此停止排雷，只是变得更加谨慎。

回到连队后，杜富国把王开学用镰刀排雷的事，讲给大伙儿听。大家听后，不禁感叹："报名来扫雷队是正确的选择！"而杜富国心里想的却是：这帮厨啥时候是个头？我啥时候才能上雷场？

两名帮厨人员李志华越用越顺手，舍不得还给班排。杜富国的帮厨时间从一天变成一周，又从一周变成半个月。杜富国还隐隐听说，炊事班准备把他留下来。

他急得像热锅上的蚂蚁，但又不好开口，他怕刚到新单位就被戴上个干工作挑肥拣瘦的帽子。

雷区勘察很快就进行到了坝子雷场。战士们看到一名群众正一瘸一拐地往三轮车上搬柴火，不用想就知道那是雷伤群众。那人看着也就三十多岁，大家赶紧下车帮忙。

队长问他："你叫什么名字？是哪个寨子的？腿脚不便怎么还来搬柴火？"

"我是长地村的李运忠，2006年在自己家的茶地边上砍柴，被地雷炸到了，右腿截了肢。家里还有老人、媳妇和娃娃，老人干不动农活了，孩子还小，全家人都等着过日子，不干不行啊！"

李运忠和队长聊着天，正在忙碌的杜富国一边搬柴火，一边听着，越听他心里越不好受。

在上扣林，杜富国一行人遇到一个背着箩筐的边民，拄着拐棍正走在下坡的小路上，看起来很吃力，摇摇晃晃几次都要摔倒。

杜富国赶紧上前帮忙，这才发现这个叫罗朝刚的老人，两条腿都是假肢。杜富国帮老人扶好箩筐，关心地问："您走路这么不方便，怎么还背这么重的东西？身体要紧嘛！"

"没有办法。"罗朝刚无奈地说，"1992年我在山上种草果，左腿被炸断了，再也干不了重活。2005年，我在同一块地里收草果，右腿又被炸断了，两个孩子也读不成书了。"

"那现在孩子该长大了吧，您也应该歇歇了！"杜富国不解地说。

"两个娃娃没读几天书，过得不好，现在也在为生活奔波。大姑娘嫁在那秧村，那也是个出了名的雷患村，自己的生活都困难，帮不上什么忙。儿子和儿媳妇也没什么文化，出不了远门，就在天保农场打零工割胶。两个孙子还要读书，家里我得撑着，不然这日子没法过了。"

听了罗朝刚的话，杜富国不知该说些什么。他避开伤心的话题，安慰了老人几句。

返回的路上，他们经过猛硐街，大家都饿了，就到国土管理所门口的包子铺买点包子吃。店主很热心，主动跟扫雷战士攀谈起来。

"你倒是干得不错啊，年纪和我们差不多，就把生意做这么好了，猛硐街就你一家包子铺，独门生意好啊！"战士们七嘴八舌，夸包子铺的老板能干。

"你们来扫雷，真是太好了，我们天天盼着！"老板的言语中透着掩饰不住的欣喜。聊到兴奋处，他想从椅子上站起来，只见他从桌子底下拿出假肢，套在了右腿上。

看到老板罗启金的动作，热闹的场面一下子冻住了。正在吃包子的战士面面相觑，不知道说什么好。罗启金倒是很乐观："我这腿是2012年

9月,在扣林垭口的草果地里薅草,踩到地雷被炸断的。"

罗启金跟战士们讲:"我家是那秧村高棚寨子的,家里的承包地就在扣林垭口。2011年秋天下大雨,公路上方的草果地塌方了一大块。我想着塌方那么厚,应该是安全的,翻过年就种上了草果。年初种草果没发现地雷,后面薅草时被炸到了,都不知道这个地雷是从哪里滚来的。"

"还好,当时已经娶了老婆,孩子都有了。要不然啊,得打光棍啰!"罗启金的乐观,一下子把大伙逗笑了。

杜富国看在眼里,痛在心里:"边疆雷患还这么严重,人民群众的生活还这么困苦。只有彻底清除雷患,群众的安全才有保障,边疆才能更好地发展起来。"

一天,刘贵涛对他说:"我们这里有一种兰草,叫老山兰,它长在石缝里。见到老山兰,你就会懂得这里的老百姓是多么的坚韧和顽强。"

时间过得真快,转眼间又到了周末,大队决定组织"使命重于生命——我所知道的雷患之痛"励志交流会,让每个同志结合自己的所见所闻讲所感所悟。

第一个上台发言的是许猛,他性格耿直如炮筒,做起事来风风火火,是个敢爱敢恨的硬汉子。这是他第二次参加扫雷,说起雷患,他恨得牙根直痒痒,他说:"生活在雷区的边民,每天都处在危险之中,迈出的每一步都可能夺去他们的生命,村民王清明就曾被地雷炸过三次。

"第一次是十岁那年,王清明去山上放牛,路过自家的田地时一脚踩在了压发雷上,轰的一声,弹片四散开来,扎进了他的血肉中。

"第二次是十五岁时,他从山上砍柴回来,又在自家田边踩到了地雷,这次他就没有那么好运了,被炸断了右腿,好在被路过的扫雷队发现,捡回了一条命,但从此只能和假肢相伴。

"第三次是而立之年时,家里的水泥地是战时被部队征用时铺的,他想把水泥地敲掉,恢复成田地,就拿了一根撬棍往水泥地里捅,这一捅不知是碰到了炸弹还是地雷，水泥、石头、泥土……全都炸开了，王清明被炸得身上全是伤口，大出血差点把命都丢了。这一次，王清明的左眼被炸伤，媳妇也跑了，只留下年幼的女儿。"

第二个上台的，是家在麻栗坡县的李华健。他说，他的两个同学都被地雷炸死了，他的姑姑和姑父也被地雷炸伤了。

他的声音里透出无奈，说："像这样的痛苦实在太多了，多到已经让村民们麻木。一个大妈跟人聊起自己的男人被地雷炸死，语气平淡得仿佛是在谈论日常琐事。"

……

边民所受的雷患之伤、之痛、之害，犹如一根根钢针深深刺痛了每个扫雷官兵的心。那一夜，杜富国辗转难眠。

不能再等了！趁着吃晚饭的间隙，杜富国从炊事班跑出来，他找到刘新未。

"副班长，你来，我给你报告个事。"

"你说吧！"刘新未猛扒一口大米饭，说道。

"副班长，我得去扫雷呀！你看炊事班帮厨一天推一天的，哪有个头呀！"

"当真不想在炊事班待了？我可听说你都准备在炊事班落编了哦！"刘新未忍不住说出了他听到的小道消息。

"我到扫雷队，就是为了扫雷。我要上雷场！"杜富国坚定地说。

下午，刘新未就拉着班长许猛去游说副队长。

"杜富国工作热心卖力，前两天去帮厨，炊事班也很满意。不过，他体能素质比较好，悟性也高，扫雷很需要这样的战士。"两人拉着副队长在操场遛弯，刘新未率先挑起了话头。

"扫雷确实需要体能好的战士。"同样是工兵出身的副队长很赞同刘新未的想法。

几个人的意见很快反映到了队长龙泉那里，龙泉说："把杜富国叫来，我要当面问问他的想法！"

"我到扫雷队，就是为了扫雷。我要上雷场！"杜富国气喘吁吁地跑过来，把自己的坚持重复了一遍。

龙泉干脆地说："你想参加扫雷，就要努力学习。你不是工兵出身，一定要把功课补上来！"

回到扫雷五班，杜富国终于开始训练了。

第四章

每一步都踏在实处

  杜富国给自己起的微信名叫"雷神",他希望自己在危机四伏的雷场上能所向披靡、一往无前。负伤后,杜富国还在使用这个微信名,他心中有个执念,有一天他是要重返雷场的。

一、32分的逆袭

云南的仲夏，喷着烈焰的太阳把大地炙烤得昏昏沉沉，就连酷爱阳光的芭蕉都被晒得无精打采，硕大的芭蕉叶有气无力地向下耷拉着，好像在揣摩该如何熬过这个酷热的夏天。

与芭蕉一样痛苦的还有坐在学习室里的杜富国。尽管四个马力十足的吊扇全速飞转，依然无法驱散闷热的气息。

"云南边境埋设的地雷有58式、59式、72式……不同型号的地雷有不同的特性，也有不同的搜排方法……"

讲台上，汗流浃背的队长龙泉侃侃而谈，扫雷知识从他的口中传递到学习室的每一个角落，涌进每一名官兵的耳中，除了窝在最后一排的杜富国。

尽管杜富国很努力地认真听课，但是"天书般"的内容还是从左耳朵进，又从右耳朵出。跟不上进度的杜富国烦闷起来，有些跑神，进入课程的后半段，他的上眼皮和下眼皮开始打架。

听了，好像又没听；懂了，又好像没懂……一节课就在似懂非懂、似听非听中过去了。

课上，他的一举一动，被值班排长看在了眼里、记在了本上。根据扫雷集训队量化管理规定，上课不认真听讲，所在班级的量化积分要扣1分；得到扫雷队领导表扬一次，班级量化积分才加0.3分。

马上就是周末了，因为杜富国的扣分，就算扫雷五班被突击表扬五次，积分也赶不上排在前面的扫雷一班。眼见与"先进班集体"渐行渐远，班长许猛把气都撒在了杜富国身上。

"争光你不行，拖后腿你是第一名！"

"班长，我在认真听，关键是听不太懂，有的字我都不认识，有时根本不知道在讲哪、讲的啥，我也难呀……"一向不甘落后的杜富国，既惭愧又委屈。

等班长消了气之后，他又忍不住向班长倒苦水："我不怕上雷场，但有点怕上考场！"

杜富国怎么也没想到，自己一腔热血来到扫雷队，迎接他的却是一沓又一沓理论知识，看着白纸上陌生的黑字，准备在雷场上大干一场的他，有点打退堂鼓了。

"理论学习重要吗？"

"非常重要，是雷场上的保命符！"队长龙泉不止一次跟扫雷队的队员们强调。

很快，第一次理论测试如期而至。时钟嘀嗒嘀嗒地走着，考试时间一分一秒地流逝。

有人闻考则喜，因为考试不仅是检验学习效果的好方法，更是展示自己的机会。但对于后进分子来说，不仅考试的过程煎熬，考试的结果也成了一种负担。

考场里的杜富国就是那个忧愁的人。对着考卷他急得抓耳挠腮，却丝毫没有办法，试卷上的问题成了最熟悉的陌生人，看着似曾相识，却怎么也写不出来，不是记混了，就是记不全。最尴尬的是好不容易记得几个知识点，却不知道字该怎么写！

"xiao酸an""xiao酸niao"……杜富国看着空白的地方懊恼地捶胸顿

足，一气之下，只好把拼音填在了考卷上，以此证明自己多少还记得一点。一场四十分钟的考试对杜富国来说，比两个小时还要难熬。

考试结束后，战友们都在忙着对答案、估分数，而杜富国默默地拿起了理论书重新背记。

"富国，考得咋样？"对完答案的艾岩关心地问道。

"该填的都填了。"杜富国难为情地说道。

"哈哈哈……"这句话把旁边的战友都逗乐了。

正在改卷的龙泉却蒙了。"这写的啥？拼音不是拼音，英语不是英语，全部判错！"龙泉生气地说。

协助改卷的刘新未，一眼就认出那是杜富国的试卷，心想这要全判错，富国还不只得十几分！拉低全班的平均分不说，他还很有可能会成为扫雷队淘汰的第一批队员。

"队长，我帮你改卷吧！"越想越不妙的刘新未主动申请来当"翻译"，协助队长一起改卷。尽管刘新未极力辨认，想帮杜富国多捞几分，但实在是心有余而力不足。

考试结果公布：杜富国32分！

再看看其他战友，他们基本都在80分以上，就连跟着杜富国一起发牢骚、说不会做的唐世杰都得了74分。

"原来小丑是我。大家都是王者，我只是个青铜，根本就不是一个级别的。"看到成绩后，杜富国羞得满脸通红，觉得丢人丢到家了。

"队长，只考扫雷操作行不行？知识点我看不懂。"杜富国有些不服气地对队长龙泉说。

"还没学会走，就想跑。学不好扫雷理论，就扫不了雷、保不了命。"队长严厉地说道。

"我不信……"杜富国小声地嘀咕道。

"我们的探雷器是什么型号？能够探多少米？能够探多深？我们的爆破筒爆破面积有多大？一亩雷场需要多少爆破筒？"一连串的问题，问得杜富国彻底蒙了。

"你要问我步枪能打多远,手榴弹有多重,我还能答出来。你问我探雷器能探多少米,我可说不清楚……"步兵出身的杜富国,对工兵知识知之甚少。

扫雷不只是体力活,还是细功夫。与死神博弈,不仅要有良好的心态、过硬的耐力,还得有扎实的理论基础。不然到达一片雷场,都不知道该用多少炸药才能完成爆破任务,听到探雷器的响声,都不知道地雷埋在什么地方。

"明知道不懂还不主动去学!"龙泉把杜富国赶出了办公室。

"副班长,扫雷爆破筒为什么要用拒爆筒?"
"副班长,断爆过后要多久才能到现地检查情况?"
"副班长,我们爆破的时候为什么不使用TNT?"

杜富国一个接一个的问题,问得刘新未有点不耐烦,但看着他那股认真劲,又只好耐着性子跟他解释清楚。

勤能补拙,笨鸟先飞。杜富国被队长的一席话点醒,开始向自我发起挑战。

为补齐理论短板,从爆破筒的成分组成,到探雷器的探测范围,再到雷场应急处置方法等,杜富国逐个学、逐个记,直到各种地雷性能和排除方法烂熟于心。

为了能更扎实地掌握理论知识,杜富国还探索出了一套自己的学习方法:他试着将重要知识点编成顺口溜,把主要流程画成漫画……

渐渐地,杜富国对"理论学习为什么重要"有了自己的答案。他开始感受到,理论知识的学习就像一场马拉松,只有不断向前,才能柳暗花明、豁然开朗。

周末的夜晚,学习室灯火通明,来突击检查的机关李干事走了进来,沉浸在理论知识学习中的杜富国没有注意到他,默默地背记着难啃的知识点。

"不遵守就寝纪律！"杜富国的名字被李干事记在了纠察本上。第二天，"扫雷四队杜富国不遵守就寝纪律"的通报就下来了。

"杜富国被机关通报了！"这让全队官兵大感意外，蔫头耷脑的杜富国被队长叫到了办公室，还没来得及解释，就被严厉地训斥了一顿。

杜富国走出队长办公室，陷入了迷茫和惆怅。他把电话打给了远在贵州的父亲，虽然没说自己的困境，但是杜俊听出了他的失落与苦闷。

杜俊放心不下，驱车近千公里，从贵州湄潭赶到了云南边境。他一路风尘仆仆，到了扫雷队，看到杜富国正在学习扫雷知识，几本教材都被翻得卷了边，里面满是红笔标注的圈圈点点。他内心很是欣慰，嘴上却说："你当年要是这么用功，早就考上大学咯！"

"学不好扫雷理论，扫不了雷，更保不了命，我可不敢掉以轻心。"杜富国认真地重复着队长说过的话。

杜俊向队里的领导了解了儿子的情况，龙泉快人快语："表现不错，是个好兵！只是文化基础差了点，最近又受到机关通报，可能思想上有点包袱！"

听说杜富国的父亲来队里了，李华健、许猛等都主动过来拉家常，热情地介绍杜富国来到扫雷队之后的成长和进步，他们还特地带杜俊在驻地附近转了转。

听了大家的话，杜俊心里的石头落了地。临别时，他叮嘱儿子："吃得亏、打得堆，男人受点委屈算个啥！"他接着说："把你送到部队，你就是公家的人了，队里让干啥就干啥，落后了赶上去，还有啥子说嘛。"

"你既然来扫雷，那就好好干！"最后，杜俊拍了拍儿子的肩膀，算是告别了。父子俩其实也没聊几句话，但杜富国却像"火车出山洞——亮堂多了"。

队长龙泉了解了机关通报事件的真实情况后，专门给杜富国道了歉。杜富国受宠若惊："队长，是我给队里抹了黑，是我的不对。"龙泉干脆地说:"情况我都了解了,为学习加班加点应该表扬才对!"

此事之后,杜富国更是暗下决心,理论学习这座山,无论多难都要翻过去!周末一大早,他就带着课本和笔记本钻进了器材室,那里存放着各种型号的模拟地雷。

酷热的天气仿佛与他无关。杜富国心无旁骛地研究着地雷的构造……忘记了时间,也错过了饭点。

副班长刘新未提着饭盒急匆匆地走向器材室。"这家伙又有什么想不开了?"他边走边想,准备好好数落杜富国。

推开器材室的门,一股热风扑面而来,里面热得像蒸笼,杜富国的上衣已完全湿透了,他一只手扶着拆开的模拟地雷,一只手翻看着课本,汗水吧嗒吧嗒往下掉。

刘新未在他旁边站了好一会儿,杜富国却一点儿没发现。"嘿,地雷专家,开饭咯。"刘新未出声提醒,杜富国这才抬起了头。

"副班长,理论知识我基本都掌握了。"杜富国一边往嘴里塞饭,一边自豪地说。刘新未被杜富国不服输、不怕难的精神触动了。他跑回炊事班给杜富国多加了一碗饭,又到小店买了瓶冰镇饮料。

星光不负赶路人。勤奋的汗水没有白流,杜富国的成绩直线提升——第二次考试57分、第三次考试70分,后来一直稳定在90分左右。结业考试,他得了99分。杜富国实现了后来者居上的逆袭。但是,理论知识过关对于一名合格的扫雷战士来说,只是第一步。

滇西高原的盛夏时节,热气氤氲在山坳中,尽管微风阵阵吹拂而过,但热气丝毫不见消减。

嘀嘀嘀……搜排训练正在紧张地进行中。

扫雷训练场上不时传来阵阵蜂鸣声,燥热感仿佛又增添了几许。扫雷队的官兵们手持探雷器在冒着热浪的模拟雷场上进行训练,个个神经紧绷、高度紧张,仿佛置身于凶险万分的雷场。

第四章 每一步都踏在实处

训练场的场地有限,扫雷队通常以班为单位、两人一组轮流训练。其他队员在一旁的马扎上坐着,手捧理论教材进行背记,炽热的阳光直射在身上,他们时不时就要抹一下额头上的汗水。

模拟搜排课目,要求队员们在固定的时间内,完成未知型号、未知数量的地雷搜排。

"雷场上的情况只会比日常训练更复杂,更多变,必须练出'一听准''一摸清'的功夫。"对于这个课目的训练内容,班长许猛再熟悉不过了。

随着搜排训练的深入,天气也变得越来越热,闷在防爆服里的田俊汗如泉涌,沉重的防爆服伴随着浓郁的酸臭味冲击着他的耐心。

田俊忍耐到了极限,一只胳膊从防爆服里抽了出来。空中的气流吹拂着肌肤,太阳的炙烤蒸发着汗水,这只从防爆服里抽出的胳膊享受到了久违的畅快。此时的田俊觉得自己仿佛处在冰火两重天。

"真舒服啊!"过了一会儿,田俊又忍不住把另一只胳膊从防爆服里抽了出来,最后,干脆把两条绑腿也解开了。他想自己背对着训练场,应该不会被发现,便自顾自地拖着防爆服进行搜排训练。

"五班,立刻停止作业,面向我集合!"身后忽然传来许猛"咆哮"式的口令。田俊根本来不及穿戴好防爆服,只得胆战心惊地拖着防爆服去集合。

五班的战士们面向许猛整齐列队,站在队伍中间的田俊显得格格不入。时间一分一秒地过去,许猛却一句话也不说。官兵们站在烈日下,汗水顺着防爆服不停地淌,呼出的热气使面罩上布满了水珠。

约莫一刻钟后,许猛终于开口了:"知道为什么叫你们停止作业吗?"

队列中一阵沉寂。

"报告,因为作业不规范!"战士熊鑫回答道。

"对了一半,还是不够准确。"

"田俊!你知道为什么吗?"许猛走到田俊面前说道。

你退后，让我来
"排雷英雄战士"杜富国奋斗实录

"到！报告班长，因为……因为我擅自脱掉了防爆服。"田俊的语气有些颤抖，这是他进入扫雷队后，第一次见许猛如此严肃。

"难道仅仅是因为脱掉防爆服？我看，你若真上了雷场，怕是连命都没了！"许猛拽着田俊耷拉在一旁的防爆服，大声呵斥道。

"杜富国！"

"到！"

"你告诉田俊，防爆服是干什么用的。"

"报告，如果实际排爆过程中发生意外，防爆服能保护作业手。"

"我们有些同志，不把训练当实战，觉得训练没什么大不了的，敷衍了事，蒙混过关。今天，我们班居然有同志把防爆服偷偷脱了下来。防爆服对于扫雷兵来说就和枪一样重要，是保全自己、消灭敌人的武器，难道上了战场，你觉得枪重，就把枪直接扔了？那你用什么消灭敌人？用什么去和敌人抗争？"许猛的话重重地落在田俊的心头。

"雷场上有数以万计的未知地雷，危险程度丝毫不亚于战场上拿着真枪实弹的敌人。防爆服是把你跟死神隔离的一道屏障，是你们的另一层皮肉，不到扫雷结束，谁也不准漏一条缝出来！都听明白没有？"许猛大声问道。

"明白！"全班异口同声。

"今天为了让你们长记性，让你们永远记住和防爆服融为一体的感觉，五班所有人，大操场，防爆装具全套，跑二十圈！"

在落日余晖中，开饭哨音准时响起，回荡在重重大山之中。此时，许猛还带着五班的队员们在大操场上跑步，已经有不少队员落在队伍后面。杜富国拉着迈不动腿的刘新未朝前跑着，汗水顺着他的下颌不断滴落，防爆服的后背被汗水浸湿的痕迹清晰可见。

五班的扫雷战士永远难忘这一天，也永远会记住雷场上任何的侥幸之举都可能成为索命的恶鬼。

距扫雷行动越来越近，为了提升训练效果，扫雷队把训练场设置在野外，并随机设置区域，随机埋设模拟地雷。

在无名高地上的野外训练场里，杜富国和战友艾岩手持探雷器并肩作业，尖厉的报警声突然响起，无论怎么挪动位置，报警声始终响个不停。两人趴在地上，边挖边探，折腾了一上午，却只挖出一堆碎铁丝。再往前探去，报警声依然在响。

"班长，地下可能是废弃的铁丝网，是否继续搜排？"杜富国通过对讲机向身处另一训练区域的许猛报告。

"雷场上没有哪片土地是绝对安全的，谁敢保证铁丝网底下没雷？继续搜排，必须确保万无一失！"对讲机那头，许猛扯着嗓子喊道。

就在两人探测最后一块区域时，一声非同寻常的沉闷的"嘀嘀"声传来，杜富国顺着探雷器的方向看去，一枚墨绿色的72式地雷弹体半露出地面。这枚地雷半掩在铁丝网的末端，如果不仔细搜排，很难发现。

为了排除这枚地雷，杜富国和艾岩在地上趴了整整一天，硬是将那片长五十米、宽五米的区域，如同犁地一般翻起一层，搜出了二十多公斤碎铁丝，最后才成功排除。

虽然身心俱疲，但杜富国和战友们深刻地明白了"雷场即战场，扫雷即作战"的深刻含义。

百日集训到了冲刺阶段，模拟训练的难度一再升级，陌生的小山坡上被圈出了数个"雷场"。踏进"雷区"，报警声几乎没有断过。

山坳处，杜富国用探雷器探出一枚可疑地雷，他把探雷针插入深土探测，却怎么也测不出地雷的形状和深度，他预感到这是一枚"怪"雷。

在烈日的炙烤下，汗水渐渐浸湿了防爆头盔的内层海绵，一滴滴汗水顺着头盔边沿，滴落在有些烫手的土壤上。

杜富国小心翼翼地清除地雷四周的泥土……二十分钟后，这枚"怪"雷被排了出来，杜富国用毛刷小心翼翼地扫清表面的泥土，锈迹斑斑的弹体露出来了。

杜富国将这枚未知地雷放在手心，反复端详，远远看去，它就像一个圆形的铁块，不是寻常地雷的模样。杜富国第一次见到这种雷，感觉很陌生。

"这是美国M-44防步兵地雷，体积小，杀伤力大，能搜排出来很不容易……"休息间隙，龙泉走过来，边说边向杜富国投来赞赏的目光。

"休息结束，搜排训练继续进行！"随着一声哨响，值班员大声宣布。

"嘀……嘀……嘀……"没多久，杜富国的探雷器又发出了细微的蜂鸣声，这种声响杜富国在训练中从未听到过。声音断断续续像是埋藏在很深的地下，显得有些沉闷，乍听上去不像是探测到地雷发出的声响。

杜富国丝毫不敢懈怠，哪怕不是地雷，也要搜排出来处理掉。在探雷器发出声响的区域，杜富国使用工具往下深挖，不一会儿，一块墨绿色的塑料暴露出来了。

地雷外壳的质地一般为金属，塑料外壳的地雷杜富国还没见过。他也不确定眼前的塑料制体究竟是地雷还是普通的垃圾。

越挖越深，塑料制体的下半部分显现出来。看上去它形似一个圆形的针线盒，通过细致观察，杜富国发现，其上带有引信装置，这就是一枚地雷。

"这是一枚PPM-2型塑料压发地雷，这种地雷的工作原理与40毫米RPG精准破甲弹引信原理相同，若有人踏上地雷，雷盖下压压电晶体，就会引爆主炸药。由于这种地雷多为塑料制成，金属含量少，很难用探雷器发现……"龙泉顺势开展了一场现场教学，除了普及地雷型号，还要提醒队员，在危机四伏的雷场上，要尽百分之百的努力去排除任何可能存在的危险。

集训临近尾声，评比竞赛拉开了帷幕。每个队员都摩拳擦掌，准备拔得头筹、捧回荣誉。

开赛的前一天晚上，杜富国一夜未眠，一会儿想着动作要领，一会儿想着要坚持到底,为班级争光,早上醒来后整个人都迷迷糊糊的,脑子发涨,四肢轻浮,好像是感冒了。

上午进行临战训练准备,穿着厚重的防爆服,他明显感觉体力不支。刚开始,还能清楚地听到探雷器发出的报警声。不一会儿,探雷器的声音都有些听不清了,但是他咬牙坚持,强迫自己保持清醒。可没过多久,杜富国突然眼前发黑,晕倒了。

他醒来后,发现自己在卫生队,抬头一看,距离下午的竞赛只有两个小时了。按照规则,如果缺考,成绩则记为0分,这将对全班平均成绩造成严重影响。

"我要参加竞赛。"杜富国拔掉胳膊上的输液管就往外跑。

军医刘小波跑上去,一把拉住他,说:"你不要命了!"

"我没事!"杜富国知道,如果自己不参赛,全班就会与"龙班"失之交臂。他再三请求,军医终于同意陪他参加竞赛。

竞赛结束后,战友们纷纷来拥抱他。虽然杜富国个人并没有取得好名次,但是他所在的班,总分第一,如愿地捧回了"龙班"的锦旗。

"我不知道他是犯浑还是真傻,可全班得感谢他的坚持!"班长许猛有些心疼地夸奖道。

一个永不言弃的普通农村孩子,性格单纯而执着,在扫雷队里跌打滚爬、淬火成钢,凭借超常的体力、耐力和意志力成功实现了凤凰涅槃般的逆袭,从一名后进分子成长为扫雷技术过硬的尖兵,完成了扫雷路上的"士兵突击"。

二、扫雷入场券

2015年11月1日,对扫雷大队的官兵来说,是个值得铭记的日子。

这一天,他们举行了扫雷作战行动出征誓师大会,四个扫雷队也将分头行动，开赴各自的雷场。

清晨，天还没有放亮，官兵们就忙活起来了，收拾行李，打扫卫生，准备会场，巴掌大的营区比过年还热闹。

誓师大会直接放到了雷区，黄色警戒线外就是雷场。战区陆军的首长来了，老山地区雷患未除的五个市县的领导来了，深受雷患之苦的边民身着民族盛装也来了。

"为人民扫雷，为军旗增辉"的大红标语，像405名扫雷官兵火热的心。"不怕艰难困苦，不畏伤残牺牲，不计个人得失，勇扫雷障为人民"的扫雷精神，激荡在雷区上空。

扫雷大队全体官兵全副武装、整齐列队，二十多辆蒙着绿色帆布的军用大卡车整装待命。

置身其中，杜富国内心激荡，耳畔有一个声音响起："这就是我当兵的意义，这就是我加入扫雷大队的意义，这就是我要履行的使命。"

"下面，我宣布扫雷作战命令：

"扫雷一队开赴麻栗坡县天保镇天保村委会芭蕉坪村，负责八里河东山地区的扫雷任务；

"扫雷二队开赴马关县金厂镇金厂村委会，负责罗家坪大山地区的扫雷任务；

"扫雷三队开赴富宁县田蓬镇田蓬村委会龙博村，负责狮子山地区的扫雷任务；

"扫雷四队开赴麻栗坡天保镇船头社区船头村，负责老山、扣林山地区的扫雷任务……"

陈大队长一声令下，扫雷行动正式启动。

在扫雷战士震天动地的宣誓声中，官兵们登上开往雷场的车，向边境雷患正式宣战！

"子弟兵，好样的！""勇士们，加油！""等你们平安归来！"……听着边民们的加油祝福，车上的杜富国与雷患较量的决心坚如磐石。

杜富国所在的扫雷四队开往的是位于边检站附近的001号雷场，作业前，干部骨干已经做过现地勘察：001号是教科书式的雷场，土质山体，坡度适中，表面平滑，非常适合新手作业。

果不其然，第一天开工，搬运炸药、设置装药、线路敷设、点火起爆，一路下来虽然因为经验不足难说顺畅，但也顺利完成了。大家脸上都带着自信的笑容，作业氛围越发轻松自如。

"爆破效果良好！"远处安全员确认爆破效果后，杜富国全副武装带着搜排组挺进雷场。

杜富国胸前整齐地插着红黄两色小旗。每搜排一段距离，就左右两边各插上一面小黄旗标示为安全区域。发现地雷就插上小红旗标示为危险区域，等待处理。

一轮搜排过后，间隔均匀的黄旗标示出了显眼的安全区，为下一组爆破手进行爆破作业提供基础。随着作业的不断推进，黄色区域越扩越大，雷场越排越少。杜富国和战友们一寸一寸地搜排，待到黄旗插遍边境雷场，他们也将完成彻底清除边境雷患的历史使命。

杜富国搜排完自己的责任区，回过头看了看自己用小黄旗标示出的安全区，满意地点点头，等其他人也搜排完毕，他带着队员大步流星地出了雷场。

爆破组接力进场，第二轮爆破作业开始了。听着"轰隆隆"的爆破声，看着前面山头上翻涌的烟尘和剧烈摆动的树木，感受着三百米开外传来的冲击波，杜富国的脸色渐渐变了，他想到了一个很麻烦的问题：自己第一个进场搜排，小黄旗也插在距离第二次爆破中心最近的地方。连粗壮的树木都被炸飞、炸断，自己插下的那些小黄旗还会在吗？

杜富国再次进场搜排。刚走进雷场，满场零落的小黄旗就让他眼前一黑。第一轮的搜排成果被毁得干干净净，总不能凭印象来判定安全区域吧？他只好硬着头皮从小黄旗被炸飞的地方重新搜排、重新标示。

"集训的时候没觉得有什么不对，没想到上了战场出现这么多问题！

果然，技术不能光说不练，实战才是检验战斗力的唯一标准啊。"第一次上雷场，杜富国就见识到了实战和模拟训练的距离。

"靠近爆破中心的地方，插黄旗需要加上木桩。"看着正在返工的杜富国，班长许猛淡淡地说道。

"班长，你明明知道，为什么不早点告诉我？"杜富国撇着嘴问道。

"有些事只有自己经历了，体会才能更深，扫雷实战中会遇到更多棘手的问题，需要自主地提前预判，需要自主地不断摸索……"这句话不知许猛是从书上看来的，还是从扫雷实践中摸索出来的，他想让走上雷场的杜富国做好啃硬骨头的心理准备。

云南边境的天气就像川剧里的变脸，上一秒还是烈日高照，下一秒就乌云密布、狂风大作……

"嘀嘀嘀……"探雷器发出的尖锐报警声好像触动了天上的某个开关，天空一下子变得阴沉沉的，雷场的气氛也更加惊心动魄。

杜富国用探雷针往下刺探了一下，被阻挡的感觉传递到他手上，杜富国觉得这不像是地雷，但不敢确定的他还是小心翼翼地深挖下去。

不一会儿，一把锈迹斑斑的刺刀露了出来。继续搜排，杜富国又在附近搜排出了一个压满子弹的弹匣，接着，几十发锈迹斑斑的子弹和一个机枪支架被搜排了出来。

几分钟后，杜富国手里的探雷器又发出报警声，再扫附近区域，整个区域都在报警，杜富国兴奋起来，他觉得这里八成可以挖出一挺轻机枪来。

正当杜富国大胆地准备往下深挖时，"时刻都不能大意！"队长强调过无数次的话在他耳边响起。

割除植被、清除浮土……杜富国双膝跪地，双手交替使用扫雷铲和毛刷，严格按照标准作业程序进行作业。用探雷针再次小心翼翼地向下刺探，当略微滑动又与往常不同的弹性传回来时，杜富国的内心有了判断:"第一枚地雷就要出现了……"

看着旁边正在排除地雷的班长,杜富国更加确定自己的想法,用小铁铲继续挖下去,一枚埋藏在地下几十年的58式防步兵地雷重见天日了。

"班长,地雷!地雷!"杜富国激动得忘了说规范的报告词。旁边的班长看了一眼地雷,说道:"重新报告!"

"报告班长,发现……嗯……59式……不,58式防步兵地雷一枚。"杜富国还是很激动。

这枚地雷的排除标志着杜富国正式迈出了扫雷战斗的第一步,也宣告着他与死神的较量正式开场。杜富国穿着厚重的防爆服和笨重的防雷靴继续搜排,一条壕沟挡住了他前进的道路。

"飞过去!"杜富国对自己的身手十分自信。

"扑通"一声,起跳后的杜富国应声落地。他严重低估了扫雷装备的重量,重重地摔入了壕沟。

这一摔把杜富国的好心情摔没了,爬回雷场,探雷器发出的报警声让他的心情更加烦躁。杜富国用探雷针刺探下去,却始终判断不出是什么东西。

费半天劲儿挖出来后,发现是一枚59式防步兵地雷,杜富国苦笑不已。59式防步兵地雷金属含量多,因此它的报警声十分尖锐响亮,最容易辨别出来,扫雷集训的时候杜富国对这种报警声很熟悉。

随着扫雷行动的持续推进,雷场深处的情况也变得越来越复杂,地下除了埋有大量地雷等爆炸物,还散布着数不清的弹片、子弹、罐头盒等金属物,各式各样的报警声让杜富国难以分辨。

"班长,用探雷器一扫,处处都是蜂鸣声,该怎么分辨哪儿有雷、有什么雷?"成功排除几枚地雷后,杜富很想提高扫雷效率。

"心静下来,下点功夫的话,可以做到'听音辨雷'。"许猛说道。

"如果心静不下来,别说是听音辨雷了,就是正常的搜排都很困难。"听班长这么说,杜富国默默告诉自己,雷场上不论流了多少汗水,不论摔得多疼，都得保持心静如水、不受干扰，这才是一名真正的扫雷勇士。

在接下来的搜排作业中，杜富国每搜排出一枚地雷，就会仔细听记该种地雷发出的报警声音，他相信搜排出的地雷多了，总结的经验多了，就能掌握听音辨雷的本领。

根据资料显示，001号雷场埋设有大量的72式防步兵地雷。72式防步兵地雷金属含量较少，金属部件主要是一枚黄豆大小的雷管和一块薄薄的击针片，所以发出的报警声比较微弱，稍微有点干扰就很难听出来。

001号雷场中还掺杂着弹壳、弹片等诸多杂质，又正好位于边检站附近，日积月累，金属碎片数不胜数，要在诸多干扰因素下听出72式防步兵地雷的报警声绝非易事。

"听音辨雷，需要不怕麻烦，反复练习。"杜富国暗暗下定决心。为了能记下72式防步兵地雷的报警声，杜富国把报警声录进了手机里，反复听反复记，直到它刻在脑子里。

"听音辨雷，还需要沉下心来与地雷培养感情。"班长许猛告诉杜富国，地雷在扫雷兵的心中不仅是随时会爆炸的危险品，还是无论如何都要找出来的"冤家"。

一声微弱的报警声响起，同组的艾岩猜测："这个雷场杂质多，这么小的声音应该是弹片或者铁钉！"

但是杜富国根据报警声的频率判断，地下的金属不是别的，正是一枚58式防步兵地雷，并且根据声音的大小判断，地雷埋在很深的位置。

杜富国埋着头向下挖了二十多厘米都一无所获，但是那个熟悉的报警声依然存在，下定决心要把它找出来的杜富国铆着劲儿往下挖，挖了近五十厘米的时候，一枚58式防步兵地雷终于出现了。五十厘米是探雷器探测深度的极限。

"可把你找出来了！"每搜排出一枚地雷，杜富国就会生出一种为民除害的成就感。

"休息十分钟。"搜排训练进入了尾声，扫雷队也迎来了宝贵的休息时间，杜富国和五班的战士相约到小路边进行短暂的休整。在小路边休息时，杜富国随手把探雷器往下一放，一声异响却突兀地响起。

"这条小路是边检大队经常走的巡逻路，这里离路这么近，一定不会有地雷。"大家都劝富国赶紧休息。

但听着熟悉的报警声，杜富国不敢大意，他严格按照操作规程挖了起来，结果一枚58式防步兵地雷被挖了出来。看着这枚地雷，大家静默了，雷场上危险无处不在，没有哪片土地是绝对安全的。

与地雷"处"久了，杜富国摸清了各种雷的"脾气"，能够根据探头远近、警报声音强弱，准确判断土里埋着何物，甚至能判断出铁丝的粗细、铁钉的尖头朝左还是朝右，准确率高达95%以上。

杜富国还总结出当年布雷的一些基本规律。每次搜排出一枚雷，他都能根据地形初步判断，布设方式是三角形还是"N"字形，并且能根据地形来判断哪里雷多，哪里雷少，按照他的提示进行搜排工作精准、高效且彻底。

"孟定村西南一竹林里发现了两枚地雷。"在001号雷场交付现场，龙泉接到孟定村村主任打来的电话。他迅速组织人员赶赴现场。根据村民的介绍，基本能确定竹林内雷区分布的概略位置，但是雷区范围、地雷种类等其他重要信息都严重缺失，已有资料上也没有这处雷场的信息。"从哪里开始扫？扫到哪里结束？"成了扫雷作业面临的最大问题。

"带上探雷器跟我来！"龙泉对杜富国说道。

"雷区的重点在这条山脊上。"大约一个小时以后，衣服被汗水浸透的龙泉从竹林里钻出来说道。龙泉和杜富国经过现地勘察，最终确定了雷区的范围。

原来竹林位于山顶，龙泉和杜富国在山顶上找到了一条交通壕，而交通壕四周基本都是坡度在七十度以上的绝壁，只有一条坡度相对较缓的山脊可以比较容易地通往山顶。

两人一致认为，敌人最有可能沿着这条山脊向山顶发起冲击，所以这条山脊是埋设地雷的防御要点。

"果然藏着这么多地雷！"扫雷队在山脊上共搜排出一百多枚地雷，杜富国得意地对战友说道。

"队长，雷区的重点方向搜排完了，四周的峭壁还搜排吗？"

"搜！扫雷就是战斗，战场上确保每寸阵地都不丢失，雷场上确保每寸土地都安全！"

接到指令后，杜富国和战友们重新穿上厚重的防爆服，系上安全绳开始在绝壁上展开搜排作业。他们一个个像蜘蛛侠，一手拉着绳子，一手拿着扫雷器，两只脚在悬崖峭壁上一步一步往下挪，每一步都十分艰难，每个人都不敢掉以轻心，最终在绝壁上又搜排出了两枚地雷。

"差点错过这两条漏网之鱼。"从绝壁上下来的杜富国说道。

"如果这两条漏网之鱼不排除，以后就会成为祸害百姓的凶手！"龙泉拍了拍杜富国的肩膀，他在全队面前宣布，"正式任命杜富国为搜排一组小组长。"

凭借过硬的扫雷技术，凭借搜排地雷数量最多的战绩，杜富国成功获得了扫雷"入场券"。成为小组长的他被赋予了带队执行扫雷任务的权力。

未来，杜富国将带领他的搜排小组独立执行更多的扫雷任务。

三、老山脚下英雄梦

风景秀丽的云南边境，矗立着一座巍峨的山脉，叫老山。这座山绵延起伏数十里，横亘在中越两国之间。

老山主峰海拔约1422米，这是一座英雄山。这里的一草一木，见证了中华儿女为守护边境安宁，不怕苦、不怕死的铁骨衷肠。山上四季盛开的老山兰，也被人们称为英雄花，这分明是对英雄的礼赞。

然而，这里随处可见的"雷区，禁止入内"的警示牌，却像张开血盆大口的老虎，让人望而生畏。一块块遗留下来的雷区，仿佛一块块伤疤，让这座秀美的山峰黯然失色。

"同志们，下一阶段，我们将转战老山雷场，想要征服老山雷场，就不能不了解老山的历史。今天，我们不扫雷，一起去瞻仰老山！"教导员陈登权大手一挥，提前租好的考斯特中巴车开进了营区，扫雷四队的官兵们欢呼雀跃，向着老山出发了。

从船头村出发，汽车一路曲折盘旋，爬山而上。通往老山主峰的只有一条并不宽敞的路，大约能同时容下两台车。年约五十岁的司机师傅一脸自信，两手在方向盘上抡来抡去，一会儿往右打满，一会儿往左打满。坐在车里被摇晕的战士们已经分不清车子的行驶方向了。

"雷区危险！"盘山公路两边，杜富国时不时能看到扎眼的警示标志。

"教导员，我们不会在这扫雷吧？"

"哪有这么简单！我们作业的雷场可没这么容易到达。"

"啊？"杜富国还想再问点什么，但被司机的一脚急刹车给打断了。

"快！快下车！"车子熄火了，司机死死地踩住刹车。

杜富国赶紧跑下车，搬了几块石头垫在轮胎后面，这才挡住了正在慢慢后溜的中巴。

"车上不去了！大家帮帮忙……"车子停稳了，司机长舒一口气。

"怎么回事？"

"这个弯太急了，一下没拐进去。"司机本想往后倒一下再往上拐，但这个陡坡不仅让车熄了火，还生吞了半坡起步的动力。

"来来来，所有人用力往上推！"人群中不知谁喊了一声，所有人一齐用力。有了往上的动力，再加上司机娴熟的半坡起步技术，中巴车"轰"的一声向山上开去。

"这条路真不好开，只能一口气冲到顶！"车子开到一处相对平坦的地方，司机把车子停下来，一边让大家上车，一边不好意思地解释道。

"这还是和平时期修过的路，战争年代，他们是怎么把弹药运上去的？"杜富国拍拍手上的泥巴，发出了心里的疑问。

"具体怎么运的我不知道，但是我知道一定十分艰难！而且我们的战士不仅运上去了，还牢牢地守住了祖国的领土。"刚走上来的陈登权喘着粗气回答道。

"八里河东山，从山下走到山顶的前沿阵地，要经过一段七百多米被高山挡住的羊肠路，那路险峻，夹角超过四十五度，大家给它起了个名字叫'天梯'，其中有段几十米的险路，下面是一百多米深的悬崖深沟，看都不敢向下看……"

"喝汽油的上山都费劲，前辈们不仅要上山，还要去拼生死。"官兵们陷入了沉思。

"老山主峰广场到了，下车列队。"

"我终于踏上了这片热土！"杜富国悄悄地在心里说。老山是无数革命前辈奉献青春和生命的地方，是无数参战老兵守望的心灵家园。

下车后，每个人的脚步都落得很轻，生怕打扰了先辈们的安宁；大家的心情变得沉重起来，静默着向牺牲在此的革命先烈们表达着深深的敬意。

"这条通向老山顶峰的坑道，总共有223级台阶，代表着在'4·28'作战牺牲的223名烈士！当年从这条小路上，冲上去的是青春年少的战士，抬下来的是血肉模糊的烈士。"解说员的讲解让杜富国的脚步更轻更慢了。

英烈已逝，忠魂犹在。每一级台阶都是一个英雄的故事，每走一步都是与烈士亲切交谈，离老山主峰越近，杜富国就越坚定自己的选择。

出了英雄坑道，一条用红色瓷砖铺就的道路直达主峰碑，这既是胜利的象征，也是在向后人昭示老山主峰的收复是用战士们的生命和鲜血换来的。

刻着"老山精神万岁"六个大字的老山纪念碑,见证了曾经的烽火岁月,也时刻提醒后来者"南疆英烈功彪千古,老山精神万世永存"。

官兵们站在老山主峰瞭望,对外可通视越南河江27公里,对内可通视麻栗坡腹地25公里,向西可通视扣林山地区25公里,向东可通视八里河东山地区25公里。

"咦,这是什么花?"大家顺着杜富国指的方向望去,只见一株野花傲然挺立在峭壁上,它的茎长长的,叶子嫩绿,像一只展翅的蝴蝶,红里带黄的花朵迎风绽放,煞是好看。刘贵涛说:"这就是我跟你说过的老山兰,在硝烟岁月里,它是战斗与生命的象征,寓意着战士们英勇顽强的精神品质。"如今,硝烟早已飘散,郁郁葱葱的老山兰时刻提醒人们不要忘记长眠于此的英雄。

刘贵涛还说,在这条生死线下面,地雷层层叠叠,一窝又一窝。除此之外,地下还有许许多多未爆炸的炮弹,没有来得及拉响的炸药包,和掉落下来的手榴弹。

1993年4月,参加第一次大面积扫雷的班长吴应春,带着全班战士,顶着那拉地区早早来到的闷热天气,穿着沉重、不透气的防爆服,一点一点地向下排雷,向前推进,连续奋战十五天,出色地完成了一百米生死线的扫雷任务。

经过两年多的努力,他们不仅出色地完成了任务,还实现了零伤亡。第一次大扫雷任务结束后,原成都军区授予吴应春"排雷英雄"荣誉称号。

"向英雄的扫雷兵致敬!"临走前,前哨排的战士们与扫雷官兵一一告别。

"向戍守老山的你们致敬!"扫雷官兵郑重回礼后,踏上了下山的路。

参观完后,他们又向着老山脚下的03号雷场出发了。

山高坡陡、沟壑纵横的老山03号雷场曾经硝烟四起……如今,经过几十年和平岁月的洗礼,03号雷场早已植被茂密、郁郁葱葱,恢复了宁静。高大坚韧的竹子肆意疯长、随风摇摆，运气好的话还能碰到几株顽强生长的老山兰。

群山列阵，草木无言。那棵木棉树还在，木棉花正盛开着；那些被炮弹和地雷炸断的树还在，如今又长出了新枝……初到这里，谁能想到这里会是吞噬生命的雷场。

站在雷场边缘，扫雷官兵们在敬畏生命顽强的同时，也不禁为地下复杂交错的根系和茂密坚韧的枝叶感到头疼，这些都是将来进行扫雷作业时会遇到的大障碍。

"同志们，我们站立的这块土地，曾经发生过多残酷的战争，这里的雷场有多复杂，我们的前辈就有多英勇，咱们排雷战士就要多坚强！每一个人都要做好打硬仗的准备。"陈登权慷慨激昂地说道。

"明天起，我们征战老山雷场的战斗将从这里打响，希望在这里，人人争当扫雷英雄，彻底消除老山雷患！"队列中的杜富国及战友们面对老山雷场的巨大挑战，心中激荡起一股信仰之力。

第五章

刀尖起舞不畏惧

不少人都有这样的疑问：现在科技这么发达了，为啥还要人工排雷？其实，到雷区看看就会知道，经过几次大排雷后，如今剩下的雷区大多在山高坡陡、草深林密的地带，即便是最先进的扫雷设备也很难派上用场。

一、踩着我的脚印走

老山雷场是老山附近所有雷场的总称，涵盖弹药仓库、90号阵地、坝子雷场等诸多雷场。这里是典型的喀斯特地貌，山高坡陡、沟壑纵横、爆炸物密集、地雷型号多样，国际上甚至把它定义为"世界上难度最大的雷场"。

经过长时间的风吹日晒、雨水冲刷和自然地貌的改变，爆炸物与植物根系交织缠绕，有的处于战斗状态，有的已经装上引信，有的手榴弹木柄已经腐烂，只有拉火环裸露在外，性能极不稳定。

身经百战、经验丰富的扫雷老队员直摇头："这些在土里埋藏多年的地雷和爆炸物，你抱起来往地上摔，未必能爆，但有时你还没碰到它，微小的震动甚至呼吸，都可能让它瞬间开花！"

"踩着我的脚印走！"

开进弹药仓库雷区的第一天，队长龙泉站在队列前，再次宣布这一纪律。这与其说是纪律，不如说是在危机四伏、步步惊心的雷场，生死与共的战士们形成的一种规矩、一种传统。

在扫雷大队开训动员大会上，政委周文春曾扳着手指头讲："战士踩着干部的脚印走，群众踩着党员的脚印走，部属踩着领导的脚印走，这是我们进入雷场，要立下的一条规矩！"

雷场在山上，队伍在山下，两侧警戒带蜿蜒曲折。警戒带的外侧被雷管刚刚犁过，黑色的焦土、掀翻的灌木和着弥漫的炸药味，越往上走，大家心里越发慌。

"哎呀，有蛇！"队伍中有人大叫一声。

"瞎扯，这里根本没有蛇！"龙泉瞪着鹰隼一般锐利的眼睛，将雷场迅速扫描一遍。

"是你太紧张了，你小子怕什么！"龙泉呵斥道。

龙泉尽管嘴上呵斥，但心里知道，新队员踏进雷区，就像有恐高症的人走上了没有护栏的玻璃栈道，感觉脚下的每一步都危如累卵，前方好似穷途深渊，左右都不敢越雷池一步。

"别怕！我走前面，你们踩着我的脚印走！"龙泉沉稳的声音抚慰了大家的不安与焦虑。

冬天，高原的太阳温暖而明亮，逆着光，龙泉的影子被拉得很长，仿佛将身后的战友们都包裹了进去。龙泉往前走一步，战士们就踩着他的脚印往前迈一步；他走得越坚决，战士们就跟得越安心。

"踩着队长的脚印走，就能到达安全的土地。"从那时开始，杜富国对什么是生死之交也有了不一样的理解。

云南扫雷大队属于临时编制，人员只出不进。为了补充一线扫雷力量，他们决定从保障人员中遴选一批新队员。

"我申请上雷场！"听说扫雷队要扩充队员了，炊事班战士詹程第一个报了名。经过一段时间的专业集训和选拔，时隔一年多，詹程获得了走上雷场的机会。

"手中的大勺换成了熟悉的探雷器，感觉真好。"作为扫雷一线的新队员，詹程拿到了崭新的探雷器，他忍不住向战友们炫耀。

"爆破准备完毕！"

"起爆！"

伴随着"轰隆"一声巨响，雷场上硝烟滚滚、沙石飞溅，高高矮矮的树木、灌木、草丛，被巨大的冲击波冲散、震碎，随着翻滚的浓烟，散落一地。雷场撕去了林木茂盛、充满生机的外衣，埋着地雷的山野又露出了凶险万分的真容。

"收拾好装备器材，准备进入雷场！"爆破过后，詹程在组长杜富国的催促下，正式开启了第一次雷场之旅。在黄色旗帜的引导下，一条雷场安全通道由南向北延伸开来，詹程和战友们沿着这条安全通道向雷场走去。

一路上，大家都不说话。耳边只剩下"吱吱"的蝉鸣声，和踩在地上的沉重脚步声。

"前面的，步子迈大点，走快点！"

可能觉得前进速度太慢了，杜富国边走边催促："黄旗标识的地方是安全通道，我们组就沿着这条通道，深入雷场搜排！"

即便杜富国明确地告诉大家这条通道是安全的，队伍行进的速度依旧缓慢。詹程走在队伍前面，紧张得手心直冒冷汗，他心里充斥着一个念头："这可是阴阳道啊！"

进入雷场之前，詹程已经做足了功课，他一直跟自己说着"别害怕"，但真的踏入雷场，心还是提到了嗓子眼。

詹程使劲儿拽了拽身上背着的防爆服，努力调整着呼吸，又往前走了一段，他看到了刻着骷髅头的警示牌，上面写着"雷区危险，禁止入内"。

"组长，前面的路还安全吗？"詹程问。

杜富国吼了一嗓子："绝对安全！"

其他战友没有胆量再追问，他们很想知道这个"绝对安全"到底有多"绝对"。但是组长的脚步没有停歇。

扫雷小组在山路上行走了好一会儿，队伍原地休息。

詹程小心翼翼地坐在地上，掏出水壶，拧了几次都没拧开。

"组长，你说咱走的这条路真的安全吗？"詹程喝了一口水再次问道。

杜富国既好气又好笑，回了一句："老詹，你可比我早一年当兵，你不会是被地雷吓破胆了吧？"

想要再调侃两句，但杜富国意识到他们还是雷场新手，赶紧改口说道："嘻！我真是昏头了！来，我在前面，你们踩着我的脚印走！"

再次出发，杜富国插到了队伍前面，他走一步，后面的战士就跟着前进一步。

詹程踩在杜富国的脚印上，一种温热的感觉从脚底传来。他的步伐逐渐变得轻快起来，队伍行进的速度也渐渐快了。

"到了。"詹程听到杜富国喊了一声。

"到哪了？"詹程正迟疑的时候，身上背着的防爆服已经被一双手接了过去，是等在雷场的老兵来接他们了。

"到雷场作业的边缘地带了。"杜富国指了指眼前的雷场对他们说道。

雷场深处，许多地方覆盖着厚厚的枯枝落叶，一脚踏上去软软的，在这里要想顺利布置爆破筒十分艰难，杜富国和战友连着换了好几个地方都没能成功。面对纵深数百米的区域，以这样的进度，几个月都扫不完。

"怎么办？"杜富国眉头皱成了一道线。

但他很快拿定了主意，他穿好防爆服，拿起探雷器就往雷场走去。

"组长，进雷场的路在哪儿？"詹程环顾四周，并没有看到标示安全的黄色旗子，他悄悄地问杜富国。

杜富国抬起头，笑了笑说："在雷场里，前行人的脚印便是路。路，就在脚下！"

詹程还在犹豫，杜富国已经穿上防爆服出发了。

"组长，这片雷区还没有爆破啊！"詹程抓住杜富国的手臂，心怦怦直跳。

在排爆作业中，爆破是排雷的主要方式之一，威力巨大的爆炸波会引爆附近的地雷。爆破过后，雷区会形成一条清晰可见的爆破痕迹，这便是进入雷场作业的安全通道。

但是面对既没有爆破，又没有搜排的雷区，杜富国却执意往里走。对上詹程焦灼的目光，杜富国笑了："放心吧！我每走一步，都会用探雷器探一探，我会小心的。"

"组长，太冒险了！"詹程继续劝说。

"无法安置爆破筒，总要有人迈出第一步。"杜富国有不惧死神的胆魄，也有对自己搜排能力的自信。

一步，两步，三步……探雷器没有报警，杜富国迈着步子大胆地往前走，他走得从容又矫健，就像奔赴战场的勇士。爆破筒很快就被拉进雷场十几米。

"富国，真为你捏一把汗！"

"组长，跟着你走，绝对安全。"

从雷场出来后，战友们忍不住你一言我一语地说了起来。

"报告，发现可疑爆炸物。"开始搜排作业不久，就有战友在身后大喊。

"做好标识后，赶快撤离！"面对未知的危险，杜富国让战友退后，他自己亲自上前查看。

"组长，这里炮弹太多了，一排一排的。"

"这里危险，让我来！"杜富国发出命令，同组战友被他支开了几十米。其实詹程明白，杜富国总是把危险留给自己。

一番较量过后，杜富国排出好几枚地雷，还有好几枚引信已经歪斜的炮弹。杜富国叫来战友们把性能相对稳定的炮弹运送到销毁区域。

"踩着我的脚印走！"在步步惊心的雷场深处，战士们两人一组抬着一箱箱排出的炮弹往外走，杜富国再次认真提醒身后的战友，这既是组长的命令，更是兄长的关心。

"雷场即生死场。踏入者,须生命交付他人,唯有信任,才能共同走出。"杜富国很喜欢影视剧《战雷》中的这句台词。

的确如此,在雷场上,每一次和死神掰手腕,大家都是以生命相托,唯有互相信任才能取得最后的胜利。只要杜富国在,他就会用生命为身后的战友蹚出一片安全的土地。

老山雷场,热血小伙
勇斗雷魔,战旗飘扬
为祖国为人民,把雷场扫平
啊,英雄的战士
我们永远热爱你
……

夕阳的余晖中,他们唱着自编的《扫雷之歌》,胜利返营了。在生死与共的战斗中,官兵们的心更近了、情更浓了!

明天,他们又要开赴新的雷场。

二、永不停歇的"小马达"

初夏的云南边陲,凌晨四点天还是一片漆黑,凉爽中夹带着一丝寒意。一声清脆的起床哨打破了边境的寂静,扫雷队在还未褪去的夜色中开始了一天的忙碌。

因为中午炎热加上路途远,扫雷队每天都会早早起床,趁凉快赶紧开工,中午多休息一会儿。

匆匆洗漱完毕,杜富国和战友们迅速集合,他们先是将当天爆破要用的炸药装载上车,装载完毕后,大伙儿便各自拎上一包早餐上车出发了,这个时候,还不到五点。

尽管每天都很匆忙,但杜富国和战友们还是很享受早餐时刻,他说:"每天的早餐都不一样,就像是开盲盒,有时会有惊喜。可能是米粉,可能是灌汤包,可能是肉馅饼,还有蛋挞、蒸红薯、牛奶。"坐在车上,吃着美食,这是一段难得的惬意时光。

摇摇晃晃的车厢里,战友们天南海北地瞎侃,吃完早餐,刚好到了目的地。

"下车卸物资!"驾驶员刹住了车,队长的一声口令让所有人立马来了精神。此时,天边刚刚泛起鱼肚白,在晨光中,战士们将炸药搬下车,再穿好防爆服,列队集合,一天的扫雷工作开始了。

"一、二、三班为爆破组,负责敷设炸药;四、五、六班为搜排组,负责雷场搜排……"扫雷作业开始前,队长会明确分工,搜排组和爆破组轮番上阵。

然而,雷场的地形复杂得超乎想象,有被一人多高的灌木覆盖的泥泞沼泽,也有坡度达到八十度的峭壁。崎岖陡峭的羊肠小道运输车根本没法开进去,每天爆破所需的炸药和数吨爆破筒,由战士们人工搬运至雷场。

"杜富国,你少背点中不中?"看到杜富国每次都背两箱炸药,班长许猛有点懊恼,"两箱炸药一百二十多斤,咱又不是走平地,是在爬坡啊,你累坏了身体,我这当班长的,脸往哪儿搁!"

杜富国摘下汗湿的帽子,擦了擦额头的汗水,乐呵呵地说:"没事的,班长,我有的是力气。"说着,他又迈开了步子。沉重的炸药箱压在他身上,很快,双肩被勒出道道血印,脚底也磨出了水泡。

"一趟腿发软,两趟大喘气,咱们跑个三五趟,就不累了。"杜富国扛着炸药一边卖力地往山上爬,一边跟战友们念叨着他编的顺口溜。

每天搬运炸药,杜富国渐渐发现,第一趟刚起步时,搬一箱都吃力,有时还会跟跄几下,但是第二趟就从容了很多,脚步也渐渐平稳,等到第三趟，心理上已经适应了这样的强度，就会感觉如履平地，像跑五公里过了极限。

"加把劲！我们一起往上冲！"杜富国弓着腰身，越走越快，这也激起了战友们的拼劲，在互相加油打气声中，每个人都不自觉地加快了脚步。

著名作家冯骥才在《挑山工》中写道："一步踩不实不行，停停住住更不行。……得一个劲儿地往前走。"扫雷兵们背负炸药的身影与挑山工如出一辙，只不过挑山工挑起的是生活的重担，而扫雷兵背起的则是为人民扫除雷患的使命和担当。

"搜排组休息，爆破组准备设置炸药。"搬运完炸药后，搜排组迎来一个多小时的休息时间，爆破组开始作业。

"一、二、三！"为了把爆破筒推进雷场，爆破组组长张中君使出了浑身力气，一边卖力地喊着口号，一边和战友们用力地往前推。太阳像灼热的火球挂在天上，张中君满头大汗。

"我来帮你！"在一旁休息的杜富国闲不住了，他凑到张中君身边，解开爆破筒背具，抽出两根爆破筒熟练地接上，半跪在张中君身边装起炸药来。

装完炸药，张中君舒了口气，看见杜富国已经取出雷管在组装了。他过去查看，牢靠得很，不禁夸赞："富国，看不出来，你现在不仅体力好，排雷技术也大有长进啊！"杜富国嘿嘿一笑："还要向你学习啊！"

结束一天忙碌的扫雷作业，回到营区时，天已漆黑。

说是营区，其实就是一处废弃的小学校舍。扫雷队没有固定的营区，哪里有雷区，他们就在哪里安营扎寨。扫雷行动开始以来，官兵们行程数万公里，转场几十次，这期间他们住过帐篷、住过学校、住过烂尾楼，条件可想而知，但他们从来都没有一句怨言。

大家卸下装备，正准备吃饭。"停水啦！"这个消息无疑让筋疲力尽的战士们感到沮丧。

因为是临时住所,队里的日常用水是从山上的水源地引过来的。这几天,不停地下雨,水龙头一拧,流出来的水里有蚂蟥、小蝌蚪,甚至还有小鱼,输水管道经常堵塞或爆裂,导致营区停水。

炊事班为此很犯愁,炊事班班长戏称自己是"挑水班班长",隔三岔五就要带着人去老乡家里借水。

听闻此事,杜富国顾不上吃饭,拿起工具包就出去检查水管路线了。

他曾画过一张"地图",是扫雷队的水路、电路图,详细标注了哪些地方是问题多发段,红色标记代表管道最易堵塞的位置,黄色标记代表电路最易短路的点位,一目了然。

"好嘛,原来是这里。"营房后面不远处的林子里,有一截水管破裂了,高处引下的水正噗噗地直往外冒。

杜富国伏在地上,麻利地用切割机将破裂的管子截掉,又掏出随身携带的长钩子,仔细地清理着水管两端残留的枯叶和淤泥,随后量好新管子的尺寸,再用外接头将管子连接起来。

"大功告成!"杜富国站起身,捶了捶僵硬的腰,"这个地方总是堵,最容易裂开,还是再加固一下。"他自言自语着,又用防水胶布多缠了几圈,想着尽可能延长水管的寿命。

清水又流进营区,杜富国也哼着小曲儿乐呵呵地回来了。"小马达,辛苦啦!专门给你留了大鸡腿,好好犒劳你一下。"杜富国人勤手巧闲不住,战友们亲切地送他外号"雷场'小马达'"。炊事班班长拽着"小马达"的胳膊就往食堂走,催促他赶紧吃晚餐。

"班长,我的防爆服和防雷靴就交给你了!"老兵退伍仪式上,服役十二年的老兵赵达,郑重地将自己的扫雷装备交到班长许猛手中,仿佛将一个有过命交情的伙伴托付给了战友。

防爆服、防雷靴属于专人专属的装备,每个人只配发一套。班里突然多出来一套防爆服和防雷靴，怎么分？先请示队长，后请示大队领导，得到一个答复"班里自行解决"。

班长许猛有些犯难。

其实，大家都想多要一套。云南边境，夏秋两季闷热潮湿，战士们穿着如棉衣一般厚的防爆服，没多久衣服就会被汗水浸透。每天扫雷任务结束后，战士们会赶紧将湿透的防爆服拿去晾晒，但很难晾干，第二天穿上时，仍是湿乎乎的。如果有两套，就能换洗了。

扫雷休息间隙，五班围绕多出来的一套防爆服和防雷靴展开了热烈的讨论。

有人说："给班长！班长最辛苦。"

有人说："都是革命战友，我觉得应该大家轮流用。"

大家聊得好不热闹，许猛却一句话也没说。

"今天的任务结束后，我们回去再商量！"

回到临时营区，在扫雷五班的排房门口，整齐地摆放着两排防雷靴。靴子大多沾满泥巴，满是磕磕碰碰的痕迹。

"大家猜猜，哪双鞋子是富国的？"许猛把大家集合起来问道。

战士们的目光随即落在靴子上。有人抢答："我知道！第一排第二双，那双靴子泥巴最多，脚后跟磨得最狠。"

刘新未也点点头："对，脚后跟有两个洞的，是富国的。"

"为什么富国的鞋子磨损得比别人更厉害？"

班长的话，让大家陷入思考：是啊，为什么呢？因为他平时工作积极卖力，每次都冲在前面，经年累月，鞋子自然更旧更破……

许猛说："我认为这套防爆服和防雷靴应该给富国，他的防爆服和靴子磨损最快，咱们班数他最有资格！"

"班长，我的防爆服和防雷靴还能用。"杜富国赶忙说。

"班长说得对，我也同意给富国，富国干工作是班里最卖力的，每次搬运炸药，他也扛得最多。"战士梁庆率接着说。

"富国,这套多出来的防爆服和防雷靴给你,我们都服气。"其他战士纷纷对班长的提议表示赞同。

许猛郑重地把防爆服和防雷靴,交到杜富国手上。大家都知道,这是对杜富国"蚂蚁腿、蜜蜂嘴,事事冲锋在前"的肯定和褒奖,也是对他一人顶俩、乐于助人,"雷场'小马达'"的赞扬和鼓励。

三、入了党才有资格带头干

"三,二,一,起爆……"队长一声令下。

一分钟,两分钟,过了好一会儿也没能等到爆炸声。

"咋回事?"队长满脸疑惑,他对着对讲机大喊,"去看看,咋回事!"

无论走到哪,杜富国始终不忘自己"三小工"的角色。听到队长的指令,杜富国初步判断应该是电路出了问题。他快速地跑了过去,对线路电阻进行了仔细检测,然后回答道:"线路没有问题!"

原来是电雷管出了故障,检查电雷管时,杜富国的心提到了嗓子眼。此时电雷管处于通电状态,人身上的静电都可能引爆它,危险性极高。

"队长,交给我吧!"杜富国说完,转身就去穿防爆服。

"这个相对危险,还是换个专业点的人。"队长说。

"队长放心,扫雷集训时,教员讲过,我自己也亲手排除过。"杜富国自信地回答。

"不不,遇到这种情况,党员骨干先上!"

说罢,队长便在对讲机里呼叫起了许猛、张中君的名字。

"党员骨干先上!"是扫雷大队一条不成文的规矩。处理断爆、地雷引爆、电雷管故障等高危情况,都是党员骨干先上,大队长这样教中队长,中队长教班长,班长又教战士……

杜富国虽然表现积极、能力很强,但他目前还只是个入党积极分子,

你退后，让我来
"排雷英雄战士"杜富国奋斗实录

因此，队里不考虑让他执行过于危险的任务。

杜富国的初心就是上雷场、战死神。如今，雷场倒是上了，可遇到急难险重的任务，却没有自己的份儿，他心里很不是滋味。

二十分钟后，队长和许猛汗流浃背地回来了，经查，断爆的原因确属电雷管失效。在许猛的配合下，龙泉小心翼翼地取下旧雷管，换上了新雷管。

随着一声令下，震耳欲聋的爆炸声响彻山林。

看到班长回来，杜富国走过去给许猛递水，瞧着许猛一脸打了胜仗的神情，他心里有些羡慕。"党员骨干先上"，这句话不断地在他脑子里回荡。杜富国回味着队长的话，当天晚上，他伏案疾书，再次向党组织提交了思想汇报。

"警戒，警戒，收到请回复！"爆破线路已经连接完毕。

又一次执行起爆任务。准备起爆时，队长却迟迟联系不上控制雷场进出通道的警戒组。雷场附近边民较多，没有收到警戒组的回复，无法下达起爆命令。

"跑腿的事，让我去吧。"

队长还没反应过来，杜富国就摘下汗湿的头盔，撕开厚重的防爆服，向警戒地域跑去。

在排雷爆破作业中，为了保证民众安全，都会设置警戒地域。警戒地域一般距离雷场几百米至一公里，这一来一回距离不短，有些地方还要上坡下坎，十分消耗体力。

"没收到队长的命令吗？"见到警戒员，杜富国双手撑着膝盖，气喘吁吁地问道。

警戒员一脸茫然，两手一摊："没接到命令啊。"

原来，路口行人众多，警戒员把注意力放在了过往的行人身上，根本没发现前一天忘记给对讲机充电，对讲机自动关机了。

爆破作业区在山顶，警戒员在山下，尽管杜富国全力冲刺，还是耽搁了不少时间。

"扫雷兵不打仗，但是天天上战场！保障手不上雷场，但要把后勤工作做好，器材保障不到位，是保障手的失职！"作业结束，龙泉队长集合全队，他的话如鼓槌一样敲打在大家的心上。

"丁零零，丁零零……"杜富国枕头边上的手表准时响了起来，他赶紧按下闹钟，怕吵到熟睡的战友，又迅速起身把充满电的电池换下来，才安心地睡了。

杜富国主动承包了全队器材的充电任务，对讲机、探雷器、起爆器等都由他负责，因为充电器有限，白天只能给一半器材充电，所以他定了闹钟，每天半夜起来换上另一半电池。

就在全队官兵都在为扫雷任务的顺利进行而高兴时，杜富国却陷入了惆怅。

雷也排了，爆破筒也背了，保障工作也做好了，为何新的一批入党人员名单里却没有自己呢？

他想不明白，去找了党支部书记。

"谁说写了申请、干了工作就能加入党组织？要知道，一名党员就是一面旗帜，入党绝不是喊喊口号、一时冲动，你不仅要接受党组织的磨砺和考验，还得问问自己心中是否有为党奉献一切的决心……"

书记推心置腹的话，说亮了杜富国的心，他默默地告诉自己："撸起袖子加油干，剩下的就交给党组织。"

功夫不负有心人。三个月后，因为在扫雷任务中的突出表现，杜富国终于迎来了自己的入党时刻，光荣地成为一名预备党员。

"在战争年代，扛炸药包是共产党员的特权！"而今天他申请加入党组织，是因为在雷场上，在急难险重的任务关口，冲锋在前是共产党员的特权，入了党他就有资格带头干！

你退后，让我来
"排雷英雄战士"杜富国奋斗实录

入党仪式上，杜富国无比自豪地说："从今天起，我就是一名预备党员了。从此，我有了在雷场冲锋的特权，请党支部在雷场考验我，把最艰险的任务交给我！"

仪式过后，扫雷队又投入到紧张的扫雷作业中。

雷场腹地山高林密，气候复杂多变，爆破异常是常有的事。

"队长，我申请去排除情况。"这次，杜富国又主动请缨。

看着杜富国胸前崭新的党员纪念章，队长拍了拍他的肩膀："好，富国，这次就交给你了。"

到达爆破点，杜富国发现这回又是电雷管故障，看着眼前随时都有可能爆炸的"不定时炸弹"，他深吸了一口气，把双手放在地上，释放完静电后，小心翼翼地把电雷管的脚线与线路干线断开，汗水滑过脸颊，也不敢擦拭，任何一个意外都有可能让他灰飞烟灭。

终于换上新的电雷管，杜富国松了一口气，从雷场走了下来。"轰"的一声爆炸过后，官兵们自发地为这名新党员鼓起了掌。

位于老山山顶的8号雷场，面积很大，一眼望不到头。

为了提高爆破作业效率，杜富国和他的爆破小组一口气把爆破筒连接了十二节，这样一次可以起爆数十米的纵深，提高爆破效率。

"一、二，用力！一、二，用力……"杜富国一边喊着口号，一边使出全力配合队友往雷场里推爆破筒。

"爆破失败。"观察员报告，十二节爆破筒只爆了八节，其余四节没有爆炸。

"可能是推爆破筒时遇到了障碍，挤压导致变形或折断。"看到变形未爆的爆破筒，杜富国猜测道。

雷场情况复杂，设置爆破筒时很容易遇到障碍，怎么解决敷设问题呢？

一次偶然，杜富国受一根弯曲的竹子启发，他灵机一动，如果把第一节爆破筒稍微向上折，往雷场推送时，一旦遇到障碍弯头朝上，自然容易推过去。

杜富国把这一想法上报队里，队长龙泉拍着双手说："可真有你的！"

敷设爆破筒的问题，被杜富国的小发明解决了，但是爆破过程中的断爆问题仍然是难题。

为了减小爆破威力，减小爆轰波对附近居民的影响，扫雷队一般会采取延时爆破的方法分次爆破，导爆索是分次爆破中用于连接的导线，在扫雷时，有时会用一根导爆索连接起二十次爆破。

但若遇到断爆，未爆炸的炸药就成了很大的安全隐患，至少要等半个小时才能进入现场，查明原因。解决断爆问题，步骤烦琐并且十分危险，极大地耽误了作业进度。

"用塑料水管套住导爆索，保护导爆索不被爆轰波冲断。"队长龙泉想出了一个好办法，并很快在实战中得到检验，接连进行多次爆破时顺利多了，断爆发生的概率大大降低。

但杜富国认为每次爆破都要把导爆索插入水管太麻烦，而且使用大量水管，无形中增加了爆破成本。

"用泥土掩盖导爆索效果更好，还节约成本。"经过反复思考，杜富国提出了自己的想法，但没人支持。大家觉得埋土太少没用，埋多了又增加了劳动量。队长龙泉尤其反对。

当别人都在套管子的时候，杜富国却在导爆索上撒土。

"杜富国，你干什么？"龙泉呵斥道，"我都说了用土掩盖不行，你非要跟我唱反调？"

"队长，我想试一试。"杜富国委屈地说。

"就给你这一次胡闹的机会。"在众多官兵面前，龙泉还是给了杜富国一个台阶下。

第一轮爆破开始了，用泥土掩盖的导爆索爆破得十分顺利，没有出现断爆问题。

"一次成功不能说明问题。"龙泉认为这可能是偶然，于是让杜富国

你退后，让我来
"排雷英雄战士"杜富国奋斗实录

继续实验下去，杜富国高兴地增加了导爆索实验的长度。

第二次，爆破成功；第三次，爆破成功；第四次，爆破成功……

经过反复试验，杜富国的土掩法得到了验证，一层泥土完全可以保护导爆索在爆炸瞬间不被冲断，土掩法把断爆的概率降低到接近于零。

得益于杜富国"唱反调"的尝试，现在敷设线路时，一把铁铲代替了一捆又一捆的塑料水管，就地取材既节省了时间成本，又节省了物资成本。

"富国，好样的，我要向你学习！"在事实面前，龙泉有些歉意地拍了拍杜富国的肩膀，并在全队面前表扬了他。

扫雷工作每天都在进行，新发明解决了断爆问题的话题没持续几天，生活又回归了平淡。

秋雨淅淅沥沥，像是在天地间挂了一层帘子……扫雷官兵们坐在排房里，做好了随时出发的准备。只等雨小点，他们就投入作业。

老山雷场上，爆破留下的火药残渣把地上的雨水染成了浓黑色。冒着小雨，扫雷官兵深一脚浅一脚地挺进雷场，厚重的防雷靴将雷场的泥土翻起，浓黑的雨水和着土黄的稀泥，溅得满身都是。

顾不上这些，扫雷战士们迅速一字展开，开始进行搜排作业。

"发现一枚地雷！"班长许猛屏住呼吸，用手握住地雷侧壁下部，轻轻拿起来，右手旋下扩爆药，倒出起爆管，然后双手捧着地雷放进旁边的箱子里，整个过程持续不到五分钟，排除完毕！

箱子装满地雷后，负责搬运炸药的唐世杰，抱起箱子朝指定的放置地点走去。

箱子里的地雷横七竖八、摇摇晃晃。搜排出来的地雷比埋在地里的更加不稳定，实在危险。

正在搜排的杜富国看在眼里，怕在心上。

想啥来啥。"扑通"一声，因为雨后的雷场格外湿滑，被竹根绊住的唐世杰，一个趔趄摔倒了，若不是他死死抱住手中的箱子，真不知会出什么意外。

"雷好不容易排出来了，千万不能在搬运时出意外！"爱动脑的杜富国开始琢磨怎样才能在搬运过程中让地雷纹丝不动。

苦思冥想了好几天，又请教了好几位扫雷经验丰富的老前辈，杜富国很快找到了答案——沙箱。

杜富国说，沙箱就是在箱子里铺上细沙，把爆炸物放在细沙上会稳定很多，即使剧烈晃动，也可以减缓冲击。

凭借当"三小工"时打下的基础，杜富国很快就做出了第一个沙箱。但每个爆炸物的大小不尽相同，有的是地雷，有的是炮弹，有的是火箭筒，于是杜富国又开始改进沙箱。

他根据爆炸物的规格尺寸、性能种类，给沙箱设计了不同弧度的卡口，手工制作了十种不同类型的沙箱，保证在搬运过程中爆炸物不会晃动。

没过多久，沙箱又再度升级。杜富国发现一个人一次只能抱一个箱子，这样效率太低。于是他又把一层沙箱改为两层沙箱，在确保安全的前提下，大大提升了搬运效率。

从此，杜富国又多了一个绰号——"雷场'创客'"！

第六章

生死雷场"让我来"

　　得知杜富国负伤的消息，已经转业回四川老家的龙泉队长很难过，他说："既意外，又不意外。"意外，是因为杜富国扫雷技术好、心理素质强，受伤的怎么会是他？不意外，是因为杜富国总是冲在前面，承受的风险比别人高得多。

一、只身闯"雷窝"

扫雷兵的脚步声是和平安宁的声音，与其说他们是镇魔降妖的孙行者，不如说他们是把边民安危放在心上的红军传人。

2016年春末，天保口岸气温蹿升至40多摄氏度。作为云南进入越南，连接东南亚、南亚的重要陆路通道，这里的边贸生意红红火火。然而，周围的雷区却成为口岸拓展的"拦路虎"。

"接上级命令，今天我们将赶赴天保口岸四号洞雷场，进行人工搜排。出发前，请大家再仔细检查装备……"4月6日清晨，队长龙泉下达指令。

四号洞雷场地形极其复杂，危险超乎寻常。红旗下，百余个黝黑的战士目光如炬，他们已做好准备，随时开赴属于他们的战场。

完成初步的雷场勘察后，分队长张波面色有些凝重。虽然才四月份，但雷场已是林深草密，几乎找不到下脚的地方。再加上异常复杂的地形，搜排难度非常大。

"划分三个区域，一号区域杜富国负责，二号区域张中君负责，三号区域许猛负责。"出于对作业安全的考虑，队领导经过慎重的商讨后，决定由扫雷队里最沉稳的三人担任组长，由他们分别带队搜排对应的雷区。

你退后，让我来
"排雷英雄战士"杜富国奋斗实录

杜富国和往常一样，走在队伍的最前面。走向指定区域的每一步，杜富国都如走在悬崖之上一般小心翼翼。

"下面，展开作业，发现目标，及时报告。"杜富国下达指令。"一定要小心！"他忍不住又补充了一句。

队员们一字展开，开始对雷场进行地毯式搜排。

"嘀嘀嘀——"唐世杰的探雷器率先响起，他当即判断这里藏着一枚火箭弹；再探，还有一枚同样型号的火箭弹！

"这情况不对！"多次担任搜排手的唐世杰自言自语着，果不其然，再往前探去，很快又发现一枚火箭弹。当他探到第四枚火箭弹时，忍不住倒吸了一口凉气。他轻轻地刨去火箭弹表面的浮土，无一例外，引信全部向下，唐世杰的内心好似被投入一块巨石，掀起了阵阵波澜。他不敢再进行下一步动作，赶紧做好标记，通过对讲机报告组长杜富国。

"组长，目前发现的四枚火箭弹引信全部裸露在外，会不会是个连环局啊？"唐世杰的声音让杜富国心头一紧。

"你先撤到安全区域，让我来。"杜富国果断命令道。杜富国深知，排雷就是在刀尖上跳芭蕾，稍有不慎，后果不堪设想。

雷场上必须服从指令，唐世杰带着其他组员从"红区"下了线。他们从远处死死地盯着前方的雷区，盯着那个只身挑战危险的背影。

一枚、两枚、三枚……杜富国发现的爆炸物越来越多。当他在一块不足三平方米的雷场上搜排出十几枚爆炸物时，心里忍不住后怕起来："这简直就是一个'雷窝'啊！"他谨慎地继续搜排，又发现了数枚火箭弹和地雷，并且引信全部裸露在外。

烈日下，额头上硕大的汗珠不断滚落，滴进杜富国的眼睛里，一瞬间酸辣涩痛的感觉迷得他睁不开眼。可是他却不敢腾出手来擦汗，只能用力地挤着眼睛，试图用眼泪冲淡汗水。

这片区域埋藏了大量爆炸物，一旦哪个操作环节出了问题，它们就会像多米诺骨牌一样接二连三地爆炸。向分队长报告情况后，趴在火箭弹前等待指令的杜富国，感觉时间分外漫长。

接到分队长"可以开始排除"的指令后，杜富国打开工具盒，选取了一把缠绕了好几层黑胶带的剪刀。想要把火箭弹安全拿出来，首先要把周围厚厚的杂草和尘土除掉。

火箭弹深埋在土中，时间不仅使它表面的油漆老化，还把它和环境融合为一体，杂草的根茎早已经和火箭弹紧紧缠绕在一起。想要将火箭弹顺利排除，必须先用剪刀把这一根一根相互纠缠的根茎剪开，整个过程不能有一丝走神，一旦触碰引信，灾难便会从天而降。

一刀接一刀，弹坑右侧堆积的杂草和细土越来越多，炮弹的主体也逐渐露出。紧接着，他又拿出毛刷，将火箭弹表面的浮土一一扫落。

14分27秒第一枚排除，29分40秒第二枚排除，45分11秒第三枚排除……一个小时过后，四枚火箭弹被完好无损地拿了出来，安静地躺在地上。

唐世杰和几名组员全神贯注地盯着杜富国的动作，屏住呼吸，不敢发出一声异响，直到对讲机里传来杜富国的声音，"前四枚火箭弹顺利排除"，他们欢呼雀跃。

稍事休息后，杜富国又投入了战斗。当他顺利排除第五枚火箭弹，准备重复作业时，探雷针突然发出了与之前不同的声音，善于听音辨雷的杜富国，立马判定这不是火箭弹，而是一颗地雷。

与排除火箭弹相比，排除地雷的危险系数更高，必须一点一点把地雷周围五厘米半径内的杂草和尘土轻轻清除干净，让地雷整个暴露出来，再慢慢排除。

烈日下，杜富国用双手将地雷捧出，又轻轻地放在地面上，所有人都松了一口气。那天，杜富国排除了各类爆炸物十余枚。

来时朝霞满天，回时晚霞映面。唐世杰几人会心一笑，一同将杜富国高高举起，一声声"一，二，三"中，那个只身闯"雷窝"的大男孩被高高抛起。

你退后，让我来
"排雷英雄战士"杜富国奋斗实录

征服了四号洞雷场，扫雷队员们又马不停蹄地来到马嘿雷场。

按照惯例，扫雷队每次有新的任务时，骨干们都会轮流担任组长。用队长龙泉的话说，这样做，主要基于两种考虑：一方面是实战，每个人都要有成为主力的机会；另一方面是人情，不能长期让某个人处于危险一线。这次，虽然杜富国主动请缨，分队长张波经过再三考量没有同意，还是决定让杜富国在这次任务中配合排爆手许猛，在小组里充当组员。

得知分队长的分组决定后，杜富国虽然有点不甘愿，但在扫雷队，服从命令永远是第一原则。有战友打趣他："富国，这次你这个C位要打辅助了？"

杜富国却振振有词地回应："雷场不分C位和辅助，火线之上，每个人都是主角。"说罢，他拿起放在地上的探雷器阔步向前走去。

看着杜富国一脸认真的样子，许猛稍感心安。这次任务情况太特殊了，勘察过程中，发现这里山陡土松，好几个战士差点摔了跟头。分队长还特意交代，这次任务中探雷比排雷更加危险。这片雷场以前是把重型装备送往战场的交通要道，埋的地雷和落下的未爆炮弹数量多、类型杂，危险系数极高。

野草肆意生长，布满了整个山头，它们一丛连着一丛，迎风随意摆动，高度差不多到人的腰间。

为了尽快开辟出一条安全通道，杜富国快速地用探雷器一遍又一遍地扫过野草地，许猛挥舞着手中的小铁铲，将过腰的野草斩断。回头看了看走过的路，一个个脚印深深地嵌在红土地上，把折断的野草踩进了土里。

"嘀嘀嘀——""嘀嘀嘀——"

探雷器忽然响个不停，在安静的树林里显得格外刺耳，听声音应该是防步兵地雷。为了避免拨动草根带动地下的引信，杜富国掏出剪刀，一根一根地剪断野草，等地表露出来后，在埋雷区插上红旗。

前方的草丛比其他地方明显矮了一截，根据经验，这里应该有土坑。将探雷器伸向此处，一阵刺耳的"嘀嘀嘀"声果然响起，这声音和之前几次的响声明显不同。

重新将探雷器伸向前方，杜富国再次确认，他想这肯定是一枚之前没遇到过的"新"雷。他小心翼翼地剪断上方的野草，拨开泥土，露出的顶盖足有脸盆大小。

这一年多来，上过的雷场很多，但这么大的地雷，杜富国确实是第一次见到。两人回想起教材上的知识，结合排雷的实践和此次任务的背景，最终断定这是一枚59式反坦克地雷。

顾名思义，反坦克地雷是摧毁坦克等战斗车辆的。防步兵地雷的威力，两人都见识过。碗口大小的防步兵地雷能一瞬间将人炸得面目全非，这枚地雷如果爆炸，两人今天显然不能活着离开。

收到可以排雷的指令后，杜富国迅速拉下防护面罩主动要求自己上。他一个"抢位"便到了许猛身前，被抢了位置的许猛一脸诧异。见拗不过杜富国，许猛只好将对讲机别在了杜富国腰间，严肃地对杜富国说："杜富国，我在后面，等你通知我来搬运地雷，你一定要活着回来！"

老扫雷兵们是这样描述排雷的：这个活得像考古挖掘一样小心，容不得丝毫马虎。考古失误或能弥补，扫雷失误则会尸骨无存。面对从未见过的地雷，杜富国小心翼翼地用毛刷、扫雷铲轻轻清理浮土。

浮土刚清理完，他突然发现这个"大家伙"的顶端竟是凹陷的，这是一枚精心布设的诡计雷！地雷顶端凹陷，是布雷者对地雷进行了力学预压，使地雷达到引爆临界点。这样一来，原本二百公斤以上的重量才能压爆的反坦克地雷，步兵一碰就会炸。

这是一次跨越时空的较量，是今天的扫雷兵在和过去的埋雷人斗智斗勇。

将周遭的红土挖空，只剩地雷静静地躺在地上。使劲撸了撸手套，杜富国一只手扶着地雷，另一只手开始破解诡计装置。按照规范动作一点点用劲，诡计装置却纹丝不动，往常这个力度，早就解除情况了，看来排除这枚反坦克地雷的难度超出了预期。

这个时候不能急，只能一点一点地试探。杜富国的太阳穴青筋凸起，僵持近十分钟后，"咔"的一声，地雷引信终于解除，杜富国悬起来的心就像漏了气的气球，缓缓归于平静。

从土里取出地雷后，杜富国感觉有点脱力，他躺在地上，看着蔚蓝的天空，流动的白云，心里升起万分感慨。调整片刻，他取下别在腰间的对讲机："老许，这个'大家伙'我成功排出来了！"

听到杜富国的话，许猛兴奋之下，对着山坡大喊了三声"yes"。

扫雷作业结束之前，从未向分队长提过要求的杜富国，第一次开了口——他想和自己人生中第一次排除的这枚反坦克地雷合影留念。

得到分队长的允许后，杜富国开心得像个孩子。他兴奋地把地雷抱在胸前，眉毛向上一挑、弯弯的嘴唇、洁白的牙齿、年轻的笑脸，汇成的分明是年轻战士的热血青春。

二、战友叫他"暖男"

"如果你是一滴水，你是否滋润了一寸土地？如果你是一线阳光，你是否照亮了一分黑暗？如果你是一颗粮食，你是否哺育了有用的生命？如果你是一颗最小的螺丝钉，你是否永远坚守着你生活的岗位……"年轻的雷锋在日记里写下对人生的感悟，每当身边人有需要时，他总是"全天候在线"，对待同志就像春天般温暖。

"向雷锋学习"这五个字被杜富国一笔一画、十分用力地写在笔记本的扉页上。雷锋虽然离开了，但他这块永不磨灭的精神丰碑依旧激励着包括杜富国在内的无数人。

当向上的人生姿态和向善的价值追求串联成一条线时,雷锋和杜富国这两个不同时代的人便开始隔空传递温暖和力量,在对生命意义的追求上,他们同样坚守着平凡,却做着不平凡的事。

杜富国平时话不多,却总是默默做着温暖人心的事。他就像是火柴杆上跳动着的微弱的光,也许并不起眼,但总能让身边战友在黑暗中找到方向。

众所周知,杜富国是个勤俭节约的人。一双作战靴多次开口,他用胶水粘了又粘,就是舍不得丢;一部手机屏幕摔得布满了裂纹,但他觉得不影响使用,一直没舍得换……但这样一个"老抠",对战友却非常慷慨,真有谁遇上急难事,他总会伸出援助之手。

2016年年底,准备休假的艾岩满心欢喜,每天熄灯后他都躺在床上盘算,这次回去给家里带点什么。父母知道艾岩要休假回家,还给他安排了相亲,对这一切年轻的战士充满了期待。

离队前一天,艾岩特意在群里发了红包,算是提前给大家拜了个早年,第二天他便兴冲冲地踏上了返乡的列车。

车窗外山林飞逝,车上的艾岩急切而又兴奋。即将抵达终点站时,艾岩接到了母亲的电话,只听她在电话那头急切地说:"这段时间你爸胃不舒服,今天去医院看了,情况不好,说是要做手术,你直接到医院来吧。"

艾岩挂了电话,他来不及多想,迅速拿上行李,出站、打车,直奔病房……看着病床上的父亲,艾岩忍不住落泪了,这棵从小到大为他遮风挡雨的大树,竟然在不知不觉中老去了。

跟医生了解完父亲的病情,得知手术所需的费用,艾岩和母亲在走廊里犯了难,这几年家里的收入并不多,手术费还差一大截。马上就要过年了,这个节骨眼上怎么好开口去问别人借钱呢?

艾岩的手指在手机通讯录上不断滑动,纠结再三,他首先给杜富国打了个电话。

你退后，让我来
"排雷英雄战士"杜富国奋斗实录

了解事情的原委后，杜富国只说了一句话："我马上给你转过去。"挂断电话，杜富国立刻把准备还房贷的一万两千元转给了艾岩，还发动好几个战友一起想办法。不到半小时，让艾岩一家发愁的手术费就凑了一大半。父亲从手术室平安出来后，艾岩给杜富国发了一条微信："谢谢我的战友、我的兄弟！"

正如杜富国平时所言：只有在生活中亲如兄弟、互相帮助，在战场上才能密切配合、生死相依。这件事过后，原本就和杜富国感情不错的艾岩，对他更加信任了，两人在工作中也配合得更加默契了。

马嘿雷场纵深虽然只有三公里，但坡一个比一个陡，每次作业战士们都要全副武装，负重数十斤。一天下来，要在雷场来回数趟，除了体力上的消耗，有时物资上的短缺更让人绝望，不少官兵将这条山间小道称为"绝望坡"。

往返于山林间，身着防爆服的队员们都口渴难耐，大家早已汗如雨下。体内的水分不断流失，大家休息时都会拼命地往肚子里灌水，随身携带的军用水壶很快就见了底。

天气太过炎热，不及时补充水分，人根本就受不了。回到搬运点，杜富国马上奔向补水点，大口灌着凉水，好不痛快。自己脚程快，这趟下来，除了弹药箱外，杜富国还想再背一桶桶装水。

下山路上，他发现休息点存放的水桶也没水了。这么下去可不行，高温下高强度作业，很容易中暑。

杜富国背着物资，又上了一趟"绝望坡"。每向上爬一步，桶里的水就会跟着晃动，身上的弹药箱也和防爆服相互摩擦奏起了交响曲。平时上坡总走在最前面的杜富国，这一次落在了队伍后面。

为了不影响上坡速度，行进间别人休息十分钟，他就只休息八分钟。被弹药箱和水桶压弯了腰的杜富国，一步一步艰难地向山顶攀爬。望着前面的队友，杜富国在心里给自己鼓劲，他推了推背上的弹药箱，步子迈得更坚定了。

得到水分补给的扫雷队员们，像是一片片得到雨水灌溉的秧苗，瞬间活了过来。休息片刻，大家都恢复了活力。

榜样的力量是无穷的。第二天，许多战士自发地加入到背水的队伍中，大家轮流背着桶装水一步一步地往山上爬。

这个被所有队员叫作"绝望坡"的三公里长坡，被杜富国和战友们用行动征服了，他们不仅征服了现实中的"绝望坡"，也攀上了精神上的友谊高峰。

"集合开饭！"连续作业了近七个小时，雷场终于飘来了扑鼻的饭香，官兵们脱下厚重的防爆服开始吃午饭，此刻已是下午两点三十分了。

由于雷场距营区较远，来回差不多要两个多小时，为了节约时间，更高效率地完成扫雷作业，炊事班的兄弟们都是把热食送过来。

"富国，好想吃折耳根啊。"饭还没打完，詹程就惦记起了杜富国的拿手菜。

"好！都等着，我去去就来！"开饭前，战友们正在脱防爆服，杜富国一股脑儿地跑到小溪旁摘起了折耳根。很快，他就回来了，洗净、切好、拌料……

战友们举起筷子，一阵狼吞虎咽。杜富国还不忘做科普："折耳根是草本植物，清热解毒、利尿通便，还可治疗肺炎、痢疾。"

从小在山村长大，杜富国认识很多野菜。偏远的云南边境，雨水丰沛、气候湿润，滋养了各种各样味道鲜美的野菜。只要有空，杜富国就会去挖点给大家尝尝鲜。

午饭后，官兵们在雷场附近短暂地调整休息。

杜富国把装载爆破筒的纸箱撕开铺在地上，一张简易的床铺就好了。谁知，刚躺下，对讲机里又传来声音："杜富国，送两份饭到警戒点。"

"马上到！"说完，杜富国就起身去取盒饭，向着山脚的警戒点快步走去。

"杜富国，准备器材，开始作业。"刚从警戒点返回，扫雷队已经结束了午休，进入了下午的作业时间，杜富国带着探雷器就奔向雷场。

"杜富国，送几节电池过来。"

"杜富国，拿个探雷器过来。"

"杜富国，送一箱爆破筒过来。"

……

杜富国是对讲机里被呼叫最多的人，在战友们心中，他是个热心人，更是个让人信任和放心的人。扫雷作业时，杜富国是携带工具最全的人，"只有他随身携带工具包，我们缺什么时就问他拿"。

每次从雷场回来，大家都满身的汗水和泥土，黏在身上别提有多难受了。一回营区，头一件事便是冲洗。但临时营区水压不足，有时等了两三个小时都轮不上。为了洗上澡，不少人像放哨一样站在澡堂门口，只要瞄见有人出来便立马冲进去。

这样的情况持续了一段时间。有一天回来，大家惊喜地发现所有的脸盆、水桶都盛满了清水。原来，是值日的杜富国给大家准备的。为了让辛苦一天的战友们洗个痛快澡，杜富国像一只旋转的陀螺，将水龙头全部打开，接了一盆又一盆、一桶又一桶水，直到把所有能盛水的器皿都装满。

一番忙活后，大家也都回来了。澡堂里，战士们畅快地洗着澡，仿佛一盆水下去就能把一整天的疲惫全都带走。大家一边冲凉，一边由衷地感叹道："'暖男阿杜'果然名不虚传！"从那以后，无论谁值日，都会学着杜富国，提前把卫生打扫干净，为大家准备好水。

这些年来，杜富国早已把奉献自己、温暖他人当成一种责任、一种习惯。对待战友，他满腔热忱，对驻地百姓，同样如此。

给人以星火者，必怀火炬。杜富国用炽热的心向身边的人传递温暖和力量。不知不觉中，他也成了别人眼中的星辰。

三、冒着生命危险的逆行

猛硐瑶族乡，滇南边陲的一个小镇，地处要塞，矿产丰富，历来是兵家必争之地。在这里，先后发生过多次战争，不少爱国英雄和革命烈士流下了鲜血。著名抗法英雄项崇周的大墓，就坐落在猛硐街南头的山上，墓碑两边刻有一副对联，左联为"虎昭壮志多"，右联为"龙盘青山国"，横批是"千古流芳"。

2018年9月2日，新学年马上就要开始了，又恰逢猛硐乡六天一轮的集市。开学和赶集凑到一起，往常空空荡荡的猛硐街头，一下子热闹起来。不知是什么原因，早晨天气就格外闷热，天空像个大锅盖，压得人喘不过气来。可这根本挡不住人们赶集的脚步。农贸市场里、街边的小吃摊旁，商贩们扯着嗓子吆喝着、攀谈着，想留住经过的每一名顾客。身着蓝色长衫、头上裹着青色头帕的瑶族阿哥扯着身穿华丽长裙的瑶族阿妹，身材高挑、青春靓丽的傣族少哆哩扯着毛哆哩，彝族阿黑哥扯着阿诗玛，纳西族胖金哥扯着胖金妹，还有身着校服的学生，三三两两，左逛逛右瞧瞧，在市场里穿梭着、嬉笑着。

……

傍晚，红彤彤的火烧云散去，热闹声也渐渐息止，猛硐的街道又陷入宁静。

猛硐瑶族乡，也是雷患的重灾区。全乡2万多亩茶园中，有8000亩属于雷区，尤其是坝子村，一共40多户人家，就有6人被炸死，8人被炸残。村里老人严肃地告诫孩子们："不要踏进雷区半步！"扫雷四队就驻扎在猛硐瑶族乡的寨子里。

你退后，让我来
"排雷英雄战士"杜富国奋斗实录

凌晨一点五十五分，睡得正香的杜富国，被副班长刘新未叫起来接岗。例行的营院巡查还没有结束，天空已经下起了小雨，杜富国回到门口的岗亭里坐下。约莫过了十分钟的样子，雨大了起来，天像是被捅漏了底似的。

两点三十九分，岗亭外面的雨，仿佛变成一道道细密的水帘子，几米开外已经看不清了，地面上的雨水汇成小河。"今年六月份，猛硐已经发生过洪灾了，今天晚上这个雨，比那次还大啊！"杜富国从来没见过这么大的雨，他心里有点不踏实。

"得好好检查一下！"杜富国从岗亭里冲了出来，跑回排房取出雨衣。他一边系着扣子，一边提着手电筒向门外走去，查看堆垛的扫雷物资。

飘进来的雨水，从塑料布的边缘渗进来，已经把物资淋湿了一大半。杜富国赶忙跑去工具房，拖出一块大大的油布，覆盖在物资垛上。接着，他清理了地面的积水，转身又去查看营房后面的院墙。

松散的砂质土被雨水冲进了沟渠。后墙虽然有一些脱落，但没有大的塌方，估计暂时不会有大问题。

从后面绕回来，杜富国一路查看营区的情况，他发现岗亭上方的缝隙有扩大的迹象，便从工具房里再拖出一块油布，把裂缝盖得严严实实。他浑身早已湿透，不知是因为雨水还是汗水。

突然，岗亭里的灯光熄灭了。"停电了，哪儿出了问题？"杜富国看了一下手机，才凌晨三点四十二分，"怎么连手机信号都没有了？肯定出大问题了！"

杜富国感到事态严重，快步冲到队长李华健的宿舍，捶打大门："队长，队长，停电了！手机也没有信号了，可能受灾了！"听到李华健应声后，他转身又去敲教导员的门。

杜富国一路挨着敲门，一班到六班的同志醒了，队部班的同志醒了，驾驶班的同志醒了，炊事班的同志也醒了。大家跑到大门口去看，受灾的群众已经涌上来了。前面学校的院子里,斜对面派出所的院子里,中学体育场上,嘈杂声不绝于耳。

暴雨砸地的噼啪声,河里洪水的哗啦声,房屋倒塌的轰隆声,群众的哭喊声,交织在一起,让人胆战心惊。街上除了几处零星的微弱亮光,什么都看不见了。

挤在营院大门外的人们哭诉着:"项保香的饭店被冲走了,马正荣一家四口被冲走了,河湾的综合农贸市场被冲没了,茶厂、停车场统统都被冲毁了!老天啊!这是要毁了我们猛硐吗?"

李华健紧急集合队伍:"灾情就是命令,我们必须保护好群众的生命安全!一分队到茶厂,二分队到农贸市场,三分队到敬老院。队部班赶紧联系大队值班室,驾驶班做好出动准备,炊事班安排开水和热食。各方向必须集中救灾,不得擅自行动,不能出安全问题。"

遵照命令,杜富国跟着三分队直奔敬老院。路上,大水已经没过了膝盖。

敬老院的大楼被洪水包围,无法靠近。楼下的棚房院子早没了踪影。护工在楼上喊:"墙体有裂缝了,大家快想办法!里面还有十九个老人啊!"

带队的李华健,找到一根棍子,准备试一试水深。可棍子还没插下去,就被大水冲走了。杜富国见状过来帮忙,他们又找了一根胳膊粗细的杉木棍子,两个人合力测量,发现水不深,但是冲击力很大。

"水不深,不会超过一米三!但是冲击力太大,单人过河太危险了,背人过河更不可能!我们必须集体过河。"李华健扭头跟杜富国讲。

"手拉手也不牢靠,洪水力量太大了。必须有绳子才行,把大家绑在一起,这样安全些。可是我们出门只带了砍刀、锄头,偏偏漏了绳子。我回去拿绳子。"杜富国转身准备回队部。

"记得把最粗最长的绳子抬过来。"李华健说道,"涉水的人多,绳子细了不安全,短了不够用。"

他又喊道:"刘新未,你跟着去,快点把绳子搬来。"

杜富国和刘新未一路奔跑,从驻地搬来了绳子。李华健安排两个体力好的高个子,手拉手涉水到敬老院,把绳子绑到了楼梯口的铁栏杆上。另一头,则拴在一棵大树根部。两边又安排两名同志,控制绳子的摆动幅度。

被大水围困的十九位老人,此刻是大家最挂心的人,敬老院也是此次救灾最困难的地方之一。边防检查站的官兵、派出所的警官,紧跟着扫雷官兵的脚步来了。猛硐瑶族乡党委领导、政府领导、人民武装部领导,村委会的同志,民兵营的基干民兵,都来了。

大雨已经停了,小雨还在下,敬老院的大楼不时地晃动着,墙上的裂缝似乎还在变大。有的老人在啜泣,有的老人浑身颤抖,有的老人在默默祈祷。

湍急的洪水中,救援人员五六人一组,搭建成生命之舟。一人在前方引路,一人在中间背着老人,一人在后面稳定绳索,其他人则极力护着。

杜富国也在救援的队伍之中,他不时地被树枝挂住、被石头绊倒,胳膊被划破了,腿被磕破了,但他没有丝毫退缩。他背着老人、拉着绳子一步一步往前探着走。忙碌中,他早已忘记了危险。

上午八时五十七分,经过上百人三个多小时的努力,敬老院的十九位老人,全部被转移出来了。

来不及休息,杜富国听说综合农贸市场受灾最严重,失踪了好些人,他和扫雷队的官兵们又直奔市场去了。

到达猛硐桥桥头,河水从桥上翻过,桥两边的栏杆已经被冲走了。河对面邮政所门前的街道,泥浆齐腰深,好多人在刮排泥浆搜救。邮政所后面的综合农贸市场,被齐地冲走了,只剩下翻腾的浪花。

官兵们溯河而上进行搜救。横跨猛硐河的八角亭,往日游客络绎不绝,好不热闹,现在却不见了。河边到处是从山上冲下来的大树,还有从停车场里被冲出来的大卡车。

第六章 生死雷场"让我来"

望着满目疮痍的猛硐，杜富国倒吸一口凉气。到处都是受灾点，到处都是求救的目光，到处都是乱哄哄的一片。杜富国的心难受得像刀绞一样，他主动找到李华健说："队长，我们最好到关键点去啃硬骨头！"

李华健很赞同他的建议，迅速调整兵力，并再次下达命令："五班赶到中学体育场去搜救，六班在佳丽宾馆附近搜救。大家不要急着搬运物资和清理泥浆，先找找有没有被埋着的人！"

学校里还有十几名学生被困。快到学校了，但面前的路被乱木堆堵得严严实实，大家只能踩着木头蹒跚前行。

被困在二楼的学生们看到了解放军的身影，齐声大喊："解放军叔叔，救救我们！救救我们！"孩子们的呼救声在耳边回荡，救援的官兵们心急如焚。

这时，杜富国发现学校体育场的围墙上有一个豁口。他二话没说，直接从豁口跳了过去。紧接着，又沿着一辆被冲翻的皮卡车向上攀爬，借势爬上二楼的阳台。其他同志也沿着这条路线上来了，楼上的学生得救了。

时间就是生命，他们来不及喝一口水，继续逆流而上，向香草棚村的方向搜索。岔路口下方有一座空心砖盖的临时房，这里有洪水淹过的痕迹。大门敞开着，走进去不见一个人，屋里灌满了泥浆，只剩一张歪扭的木床靠在墙角。

带路的村干部紧张起来："这里住着一对七十多岁的老人啊！怎么不见人了？"大家从屋里走了出来，外面是横七竖八的乱木堆。

"这该怎么找啊！"杜富国一边思忖着，一边朝房子后面走去，他发现临时房背后的草丛里好像有抓爬的痕迹。

他一个箭步跳上一米多高的土坎，朝上走了十多米，眼前的一幕，让他心里一紧，公路下边的草丛里，七十多岁的老人侬云美，正紧紧地抱着一棵杉木，瑟瑟缩缩地抖个不停。

"奶奶，您没事吧？"杜富国抓住老人的手问道。

"吓死人了，昨天晚上大水淹过来，被子都湿了，我一摸，水都淹到床上了。"老人结结巴巴地说。

杜富国把身上的雨衣脱下来，披在她的身上，继续问："奶奶，您的家人呢？"

"洪水来的时候黑乎乎的，什么都看不见。我半截身子被淹了，出门的时候抓到墙，才爬了上来。"老人惊魂未定，说话含糊不清，"抓不着墙就被淹死了！抓不着就淹死了！"

捂着雨衣，老人的身体开始回暖，神情也缓和下来。她怯怯地说："老头子昨天早上回上扣林老家了，晚上没有回来。到处都冲水，不知道现在在哪儿。"

听老人说自己老伴没在家，大家绷紧的弦这才放松下来。

"您先到我们营区院子里，这里太冷了。"刘贵涛跟老人嘱咐着，转头又对杜富国说，"我这边还要带队搜寻，你带她去队里，让她到炊事班烤烤火，喝点热粥、热汤暖和一下。"

杜富国带着侬云美到了炊事班，找了把椅子让她挨着灶口烤火。他转身打开碗柜，拿出一个大碗，从锅里打了一碗热粥给她。这时，炊事班班长李志华走了进来，杜富国跟他说明了情况便离开了。

从扫雷队驻扎地往搜救点走着，紧张了十多个小时的杜富国，这才稍稍放松了点。这一路，他看到猛硐街上的建筑大多被冲毁了，到处都是塌方留下的痕迹。猛硐河的河道差不多被填平了。

这时的猛硐像一座孤岛。自来水停了，供电停了，网络信号没了，里面的人一时无法联系到外面，外面的救援也被堵在路上。综合农贸市场没了，超市没了，很多人在挨饿。

洪水还在奔腾着，咆哮着，肆虐着……昨天这里还人声鼎沸、热闹非凡，如今却一下子都毁了。

后来，杜富国才知道，这次麻栗坡县猛硐"9·02"特大山洪泥石流灾害，是百年不遇的重大灾害。猛硐地区二十四小时的降雨量高达236毫米，多处发生塌方和泥石流灾害。

……

一方有难，八方支援。

天保的救援力量，麻栗坡的救援力量，四面八方的救援力量，全都奔赴猛硐。云南省减灾委办公室、云南省民政厅立即启动Ⅲ级救灾应急响应。国家减灾委、应急管理部也紧急启动国家Ⅳ级救灾应急响应。

驻扎在猛硐的扫雷四队的官兵们，怀着对边境人民的深情大爱，再次投入到灾后重建的战斗中去了。

第七章

坠入无边的深渊

　　他想挣扎，身体却毫无反应；他想握拳，却怎么也握不了。"这肯定是一个噩梦，这不是真的！就这样吧，就这样睡过去吧……"孤独、无助像水一样钻入他的口鼻，慢慢吞噬着他的身体……

第七章　坠入无边的深渊

一、生死未卜

坝子雷场在猛硐瑶族乡的西南，是一处陡坡。刚刚被炸药细细犁过的土地，散发着一股硝烟的气味。

"嘀——嘀——嘀"探雷器发出的尖锐的警示声，提醒着这里有危险。

扫雷大队四队的官兵们，两人一组，并肩行进，用探雷器一寸一寸地搜索着脚下的土地。

他们身着厚厚的防爆服，戴着绿色的头盔，手持长柄探雷器，在高原晃眼的阳光下，犹如披甲执戟、一往无前的勇士。虽然看不见他们青春英俊的脸庞，但隔着厚厚的面罩，依然可以感受到他们的勇敢和坚定。

"艾岩，还有不到十天的时间，我们就要完成扫雷任务了，你有什么打算？"杜富国问。就在前天，扫雷大队召开大会，对扫雷四队在猛硐抗灾救灾行动中的出色表现给予表彰，同时还宣布了一个好消息：坝子雷场的扫雷任务是这次边境大规模排雷行动的最后一次任务。每个人都分外高兴。

杜富国特意给同乡陈亚打了个电话，他兴奋地说："我们马上就要回去了，年底我们一起晋级，一起为连队再奋斗四年！"

你退后，让我来
"排雷英雄战士"杜富国奋斗实录

艾岩平时是个闷葫芦，今天的话却格外多："组长，我打算在部队多干几年。但是今天，我这右眼一大早就跳，你说是好事还是坏事？"

"别瞎扯，咱当兵的不信那一套！"杜富国嘴上这么说着，脚下还是放慢了步子。

这块雷区曾经是老山主峰的重要支撑阵地。抬头望向山顶，还能看到当年垒砌的防御工事，可见当时战况的激烈。

"组长！有雷！"艾岩向杜富国报告。

耳边响着探雷器刺耳的报警声，杜富国看到一枚加重手榴弹的壳体裸露在外。

"队长，发现一枚加重手榴弹。"杜富国立即通过对讲机报告。

队长李华健在对讲机中回复："检查有无诡计装置，排除。"

停顿片刻，对讲机里又响起李华健的声音："注意安全！"

艾岩正准备上前作业，杜富国说道："你退后，让我来！"语气从容坚定，一如平常，不容辩驳。

艾岩是一名服役近八年的老兵，一直和杜富国搭档，他很清楚，扫雷队的规矩是一切行动听指挥，不能在雷场上有争执、有拉扯。

艾岩往后退了两步，给杜富国让出了位置。

这枚加重手榴弹在坡坎上，坡坎一侧横卧着一棵被炸倒的树。杜富国跪卧于坡坎下，小心翼翼地将探雷针扎进土里，一针一针地探寻手榴弹周围的土壤有无异物。确认周边没有诡计装置后，杜富国在加重手榴弹的前方，插上一面小红旗，标示着这是危险区域。

如同外科医生操刀手术，探雷针、排雷铲、剪子、刷子，交替在杜富国手中出现，灵敏、快捷、准确，没有一丝多余的动作，浮土被刨除、刷去，锈迹斑斑的手榴弹壳体露了出来。

杜富国按照操作规程，轻轻地清理弹体周边的浮土，小心翼翼地检查着。防护面罩的玻璃是特制的，很厚，上面还有不少划痕。哈出去的热气，在玻璃上蒙了一层雾，随即又散去。

杜富国已习惯透过特制的玻璃面罩观察物体。他轻轻拨开伪装层，正准备排除手榴弹，忽然感觉弹体有些异常，电光石火间，脑袋里闪过一丝不祥的预感。他下意识地转过身体，向艾岩的方向挡去。

"轰"的一声巨响，手榴弹爆炸了。

时间凝固了，定格在2018年10月11日十四时三十九分。这一天是星期四。

一股浓烟腾空而起，巨大的声浪震动了半个山谷。附近正在劳作的边民，第一反应是"出事了！扫雷部队出大事了"！

两三米外的艾岩，被巨响震得两耳轰鸣，台风般的冲击波夹杂着烧黑的沙石，打在他的脸上。等他转过头时，被眼前的一幕惊呆了：

杜富国躺在地上，成了一个血人，强烈的冲击波把他的防爆服炸成棉絮状，工具散落一地，头盔护镜被炸裂，手掌被炸飞，整个人血肉模糊。

"富国、富国……"

"军医、军医，担架、担架……"

军医刘小波在山脚下听到爆炸声，心里咯噔了一下。平时战友们开玩笑说，希望刘军医永远闲着，那就是大家的福气。

是啊！对于这些天天和死神打交道的扫雷兵来说，还有什么祝福比"军医空闲"更实在的呢。

职业的敏感告诉刘小波，这个突如其来的爆炸不是爆破。

他喊了一声卫生员，抱起担架，就往山上冲。平常要走十多分钟的山路，他五六分钟就赶到了。

刘小波喘着粗气，脸涨得通红，和战友们将血肉模糊的杜富国抬上担架，就往山下跑。

杜富国躺在担架上，只觉得耳边一片嘈杂，刘贵涛心急如焚，在喊"快点、快点"，队长李华健担心杜富国被颠得伤口疼，在喊"慢点、慢点"。

杜富国想抬起头，可是他连伸脖子的力气也没有了，他想抓住担架，可怎么也抓不住。他声音微弱："把我的鞋脱了……"

没听到回答，杜富国昏了过去。

"富国、富国，挺住、挺住……"

在陡峭的山坡间，他们在与死神赛跑。

赶到公路旁，大伙将杜富国送上救护车。

在蜿蜒的山路上，救护车闪着灯飞速疾驰，"呜哇呜哇"的鸣笛声打破了老山的宁静。

老山的山，老山的水，在车窗外飞速后退。车上，李华健拨通了猛硐乡卫生院院长的电话，救护车"嘎吱"一声在卫生院急诊室门前停下，医生和护士已经在等着了。

医生给杜富国做了紧急检查，发现他的两只手腕上端，皮肉被炸开，支离破碎、血流不止。医生判断："伤情太重，要立即送县医院！"

医生跳上救护车，一边继续检查杜富国的伤情，一边让刘贵涛和林应文各捏住他的一只手，用物理按压法止血。

车内，血腥味、汗味与泥土味混杂在一起，由鼻腔向胸腔渗透，压得人喘不过气来。

"富国，富国……"车里的人不知疲倦地呼唤着杜富国，不让他睡着。

疼，好疼，哪儿都疼，杜富国浑身战栗。突然，杜富国把脸扭向刘贵涛，对他说："帮我擦一下眼睛，我睁不开。"

刘贵涛望了一眼医生，医生摇头，刘贵涛嘴上含糊地答应着，他能做的，只有将他的断臂捏得更紧。

杜富国神志不清，痛苦地呻吟：

"吵，好吵。"

"冷，好冷。"

第七章　坠入无边的深渊

"渴，好渴。"

"我的血是不是要流干了？"

刘贵涛的手捏着他的残臂，察觉温度在下降。他提高了嗓门："坚持住，富国，挺住，马上到县医院了。"

杜富国原本清秀的脸庞，此时已看不出模样，沙土、血迹、头发粘在一起。他已经没有力气再说话，头脑却依然清醒，他坚持着不肯睡去，他知道如果睡着了，自己可能就再也醒不过来了。

救护车风驰电掣地赶到了麻栗坡县人民医院，车还未完全停稳，后车门就"嘭"的一下被推开，战友们个个心急如焚，大喊："快靠边，靠边！"

医院已经接到通知，医务人员将杜富国抬上急救床，火速地往急诊室推，立即全面止血清创，然后推着他去做CT检查、B超检查，杜富国痛得身子不断痉挛，豆大的汗珠往下滚落。

与文山州人民医院、解放军第926医院的专家远程会诊后，下午五时二十分左右，麻栗坡县人民医院召开会议，通报了杜富国的伤情。会上，医生说："他的两个前小臂保不住了，要做截肢处理。眼球也'碎了'，要摘除。"

"眼球碎了！要摘除？"这无疑是一个艰难的抉择，战友们不敢也不愿相信医生的话。

杜富国才二十七岁，他有着美好的人生，他对未来有无限憧憬。阳光、大地、雨露、春花、冬雪，战友可爱的面孔，妻子甜美的微笑，爸妈滚烫的爱，每一天都有新鲜的事物要看。如果摘除了眼球，杜富国就再也看不到这一切了。

"是都要摘除，还是能留一只眼睛？"刘贵涛皱着眉头，急切又紧张，他希望能从医生嘴里听到自己期盼的答案。可医生摇了摇头，说："都要摘除。"刘贵涛觉得每个字都重重地砸在他心上，他的胸膛剧烈地起伏，一双晶亮的眼睛就像燃烧的流星，随即又熄灭了。

医生也不愿如此。可怎么办呢？富国的两只眼球已被巨大的冲击波震碎了，内容物都流出来了，掺杂其中的还有碎石、渣土和硝黄粉，这些都很容易钻进眼窝，必须要做手术摘除并清创，否则后续引发感染，就不是保不保得住眼睛的问题了。

"富国，挺住！"杜富国被推进手术室。"哐当"一声，手术室的门关上了。

这时，扫雷大队最高首长——大队长陈安游赶到了。他的太阳穴暴着青筋，额头布满细密的汗珠。多年在高原边疆工作，他的脸颊被晒得黝黑，此刻因为赶路和焦急，面颊变得黑里透红。

陈安游开口就问："怎么样？怎么样？杜富国怎么样了？"

"很严重！"见到大队长，刘小波如同见到了家长，声音有些哽咽。

陈安游瞪大了双眼，嘴唇微颤，好像有许多话要说，但最终什么都没说出口。路上，他已经在电话里详细询问了杜富国的伤情，这个扫雷老兵很清楚，现在什么都不重要，重要的是保住杜富国的命。

在手术室外的走廊上，一群军人默不作声。有的来回踱步，有的倒背双手，有的背靠在墙上，两眼失神地望着天花板。

杜富国终于从手术室里出来了，此刻他还在麻醉中，睡得很安稳。

10月11日十四时三十九分发生爆炸，当晚二十一时五十分左右，杜富国的手臂截肢手术和眼球摘除手术结束。

杜富国身上有上百处创伤，接下来的治疗，需要更专业的医疗队伍和医疗设备。县医院与扫雷队领导讨论后决定，连夜将杜富国转至开远市解放军第926医院。

凌晨二时二十五分，麻栗坡县城下起了蒙蒙细雨，救护车朝着开远的方向疾驰而去。

路上，杜富国从麻醉中苏醒了，问："天黑了？"

刘贵涛望着车内的灯光，哽咽地回答："黑，黑了……"

第七章 坠入无边的深渊

杜富国说:"扶我坐起来,我脑壳晕。"

刘贵涛没敢动,随车护理的护士劝道:"你这会儿还不能动,要好好躺着、好好休息,休息也是治疗。"

"好吧。"杜富国顿了顿,又说,"把灯打开嘛,黑乎乎的。"

刘贵涛和护士对视了一眼,没有答话。

杜富国也没再说话,车内陷入沉默。

这一天,远在贵州湄潭的王静,早上起来就有些心神不宁。她的手腕上一直戴着丈夫杜富国上次休假回来时送她的手链。可今天,手链毫无征兆地断了。看着地上散落一地的珠子,王静感到莫名的心慌。

王静是一名乡镇工作者。这一年,脱贫攻坚的任务火烧眉毛,王静没日没夜地进村入户,忙得脚不沾地。赶巧的是,这几天她感冒了,右眼皮老是跳啊跳的。

她有一个远房表姐,丈夫在煤窑挖煤时,遭遇事故身亡。王静和杜富国结婚前,表姐还曾经劝过她:"王静啊,你可要想好,你男人在玩炸药,这是一件很危险的事。我那男人,总往煤窑里钻,那煤窑洞子又黑又小,还深不见底,最后连人都没能掏出来。"

当时,王静的心很乱,杜富国上雷场,不是跟表姐的丈夫下煤窑一样危险吗?都是把脑袋别在裤腰带上。每次想到这些,她都头疼得不行。

因为总是担心丈夫,所以王静不论多忙,不管人在哪里,每天都要跟杜富国通个电话。

杜富国是个乐观的丈夫,爱跟她说俏皮话,爱跟她东拉西扯,讲各种有趣的话题,只要时间允许,杜富国从不主动挂电话。结婚一年多了,虽然总是聚少离多,但他们爱得真诚。

"最近我老感觉会有不好的事情发生,你要多注意安全!"王静打开了手机免提,在办公室的电脑前一边打字,一边叮嘱丈夫。

杜富国说:"能有什么事啊?你别疑神疑鬼的,我扫雷也不是一天两天了。"

杜富国向来很自信，他还说，自己这些天挖了不少折耳根，这段时间麻栗坡的折耳根长得好，又粗又嫩，他调了秘制的辣椒油，拌折耳根特别香。他又说，想不通为何北方的战友不喜欢吃。

"这有啥奇怪的？一方水土养一方人嘛！我先忙了，你多注意安全。"王静挂了电话。

第二天下午，王静开完会，包里的手机一个劲地振动。她掏出手机一看，是陌生来电，来自云南文山。

她有一种不祥的预感。电话通了，是杜富国的分队长张波打来的，王静经常听丈夫说起他。

张波："嫂子，方便说话吗？"

"方便，你说吧！"

"富国出了点意外，也没多大事，已经送到医院了。"张波小心翼翼地说。

一听出了意外，王静的神经瞬间绷紧了起来，她放下手里的事，快步走到室外，急切地问："富国出了什么事？怎么样了？送哪个医院了？"

电话这头，虽相隔千里，但张波明显感受到了王静的紧张和焦急。

张波和杜富国既是上下级，也是好朋友。杜富国曾经跟张波抱怨过，王静多次劝他不要扫雷，夫妻俩为此还吵过几回架。可是，杜富国的脾气犟，认定了的事很难改变，后来，王静也不得不接受了。

张波宽慰王静："嫂子，先不要急，富国已经送到医院了，是我亲自送的，他应该没什么问题……"

给王静打完电话，张波又给杜富国的父亲杜俊打了电话。

张波在扫雷队与杜俊见过面。杜富国跟杜俊像是一个模子出来的，后者留着寸头，英武阳刚，走起路来风风火火，种地、务工、搞养殖，在村子里是个能人。

第七章　坠入无边的深渊

那一天，杜俊在玉米地里忙活。他穿着背心，嘴里叼着一支烟，动作麻利地掰着玉米。不一会儿，田坎边七八个竹篾筐子里就码得满满当当。

杜俊种了十多亩玉米，这几年收成好，价格也涨了。家里卖一些，再留一些喂鸡喂鹅，还能打成糊糊喂猪。

张波打电话过来时，杜俊正在跟李合兰通话。他站在田坎上，一手叉着腰，一手拿着手机，声音响亮地说："跑快点过来！得把玉米背回去了。"

张波拨了好几回都占线，终于通了，他努力用平静的语气说："杜叔，我是张波，富国的分队长，咱们见过面的。"

杜俊有些意外，说："知道，知道，你咋想起给我打电话了？富国是不是犯什么错了？"

张波说："杜叔，是这样的，富国出了点意外，我们送他去医院了。"

杜俊知道，部队是不会轻易打电话过来的，一定是出了大事。他心里一紧：儿子是不是把命丢了？

杜俊语速极快："是不是被地雷炸了？有救没得？"

张波犹豫了一下："情况有点严重，不过，医院安排了最权威的专家……"

挂了电话，杜俊愣愣地站在原地，没有反应过来。过了一会儿，他才察觉自己双腿抖得厉害，不听使唤。刚迈出一步，他就一屁股栽坐在地头。

"飞飞！"杜俊叫了一声儿子的小名，从地上爬了起来，一脚踢开面前的筐子，着急忙慌地往家里跑。

快到家时，迎面撞上了妻子，李合兰说："你跑啥子？"

"没啥，我现在有事，你赶紧去把玉米背回来。"杜俊交代说。

杜俊不敢告诉李合兰儿子出事了，李合兰血压高，他怕她受不了。

杜俊一边打电话，一边收拾行李。儿媳王静和女儿杜富佳很快就赶到了，他们会合后，租了一辆车，连夜从湄潭往云南开远赶。

在车上王静得知丈夫受了重伤，她无力地靠着玻璃，默默地流泪。一旁的杜富佳紧紧地握着她的手。

窗外的路灯飞快地往身后掠去。三人都不说话，每个人心里都压着一块沉重的石头。他们赶到医院时，已经是凌晨四点多了。

医院门口的红色灯牌上，"云南开远"的字样晃人眼睛，王静问杜富佳："我们到了云南？"

十月的云南，早冷夜寒，这一天又下起了细密的小雨，天地都是湿漉漉的。

在云南开远的解放军第926医院门口，三人在雨中等待着。运送杜富国从麻栗坡转院的救护车还在路上。他们眼巴巴地看着远处的路口，始终不见救护车过来。

冷风阵阵，杜俊浑身湿冷，上下牙齿不停地磕碰。他一支接一支地抽着烟。

终于，救护车的声音由远而近。

"来了，来了。"杜富佳轻喊了一声。杜俊掐灭手中的烟头，朝救护车跑去。

后车门"嘭"的一声被推开，几个穿军装的人跳了下来，他们从车上抬下一张担架。杜俊冲了上去，他知道，那是自己的儿子。

"飞飞！飞飞！我的儿啊，你怎么样了？"杜俊哭着呼唤儿子。

但杜富国没有任何回应。医护人员跑得飞快，他们将担架抬上推车，送到了医院六楼的重症监护室。

王静跟在推车后面，一边跑一边哭，这一次她哭出了声："富国，你怎么样了啊？快说话呀……"

瘦小的王静泪水吧嗒吧嗒地往下掉。她的内心在祷告："老天爷啊，求求您，求求您啊，保佑我的丈夫，千万要保住富国的命啊！"

杜富国扫雷两年，王静的神经就紧绷了两年，两年的担惊受怕，此刻化作大颗大颗的泪珠，砸在衣襟上、砸在地上，她嘴里喃喃道："我的命好苦啊！"

杜俊、王静和杜富佳眼睁睁地看着手术室的门关上，他们心如刀绞。手术室门口的灯亮了，王静眼前一片恍惚，她一屁股栽坐在椅子上，陷入沉默。

等待，让时间变得无比漫长。

医院成立了救治小组，院长亲自任组长。主治医师通报了杜富国的伤情，双肺创伤性湿肺，左肺实变并左侧少量胸腔积液，有急性肾衰竭的可能。

无疑，这都是致命的。杜富国生死未卜，万一挺不住，对杜家来说将是一场难以承受的灾难。

在贵州老家的李合兰还是知道了儿子的伤情，她不听丈夫的劝阻，风风火火地赶到了医院。杜富国远在西藏服役的弟弟杜富强，第三天也赶来了。这是杜富强当兵以来第一次离开西藏。

指导员母科告诉他："你的哥哥杜富国扫雷时受伤了，我们也是从新闻上得知的，你回去看看吧。"母科把签好字的准假条递到他手上，杜富强红了眼眶。出藏路上的美景在他心里没有掀起一丝波澜。他看到的高原、山川、河流，是那样的冷寂苍凉。

杜富国负伤的第三天，医生说："家属可以进去看一看了。"

一家五口人穿戴好医用防护服，轻手轻脚地进了病房。

杜富国的眼睛蒙着纱布，脸上戴着氧气罩，全身裹得像个蚕蛹。再仔细一瞧——富国的手臂短了一截。

李合兰看到儿子可怜的样子，心里像插了一把刀，她再也忍不住了，泪水像决了堤的洪水一般奔涌。

王静怯生生地看着丈夫，她有些站不稳，踉跄着朝后退了几步。她

你退后，让我来
"排雷英雄战士"杜富国奋斗实录

没有哭出声，小声地抽泣着，轻轻地说："富国，你要挺住……"

一家人站在病床前流泪，只有杜俊默不作声，他紧皱着眉头，脸上的肌肉抽动着，双手攥成了拳头，旋即又松开。他的心在滴血：富国以后的路可怎么走啊！

一家人以这样特殊的方式在病房团聚了。上一次这么齐整地在一起，还是两年前。那一年，杜富国休假，杜富强还没有当兵，杜富国郑重地给大家敬了个标准的军礼。杜富强还扯下哥哥的军帽，戴在自己头上，说什么也不愿意摘。谁也没料到，再次团聚，竟是在医院的重症监护室。

探望也就几分钟的时间，在医生的劝说下，杜俊带着家人出了病房。杜俊觉得自己有点头晕，身上也没了力气。出病房没几步，他就瘫坐在走廊椅子上，双手抱着头，自顾自地说："富国，你一定要挺住！你要真有个三长两短，你奶奶年纪这么大，怎么受得了？你妈妈有高血压，怎么受得了？还有王静，她怎么受得了？"

杜俊知道，自己是家里的顶梁柱，富国受了重伤，自己绝对不能倒下，否则这个家就散了，富国的靠山也没了。他不敢哭出声，转过身子悄悄擦了泪。他让富强陪母亲先回住处，不要影响富国休息和治疗。

看到大队长陈安游在走廊里来回踱步，杜俊站起身来，拉着陈安游来到楼梯口，说："大队长，医生、护士都不肯跟我们多说，富国的情况到底怎么样了？你就实话告诉我，我……我也是党员，我受得了，我知道了真实情况，也好做家人的工作啊。"

陈安游踌躇半晌，说："一双眼睛、两只手，都没有保住……"

杜俊呆呆地站了一会儿，转过身去。病房里，躺着他养育了二十七年的儿子，他是全家的骄傲，是家庭的希望。可今后，他再也看不到光明了。

杜俊的手里还拿着刚脱下来的鞋套，他来来回回地揉搓、撕扯着。薄薄的塑料，明明很轻，陈安游却看到，杜俊的手背上青筋暴起。

"富国眼睛看不见了？"王静走了过来，她虽然猜到了，但总不愿意相信，她哭肿的眼睛直直地盯着杜俊，想确认丈夫的伤情。

杜俊脸上的肌肉抽动着，点了点头。王静无力地跌坐在椅子上。

终于，王静止住了哭泣，一双红肿的眼睛深陷在眼眶之中。她走到走廊的尽头，趴在窗边，失望地盯着楼下。

她好像忘记了周围的一切，眼前不再有医院，不再有病房，她走进了一处鲜花盛开的公园，那里黛色参天，花儿盛开。在一条羊肠小道上，杜富国神气地站在自己面前，他笑了起来，笑得那样好看，眼睛眯成了一道月牙儿，他说："王静，咱俩拍一张照片。"之后，他们踏着清凉的石板，拾级而上。

那是他们第一次相见的地方……

二、死亡幻梦

经历了五次大的手术之后，杜富国从昏迷中醒来，刚闯过鬼门关，他又陷入一个个磨人的"幻梦"。

杜富国眼前只有黑夜，没有白昼。他人在现实中，却时常有梦境的虚幻感。现实和梦境交织在一起，他觉得自己置身于一片虚空，濒死之感和求生之欲，互相纠缠、相互斗争，一次次地将他推入可怕的梦中世界。

起初，他梦到的是成堆的蚂蟥。无数只蚂蟥盘踞在他的头皮上，贪婪地吮吸着他的血，让他头皮发麻。他感到自己的血液，源源不断地流向蚂蟥的身体。吸足了血的蚂蟥更重了，压得他昏昏沉沉，但蚂蟥还不罢休，似乎要把他的血吸干。

它们用吸盘死死吸住杜富国的眼睛，使劲往外拉拽，他的身体也被无数"吸血鬼"撕扯着，耳边传来的"嘀——嘀——嘀"的声音更是让他心烦意乱。他努力地想睁开双眼，却怎么也睁不开。他想用双手去抓

你退后，让我来
"排雷英雄战士"杜富国奋斗实录

住什么，可双手却像是被什么束缚住了，动弹不了。不仅如此，他觉得全身都被巨大的磁铁吸住了，怎么都动不了。

"这是在哪里？我怎么了？"未知的恐惧像一团带电的黑云，出现在杜富国的头顶，越来越大、越来越低，伴着电闪雷鸣，很快笼罩了整个天空，慢慢地包围他，吞噬他，折磨他，让他有一种濒临死亡的窒息感。

他突然听到有人在床边叽叽喳喳地讲话，护士隐约在说："嘘。"又听到"哐当"一声，他知道他们出去了。

他想大声喊："等一下，不要走！"

可是，喉咙里像是被放入了一个带刺的海胆，锋利的尖刺仿佛扎入了喉咙，越扎越深，甚至还在疯狂地、贪婪地吸着他的血。杜富国想疯狂地嘶吼，却听不到一点儿自己的声音。房间里安静下来，是死一般的沉寂。

"我在哪里？我不是在雷场上吗？"

"我是不是已经死了？"

"我的战友呢？他们在哪里？"

"王静，你在吗？"

无尽的黑暗里，挣扎和呐喊都是徒劳，黑暗吞噬了一切，留下的只有绝望和无助。他像一个走丢了的孩子，被无情地遗忘在角落里。

时间慢慢流逝，他看不到一丝光线，像是在黑暗的荒漠中走了很久很久，久到时间概念都消失了。他感觉自己好渴，嗓子好像着火了一样。

本能的求生欲终于使他的喉咙发出了一丝微弱的声音："渴……渴……"

"杜富国！杜富国！"

"杜富国醒了！杜富国醒了！"

护士们兴奋的喊声打破了病房的沉寂。昏迷了三天三夜后，杜富国终于苏醒了。

伤口处传来的剧痛，使杜富国忍不住哼了几声，身体好像被石磨翻来覆去地碾压过。但这些痛反而让杜富国惶恐的心安定了下来。

因为痛，就证明他还活着。

由于身体受到严重创伤，杜富国大多数时间都在睡觉，在为数不多的清醒的时间里，从死神手中挣脱出来的他，总是会陷入自我折磨，他被恐惧笼罩着。

他一次次梦到自己遭遇车祸。空旷的柏油马路上，一辆汽车正在行驶，坐在驾驶座上的正是他自己，车里有时坐着父母、妻子或弟弟妹妹，有时坐着与自己并肩作战的战友们。

车子平稳地行驶着，前方的马路没有尽头，忽然一辆可怕的汽车出现了，直直地向他冲过来。

杜富国用尽全身的力气踩住刹车，死死地抓住方向盘，但毫无用处！他只能眼睁睁地看着车子冲向自己。

"砰——"巨大的惯性和冲击力让车子飞了出去，无数车窗碎片在杜富国眼前定格，然后，它们重重地摔在地上。

杜富国被车子死死压住。车里其他人都消失不见了，这里只有他，只有他一个人被困在车里。

他疯狂地呼喊着父母亲人，呼唤着战友们的名字，却得不到任何回应，唯有自己被死死地压在车里。

"我只有爬出去，才能找到他们，才有抢救他们的希望，我要快！"

他艰难地伸出一只手，试图打开被挤压变形、摇摇欲坠的车门，但无论他怎么用力，都打不开。车门被卡住了！

杜富国拼尽全力，却无济于事。他泄愤似的不停地捶打车门，仿佛这不是车门，而是无能为力的自己。

杜富国的手已经捶得皮开肉绽，但他并不觉得疼。他死死地盯着窗外，他不想放弃，决不可以放弃！

场景忽然转变，他发现自己坠入了沼泽，无数双手疯狂地将他往下拽，拽得他生疼。够了！够了！不要再拽了！杜富国在心里大喊！

一个恐怖的声音传来："不够！我要将你吞噬！"杜富国只能眼睁睁地看着恐怖的黑色淤泥无情地吞噬自己，直至自己的呼喊声被淹没。

"飞飞啊，要做一个真正的男子汉！"杜富国忽然听到熟悉的声音，他猛地抬起头，看见一道身影，那道身影慢慢地和儿时的记忆重合在一起，有年轻的父亲，有苍老的父亲，他们都把手伸向了自己……

慢慢地，父亲身边的人越来越多了，可他们都很模糊、看不清脸，他拼命地辨认，有奶奶、妈妈、王静、战友……他们不约而同地把手伸向自己，无数只手重叠在一起，无数个声音也交织在一起：

"飞飞，我们等你回来。"

"杜富国，加油啊！"

"杜富国！你一定可以的！"

……

他们都在等我出去！杜富国发现自己又回到了车里，他深吸几口气，重新鼓起勇气，决心爬出去。他努力把头伸出窗外，扭曲着身体用力往外爬，他仿佛能听到自己的肋骨因挤压变形而发出的"咔咔"声……

"杜富国……杜富国，又做噩梦了？"杜富国被人摇醒了。

刚从梦中醒来的杜富国有些恍惚，熟悉的烟草味蹿入鼻腔，他知道是父亲陪在自己身边。

父爱如山，杜俊在杜富国床边不知守候了多少个日夜。

"爸……"杜富国的声音依旧微弱。

"我在。"杜俊关切地看着儿子。

"爸……我做了个噩梦，我梦到你了……梦里，你也说你在。"杜富国的声音哽咽着。

"对，我在……"杜俊俯下身子，已是老泪纵横。一句简单的"我在"道尽了一位父亲的心酸与担当。

第七章 坠入无边的深渊

人一旦失去，往往会更加珍惜往昔的幸福。

对杜富国来说，现实和未来都无比残忍，过去的点点滴滴，愈加让他感到弥足珍贵，他时常幻想着能回到过去，那时一切灾难都没有发生。

回到过去的唯一时光通道，就是进入睡梦中。杜富国越来越感到，云南边疆的雷场，自己再也回不去了。他变得越来越不爱讲话，早上睡到中午，中午睡到下午，下午睡到晚上。

陪护的战友刘新未终于忍不住了。他扶了扶鼻梁上的眼镜，吼道："你一直这样逃避，对得起战友吗？对得起你爸妈吗？对得起你说过的话吗？"

吼完，刘新未又懊悔起来，自己是不是话太重了？对眼下的杜富国来说，是不是太苛刻了？

刘新未恨自己不能为好兄弟分担痛苦，此刻，他更希望杜富国能跟自己吵上一架，这样至少能让他发泄一下负面情绪。可杜富国没有接话。

知子莫若父。杜俊从儿子起伏的胸膛感受到他情绪的波动，他知道儿子正承受着巨大的煎熬和难言的痛苦。他轻声安慰儿子："飞飞，不着急，慢慢来。"

沉默半晌，杜富国终于开口了："爸，你放心，我挺得住。"

他的梦境发生了变化。

梦中的杜富国回到了童年时代，那时候的他，有一双乌溜溜的大眼睛，还有一双灵巧的手。他置身于一片青山绿水中，阳光明媚，惠风和畅，他跟奶奶走在捡蘑菇的路上。

"快看，奶奶，鸡𪭢，还有大脚菇！"

"飞飞，你慢点呀，小心摔着。"

"奶奶，没事儿，我要捡好多好多蘑菇，弟弟妹妹们喜欢吃……"林地上，覆盖着一层厚厚的枯叶，松松软软的，杜富国欢快地跳跃着，留下一串串深深浅浅的脚印。

你退后，让我来
"排雷英雄战士"杜富国奋斗实录

"你慢着点啊。"

……

"飞飞，快走！"

家门前的小河，弯弯曲曲，是杜富国儿时的快乐天堂。干完了一天的农活，杜俊找了一块肥沃的土地，挖出几条蚯蚓，又回家拿上用竹子自制的钓竿，正准备出门去。杜富国闻声跑来，跟在爸爸屁股后面，屁颠屁颠地向河边走去。

"爸，又要打龟啦，要遭妈妈说。"

"没得事，钓不到，我们下去摸哇。"

"好啊，好啊。"

"这里，这里！"

……

"嘿哟嘿嘿嘿哟嘿，管那山高水也深，嘿哟嘿嘿嘿哟嘿，也不能阻挡我奔前程……"夕阳下，一辆辆大卡车行驶在蜿蜒的山路上，歌声从卡车里飘了出来，结束了一天的扫雷任务，杜富国和战友们返营了。

……

"哥，你站岗肯定比不上我值夜班辛苦！"这个声音好熟悉，是谁？杜富国拼命回想，哦……是妹妹富佳，她又在抱怨自己的工作了。她老是说当护士是一个错误的决定，她也应该去当兵。

……

"杜富国，这里好漂亮，快来拍照。"王静！这一定是王静！王静，是你吗？你在哪儿？我好想你！

……

熟悉的声音从四面八方传来，这是他的亲人们啊！这是他的战友们啊！杜富国忘记了恐惧。他的梦境里，不再有迷雾，不再有黑暗，多了一些美好的画面。不，这不是梦。只要活着，美好就一直在。

三、三套方案

经过医院的全力救治，加上杜富国强健的身体素质和顽强的求生意志，他终于从鬼门关走了出来。这段时间，他的身体恢复得很快，沉寂的病房里有了些许笑声。

然而，如何告知杜富国，他失去了双手双眼，成了扫雷队领导和医生们十分忧心的事。主治医生陈雪松说："对杜富国有形的创伤，我们可以进行治疗，但他心里遭受的无形创伤，我们没底啊。"

陈医生还说，在医疗实践中，有的患者因为心理上接受不了自己身体的残缺，而放弃了生命。这正是之前向杜富国隐瞒真实伤情的原因，但总不能永远瞒下去。

扫雷大队政委周文春几经打听，找到了陆军昆明疗养院。这家军队疗养院的心理专科很有名，了解情况之后，这家疗养院的心理医生王正惠自告奋勇接下这个重任，她说，为英雄服务是自己的荣誉。

王正惠从事心理咨询服务快三十年了，经验很丰富。多年来，她下基层，走边关，上高原，进哨所，为万余名官兵做过心理咨询服务，各种情况都碰到过。但杜富国这样重的伤情，实属少见。

那些天，王正惠白天观察杜富国的状态，跟他聊天，夜里就反复研究、改进心理干预方案。她查阅了许多资料，收集比较了很多病例，准备了长达六十七页的三套应对方案。

每一套方案，她都进行了研判和推演，并反复演练："面对杜富国，话应该怎么说？杜富国会是什么反应？要是杜富国接受不了，我又该怎么处置？……"

为了摸清杜富国的心理状况，王正惠详细了解了杜富国负伤后的各种细节。

"艾岩怎么样?"杜富国清醒后的第一件事,是关心艾岩的情况。

"艾岩只是耳朵震伤了,医生已经检查过了,他没事。富国,你安心养伤。"刘贵涛告诉他。

杜富国刚醒来,身体还很虚弱,说话声音很轻,这几天没有正常进食,他的双颊瘦了下去,脸上还有一些渗进皮肉的血痕。他动了动手,用力向上挥了挥,他说:"我的手臂是不是没了?你看,我把手举起来,明显是轻了,两只手也很难合到一块儿,这是少了一截啊!"

"你手上缠着绷带,胳膊不灵便,肯定感觉不一样了。"刘贵涛不敢对他说实话。

杜富国没有再问,他似乎已经预感到了什么。闭上眼,他看见命运的光在黑暗中影影绰绰。爆炸时的情景,历历在目。那个瞬间,好像有一道凛冽的闪电划过身体,他默默地想:"被炸成这个样子,双手还能保得住?战友们不过是在宽慰我的心吧!"

有一天,大队长陈安游来病房看望,大家聊了起来。

陈安游说:"富国,爆炸后,你感觉大脑有没有损伤?有异常没?"

杜富国说:"大队长,没有的,我的头脑和以前没什么不一样。"

陈安游迟疑了一下,试探着说:"我们是扫雷兵,都懂得工兵专业知识,一枚加重手榴弹近距离爆炸的杀伤力,你……你应该清楚吧。"

杜富国说:"清楚的。"

话说到这里,他俩都沉默了下来。阳光照亮了病房,把人的心照得明晃晃的,就连空气都凝滞了。

陈安游走后,杜富国发了一会儿呆,刘贵涛喊了他几次,他也没有回应。杜富国心里隐隐知道,大队长是想告诉他些什么。

王正惠琢磨着这些细节,眉头皱得老高。她思来想去,对陈安游说:"我想,杜富国应该已经知道自己的双手没了,只是大家没有跟他确认而已，可以让陪护的战友先告诉他，但暂时不要说眼球摘除的事。"

陈安游点了点头："王医生，就按你的意思办。"

距杜富国受伤，已经过去二十来天了，他的身体状态好了许多，一双手也刚刚做了拆线手术。那天，他又下意识地抬起双臂，想摸一摸伤口，可少了一截的断臂依旧碰不到一起。他想知道是怎么回事，两只胳膊一点一点使劲往前伸，残臂终于碰到一起，那一瞬间，他感觉到了不对劲。

杜富国坐了起来，大声问张波："分队长，我的手是不是没了？"

病房内，军医刘小波、分队长张波和陪护战士帅超都愣住了，他们相互对视，一时间不知道该说什么，刘小波对张波点了点头。

按照王正惠的交代，张波说："是的，富国，你的一双手确实没了，炸伤得太严重了，没有再接回去的可能，为了防止感染，从手掌到手肘的位置，做了截肢处理。"

"是不是在麻栗坡医院做的？"杜富国侧过脸，问旁边的刘小波。

"当时情况紧急，是在麻栗坡截肢后，再转到926医院来的。"

"我们干的是扫雷，都知道爆炸的后果，身体被炸成这样，怎么可能保得住手？怪就怪你们老是不肯告诉我，让我自己猜来猜去。"

杜富国的眉头慢慢舒展开，他说："你们放心吧，现在科技这么发达，没准以后能安装一双智能手，就像科幻片里那样，我还能继续扫雷呢。"

刘小波和张波长舒了一口气。但他们何尝不知道，这是杜富国在宽慰他们，也是在宽慰自己，更大的痛苦在前方等着他。

接下来，该怎么告诉杜富国失去双眼的事实呢？所有人的心都揪着。

"四眼儿，你来了哇？"半个多月后，扫雷队轮换陪护人员，五班副班长刘新未又来医院了，杜富国很高兴，一下子从病床上坐了起来。

刘新未高高壮壮的，两只眼睛躲在厚厚的镜片后面。乍一看，颇有几分斯文,但扫雷队实在太忙,他经常胡子拉碴的。跟许多扫雷兵一样,刘新未的脸上有着同龄人少有的成熟与坚毅。

"富国,看到你现在的状态,我真的很高兴,我们都很担心你走不出来。"刘新未说。

"我知道我的手没了,我能够接受,他们还给我请了心理医生。唉!没必要,真的没必要,我心理素质很好,没你们想象的那么脆弱。四眼儿,快给我说说咱们队里现在怎么样了。"杜富国说得轻松又寻常。

刘新未把眼镜往上推了推:"你受伤后,咱们队里停工了好几天,战友们都很失落。领导担心大家有畏难情绪,不敢上雷场了,就找了心理医生来队里,给大家搞教育、做心理辅导。其实你知道的,扫雷兵上雷场,有什么好怕的?你受了伤,大家心里都憋了一股子劲儿,拼了命也要拿下坝子雷场!"

"四眼儿,我现在特想回扫雷队,你问问医生,我眼睛上的纱布多久可以拆?很久没有见到你们了。"

刘新未是个直性子,搁平时,他心里根本藏不住话。但见杜富国之前,领导和王医生都交代过,关于眼睛的事,暂时不要告诉杜富国,免得过度的刺激影响他恢复。

"应该……应该快了!"刘新未话到嘴边,又收了回去。

眼下已过了十一月,滇南的气候不比北方,大多数时候,阳光都是温暖的。每天清晨,刘新未会习惯性地将窗帘拉开。

经过一段时间的康复,杜富国可以下床走动了。这天,他摸索着走到窗边,阳光很刺眼,把他的脸照得白灿灿的,房间里温暖明亮,窗外松树的影子,也被勾画在病房和医院的走廊上。

刘新未来到窗边,半拉上了窗帘。

"富国,今天太阳很大,我把窗帘拉一拉。"刘新未脱口而出。

杜富国转过身往回走,可没走两步,又停了下来,他似乎想起了什么："四眼儿，你说太阳很刺眼，可我怎么一点儿光亮都感受不到？按理说，就算眼睛受伤了，也不至于感受不到光啊。"

刘新未默默地注视着杜富国，厚厚的纱布覆盖着他的双眼，眉毛和额头上重叠着刀刻一般的伤痕，好半天，他才憋出一句话："别想多了，富国，你的眼睛没事！"

看到杜富国这个样子，刘新未也不好受。他找到医生，找到大队长，找到杜俊，对他们说："富国中午一觉睡醒，会问：'天黑了吗？'到了半夜，有时会一下子坐起来，问：'天亮了吗？'有好几次，富国坐在沙发上，把身体从脖子到腰再到膝盖折成三道，使劲用残臂推挤纱布。"

"不能再隐瞒了！隐瞒伤情越久，越不利于治疗。"告诉杜富国他失去眼睛的事，被再次提上日程。

那天，是杜富国负伤后的第三十八天。大队长陈安游、政委周文春、康复科医生、心理医生、杜俊以及陪护的战友们都来了。杜富国端坐在客厅沙发上，窗外天气阴沉，几声闷雷轰隆隆地直响。

大家表情紧张，氛围很是压抑。

陈安游、周文春和杜富国简单聊几句后，就不再说话了，他们把目光投向副大队长田奎方。

田奎方从军三十年，扫雷二十五年，在扫雷大队威信很高，而且和战士们打成一片，是杜富国和战友们尊敬的老大哥。杜富国负伤后，协调治疗等事宜都是田奎方在负责，由他来告诉杜富国失去双眼的事，是大家事前商量好的。

田奎方直截了当："富国，那天爆炸太剧烈，你的两只眼睛也没能保住。"

房间里一片寂静，大家屏息静气，小心翼翼地望着杜富国。

杜富国的脖子轻轻晃动了一下，两条腿不自然地一阵轻微抖动，他的身体无力地向一边微微倾斜。

"我知道了，给我点时间！"几秒钟后，杜富国抽了抽鼻子，吐出了这句话。

说完，杜富国就站了起来，转身走进里屋。刘新未跟了上去，扶住他的肩膀。

大队长、政委出了病房，谨慎地作了安排：

"不怕一万，只怕万一。要做好应对一切意外的准备。从现在开始，富国身边二十四小时不能离人，陪护人员从一人增加到两人，要轮流守夜，其中一人绝对不能睡。"

"还有，要检查窗户卡锁，只能半开。里屋的电源开关，要贴上胶布。茶几上不要放水果刀……"

窗外，大雨倾盆；窗内，心潮暗涌。

杜富国得知自己失去双眼后表现得波澜不惊，这让王正惠有些吃惊，又隐隐感到不安。

这天夜里，她翻来覆去，睡得很不安稳。她把事前制订的三套应对方案又仔细地看了一遍，确保自己能从容应对各种情况。

让人意外的是，第二天杜富国看起来一切如常，他只字不提眼睛的事，似乎什么都没有发生。他主动和大家聊天，说："昨天晚上，我做了一个好梦。"

冬日的阳光洒下来，铺满了房间的各个角落。"医学技术也在不断进步，不排除未来二三十年，有治愈我眼睛的可能，我可以等。"杜富国说。

第八章

勇于与伤痛作斗争

被截肢的人,会产生一种痛,叫"幻肢痛"。杜富国时常感觉手还在,"手指头"会痛,痛得他汗珠直冒。"这种痛是一种折磨,一不注意就会出现。"杜富国说。刘新未问:"手都没了,能有多痛?"杜富国打比方:"就像刀子割肉一样。"

一、无悔的选择

杜富国的伤情牵动着部队各级首长的心。他们有的专程到医院来看望，有的打电话过来慰问。他们总会对杜俊说："你的儿子是好样的！我们一定会千方百计地救治他。有什么困难和要求，尽管提。"

杜俊，这位朴实的农民，始终都是那句话："当兵就要上战场，部队执行任务总会有牺牲，我的儿子参了军，就是属于国家的，他只是做了他应该做的事。"

杜富国被送进重症监护室的第五天下午，外面下着雨，杜俊被叫到医生办公室。

陈医生小心翼翼地问："富国截下来的残肢，您看怎么处理？"

"医生，请交给我吧。"杜俊清醒了许多，语气平静而坚定。

孩子是父母的心头肉。接过医生递过来的残肢，杜俊的手在颤抖、心在滴血。当天，杜俊找了一辆车，将残肢带回了老家。

回到湄潭，他没有告诉任何亲友，独自一人来到杜富国太爷爷的墓前。旷野寂寂，寒风萧萧，杜俊终于可以放声痛哭一场。

起初是呜咽，终于成号啕。这些天来，堵在杜俊胸口的所有悲伤集中喷涌，困在心中的积郁轰然倾泻。

你退后，让我来
"排雷英雄战士"杜富国奋斗实录

上有老，下有小，他不能倒，他无处说，他不能喊。一个中年汉子捧着儿子的残肢，跪在祖辈坟前，任由泪水从脸颊滚滚滑落。

他给祖父磕了头，在祖父的墓旁掘了一个坑，将儿子那双勤劳灵巧的手埋了进去。他喃喃地向祖父讲述：

"您的曾孙富国，是为人民扫的雷，是为国家负的伤，您要为他感到骄傲，一定要保佑他活下去……"

杜俊缓缓起身，将脸上的泪痕擦干，准备回家看看母亲。

年迈的母亲焦急地问："飞飞是不是出什么事了？"她脸上的每一道皱纹里都盛满了担忧。这几天，儿子、儿媳、孙女、孙媳都不见了人影，都说是去云南，他们急急忙忙的样子，分明是在告诉老人家，孙子出事了！今天见到儿子，她的心在打战，几天不见了儿子像变了个人，眼睛失去了神采，人也瘦了很多，往常走路带风，如今却有气无力。

杜俊已经平复了心情，他神色如常，宽慰母亲："富国没什么大事，过些天就好了。"

杜俊知道自己和妻子要在云南陪护一段时间。离家那天匆匆忙忙，什么都没来得及带，这回他收拾了些换洗衣物，又到厨房看看柴米油盐够不够。然后打电话喊妹妹过来，交代她说，他们夫妻要去部队一段时间，请她照顾好母亲。

杜俊匆匆回了医院。儿子的伤情基本稳定下来了，部队领导和医生告诉杜俊，杜富国的命保住了，但治疗和康复之路会很漫长。

听了这话，杜俊悬在心头的石头落了地。儿子能活下来，已经是不幸中的万幸了。经历了生死劫难，总会有这样的感触：除了生命，一切都可以放一放。

李合兰的情绪逐渐平复，病房里的杜富国也有扫雷队的战士时刻陪护，杜俊觉得自己应该腾出手来，做点其他事了。

他思忖之后，对陈安游大队长说："扫雷是大事，不能因为我儿子一个人受伤就停下来。我想去扫雷队看一看富国的战友。"

陈安游听了，用力地握住杜俊的手。他拨了一通电话，安排扫雷大队的干部送杜俊去猛硐。

登车时，王静跟了过来，杜俊看了看陈安游。陈安游说："一起去吧。"

在杜富国的战友中，杜俊最挂念的就是艾岩了。因为儿子苏醒后问的第一个人是他。

生死关头，杜富国把艾岩挡在了身后。这段时间，艾岩一直处于自责愧疚中，不敢面对杜富国的亲人。他心里有一个结：如果不是因为自己，杜富国不会受这么重的伤。

听说杜富国的爸爸要来，艾岩更加忐忑不安，他不知道自己应该跟杜富国爸爸说"对不起"还是"谢谢您"。

"向英雄的父亲敬——礼！"操场上，扫雷四队的四十八名队员整齐列队，以庄严的军礼向杜俊致敬。

"这个就是艾岩。"队长李华健向杜俊介绍道。

艾岩挺起胸膛，向杜俊敬礼，正犹豫着该怎么开口，杜俊已经到了跟前，他拉住艾岩的手，关切地问："艾岩，你的伤好了没有？我一直想来看看你。"

没有丝毫责备之意，艾岩绷紧的心，陡然放松了，他低垂着头，说道："杜叔，对不起……"

杜俊伸出手，摸了摸他在爆炸中受伤的脸颊。艾岩的嘴唇咬得更紧了，眼泪在眼眶里打转。杜富国负伤后，艾岩一次次从睡梦中惊醒，爆炸那一瞬间的"火光记忆"在黑暗中被无限放大，雷场的那一声巨响，反反复复在他脑海中回荡。他在深夜里捂住耳朵，在被窝里蜷缩着流泪。

杜俊轻轻拍了拍艾岩的后背："孩子，没事的，你不要有压力，任务还是要完成的。作为杜富国的爸爸，我盼望你们安全圆满地完成任务。

你退后，让我来
"排雷英雄战士"杜富国奋斗实录

富国也一直挂念着大家，在等你们的好消息。"

艾岩不敢抬头，他心里有千言万语，却一句也没能说出口。

在扫雷队，杜俊仔细查看了儿子的床铺和生活用品，儿子的军被像豆腐块一样整整齐齐地码在床上，杜俊默默地帮儿子整理了军装、军帽。

在扫雷队的器材室，杜俊和王静看到了杜富国被炸成棉絮状的防爆服。杜俊不敢想象，爆炸来临时，儿子的血肉身躯承受了怎样的痛苦。

此时，病房里的杜富国，正沉浸在睡梦中。

恍惚之间，他好像又回到了雷场，回到了麻栗坡，又见到了老山兰，见到了被炸掉双腿的盘金良老人。

位于云南省文山州东南的麻栗坡县，是中越边境的一个边陲小县。麻栗坡县因老山而出名，"一寸山河一寸血"，麻栗坡烈士陵园里安放着为国捐躯的烈士们，每年都会有不少老兵千里迢迢赶到这里，为烈士点上一支烟，倒上一杯酒，捧上一束老山兰，敬上一个庄严的军礼，表达沉痛的哀思和生死与共的战友情谊。云南扫雷大队组建后，扫雷勇士上的第一堂政治教育课，就是到麻栗坡烈士陵园瞻仰烈士们。

在麻栗坡，山坡上、悬崖处、石涧旁，到处都能看到老山兰。这种野生野长的兰草，生命力极强，即使是在硝烟弥漫的战场，即使炮弹把它炸得支离破碎，只要有一把湿润的泥土，它就能顽强地生存下来，生根、发芽、开花，散发沁人心脾的芳香。

战士们把它视为"生命花"，象征着纯洁的灵魂、坚定的信念、顽强的意志，无论条件多么艰苦、环境多么恶劣，它都不屈不挠、茁壮成长、向阳花开。世世代代在这里劳作的边民，不喜养花种草，却唯独对老山兰情有独钟，他们把它视作县花。

哪里的战斗最激烈，哪里的地雷就最多。麻栗坡县是云南边境雷患最严重的一个县，第三次大扫雷的雷区一多半都在这个县。

没了双腿的猛硐瑶族乡农民盘金良，是第一个得知杜富国在雷场受伤的当地人。

"这个雷场是我家的承包地。我就是在这片土地上没了双腿的。"

盘金良至今也想不明白，自己当了五年的民兵，打仗期间，扛着56式半自动步枪巡逻，冒着炮火在前线运送伤员，都毫发无伤，怎么战争结束后却在同一个山头踩中两颗地雷？

1993年4月，盘金良割草时踩到一颗地雷，声音都没听到他就坐在了地上，右小腿被炸成拖把一样。2016年8月，还是在这里，他又踩到一颗地雷，这次被炸掉了左小腿。两颗雷都是压发雷，踩上就炸，他认得那是72式反步兵地雷，他说："绿色的，月饼一样大。"

杜富国出事前的一个多月，在坝子雷场，盘金良第一次见到了杜富国。

"大叔，您这腿是咋啦？我来背柴吧。"盘金良平静地讲了自己的遭遇，杜富国心中早已翻江倒海，他更加坚定了"不除雷患终不还"的决心。

为了不让老人家难过，他故意转移话题，笑着问："咦，金良叔，您手里拿的是老山兰吗？真好看！"

"是啊，开这么多花的可不多见！"这是盘金良砍柴时挖到的，黄的花、白的花蕾，迎风招展，像娃娃的笑脸。

"这是军人花，顽强的花！"

"富国，醒醒，快醒醒，你看谁来了？"陪护的战友轻轻叫醒了睡梦中的杜富国。

推门进来的是几位身着少数民族服饰的妇女，见到杜富国她们深受触动：

"富国兄弟是替我们受的伤，是我们的大恩人哪！"

"富国，我们从猛硐赶过来看你了，你安心养伤，快快好起来。"

"富国，这是盘金良托我们带给你的老山兰，希望你能够坚强些，赶快好起来！"

你退后，让我来
"排雷英雄战士"杜富国奋斗实录

……

她们是猛硐瑶族乡六名少数民族群众代表。杜富国在雷场负伤的消息，牵动着麻栗坡人民的心。乡亲们发自内心地感激杜富国、心疼杜富国，都想着要为他做点什么。

一位瑶族老人特意到山里采集治疗眼疾的中草药，一位壮族老艺人花了两天两夜，为他赶制出壮族挎包，上面绣着"感恩英雄杜富国，麻栗坡人民永远不会忘记你"。

乡亲们都想来看看杜富国，他们通过微信相互联络着、商量着。这天，天刚蒙蒙亮，六名少数民族群众代表，就穿上最隆重的民族服装，带上自家的土鸡蛋、软熟的芭蕉和酥脆的猛硐沙糕，冒雨赶往位于开远市的解放军第926医院。

这时，猛硐"9·02"特大山洪泥石流灾害才过去一个多月，路难走，雨在下，车辆上下颠簸、左右摇晃。

村民周裕凤紧紧地抱住怀中的东西，哽咽地说："上个月救灾的时候，我还见过杜富国，那时候他还好好的……"

推开病房的静音门，大家一眼就看到了杜富国。原本阳光健康的小伙子，如今躺在病床上动弹不得，看得大家直掉眼泪，有人给杜富国的家人鞠躬道谢：

"自从他们开始扫雷，我们村就没发生过地雷伤人的事了。富国是在给我们老百姓挡灾啊……"

常年身处雷患区的乡亲们，都知道地雷的威力，知道扫雷兵们承担了多大的风险和压力。

"谢谢乡亲们，你们放心，我会快快好起来的，等我康复了，再回去扫雷。"杜富国虽然声音虚弱，但语气格外坚定。

在《时代楷模发布厅》，主持人曾问杜富国："选择扫雷你后悔过吗？如果再给你一次机会，你还会选择扫雷吗？"

"哪怕是一千次、一万次，我也会做出相同的选择！"这是杜富国内心深处的声音。

沿着羊肠小道，李华健带着杜俊和王静来到杜富国负伤的坝子雷场。山路陡峭泥泞，他们的脚下不断打滑。路旁堆放着上千枚没来得及转移销毁的爆炸物，让人望而生畏。

地雷还没有完全排除，进入隔离带，每朝前迈一步都要格外小心，周围是被炸药犁过的土地，裸露的竹根和树干残枝遍布各处，隔离带之外，任何一脚踩下去，都有可能引爆地雷。

杜富国负伤时留下的血迹已经干涸，凝固成黑色，深深地融进焦土里，散落一地的防爆服碎片和满地的黑色浮土，见证了一场山崩地裂的灾难。

杜俊小心翼翼地捡起地上的防爆服碎片，每捡一片，他的心就像被刀戳了一下，巨大的爆炸声仿佛在他耳边激荡。在爆炸留下的弹坑旁，他发现一块半个巴掌大的碎片。

他蹲下身，将碎片从浮土中抽了出来，黑色的炸药残留物使这块布片失去了原本的颜色。杜俊轻轻拍去上面的浮土，依稀可见三个歪歪扭扭的字。仔细辨认后，发现上面写的是：杜富国。

杜俊将布片攥在左手心，右手继续翻找，他想再找到一些儿子留下的痕迹。突然，杜俊摸到一个软软的物体，他心头一颤，继续去拨周围的浮土，每拨一下，他的手就颤抖一下。浮土拨开后，一根手指露了出来，一根被炸得有些泛黑的手指！

杜俊双腿发软，一下子瘫坐在地上，他呆呆地看着这根断指，心头悲痛难抑。杜富国的手掌被炸得七零八碎，只留下这点血肉。杜梭伸出手，却始终不敢触碰。

儿子小时候，自己曾经拉着这双手，送他去上学。儿子参军时，自己曾握着这双手，叮嘱他当个好兵。杜俊的心阵阵抽痛，他终于鼓起勇气，从土里拾起断指，杜俊觉得自己的心好像被砸碎了。

你退后，让我来
"排雷英雄战士"杜富国奋斗实录

忽然，他像是想起了什么，拿出自己的手机，找到那张图片和那段视频。图片上，扛着炸药箱的大儿子杜富国，正在陡峭的山坡上艰难攀爬；视频里，在西藏当兵的小儿子杜富强，正在山南那条"魔鬼都不敢去"的边境线上巡逻。

杜俊把图片和视频转发到了朋友圈，他写了一句话："为中国军人加油！"

这句话，他是说给自己听的，是说给大儿子和小儿子听的，更是说给全体人民子弟兵听的。

返回医院时，路过了麻栗坡烈士陵园，杜俊说他想进去看看。他听儿子说起过这里，扫雷队每年都要来祭扫。

夕阳西下，余晖耀眼。杜俊拾级而上，站在巍峨的纪念碑下，向烈士鞠躬敬礼。陵园内，安葬着近千位烈士。近千座烈士墓沿山体纵横排列，齐齐整整，如同他们生前列阵南疆的模样。即使已化作了故土、化作了山脉，他们依然守卫着祖国。

杜俊的目光扫过一个又一个墓碑，他发现这些烈士的年龄都不大，最大的不过三十多岁，最小的只有十七岁。

他们是谁的儿子？他们是谁的丈夫？又是谁的兄弟？他们的生前身后事，远远不是墓碑上那短短几十个字所能描述的。

在王建川烈士的墓前，杜俊伫立良久。王建川烈士牺牲时，年仅十九岁。牺牲前，他写下一首小诗《寄给妈妈的日记》，诗中写道：

> 当巡逻的脚步送走除夕
> 妈妈，我送给你这本日记
> 孩儿一年的征尘、四季的足迹
> 全部忠实地记在这里
> 当灶前的火光映红了日记

妈妈啊妈妈

日记将给你带去多少回忆

童年的天真

少年的顽皮

如今化作了庄严的军礼

放心吧妈妈

我已经懂得了"战士"的含义

当还击侵略者的炮声震撼大地

妈妈，请你不要把孩儿惦记

不付出代价怎能得到胜利

战士的决心早已融进枪膛里

为了祖国不惜血染战旗

再见吧妈妈

孩儿即使在九泉也千声万声呼唤您

杜俊一字一句地读完王建川的这首小诗，这位战士用生命报效祖国的血性风采、思亲报恩的赤子真情，戳中了他的心。

杜俊作为一名农村党员、作为一名军人的父亲，此时此刻愈加真切地感受到，正是千千万万革命军人的牺牲奉献，才换来了祖国的安宁，换来了人们的幸福生活。

驻足烈士墓碑前，他又深深鞠了一躬，告慰躺在这里的烈士们，也真正理解：富国的选择是正确的，富国去扫雷是有意义的！

他对同行的扫雷大队干部说："这些烈士，这么年轻就牺牲了。比起他们，富国已经很幸运了……"

后来，杜俊参加了许多活动，他多次提到军人军属心中的家与国、生与死、苦与乐，表达对军人军属的敬意和理解。他说：

"到了雷场，去了陵园，就更晓得我们军队的伟大、军人的不易。我们的娃娃当了兵，有很多难处，但富国从不后悔为人民扫雷、为战友牺牲，作为父母，更应该支持他们、理解他们，我也不后悔自己的选择！"

二、心中住着英雄

"杜富国是为扫雷受伤的，我们一定要派出最好的医生，用最好的技术，帮助杜富国尽早康复！"陆军首长的这句话，说出了广大官兵和人民群众的心声。

"最近恢复得怎么样？"听到这熟悉的湖南口音，原本半躺半坐在病床上的杜富国连忙起身，回应道："政委好，您来了！"

"我们都很惦记你！今天我代表大队来看你。"周文春来到病床前，他接着说，"今天我给你带来一个好消息，鉴于你在雷场上的英勇表现，扫雷大队党委决定为你报请一等功！"

听到这儿，杜富国激动不已："一等功？政委，这个荣誉太高了！"

"你是我们的英雄，是扫雷大队的骄傲，应该为你请功！这是大队党委的决定，也希望你能更积极地面对伤痛。"周政委的话既严肃又动情。

"政委放心，我会珍惜这份荣誉，勇敢面对一切！"杜富国说得斩钉截铁。

"我还给你带来一位英雄战士。"周政委拍了拍杜富国的肩膀，"他叫保尔·柯察金。"

"我知道他，他是《钢铁是怎样炼成的》的主人公。"杜富国说。

"是的，保尔·柯察金也是一名军人，是一个钢铁战士。他全身瘫痪，又双目失明，甚至产生过自杀的念头，但他从低谷中走了出来……"周政委一边说，一边掏出一本书。

"这本书是我特意到书店买的，富国，你和保尔的经历有许多相似之处。"周政委把书放在杜富国面前，一股墨香味飘进了他的心里。

对于扫雷大队的大队长陈安游和政委周文春来说,杜富国的伤是他们难平的痛。当初组建扫雷大队时,他们说好了:"扫雷队来了多少位兄弟,走时就要带走多少位兄弟!"

因为痛心,尤其关注。对于躺在病床上的杜富国,他们每一天都挂念着。无论多忙,如何让杜富国坚强面对精神和肉体上的伤痛,都是他们心里的头等大事。

"富国,我来给你读几段吧。"周政委说,"他已经失去了最宝贵的东西——战斗的能力,活着还有什么用呢?在今天,在凄凉的明天,他用什么来证明自己生活得有价值呢?又用什么来充实自己的生活呢?光是吃、喝、呼吸吗?当一名力不从心的旁观者,看着战友们向前冲杀吗?"杜富国听得眉头紧皱。

"一个人只有在革命的艰难困苦中战胜敌人也战胜自己,只有在把自己的追求和祖国、人民的利益联系在一起的时候,才会创造奇迹,才会成长为钢铁战士。"杜富国跟着点了点头。

"天并不都是蓝的,云也并不都是白的,但生命的花朵却永远是鲜艳的。"杜富国说,"政委,我已经好久没看到天空了,但我永远记得朝阳有多美。"

这天早上,太阳透过窗户洒进了病房里,窗台上盘金良大叔送的那株老山兰开花了,淡淡的清香让人心旷神怡,杜富国的脸颊也红润了不少。

杜富国扯了扯刘新未,笑嘻嘻地说:"四眼儿,带我出去转转嘛,外边好热闹。"

刘新未笑了:"好!我们一起出去走走。"

院子里,小叶榕挺拔苍翠,三角梅火红一片,光束透过树冠打在草坪上,绘成一幅斑驳的光影画作。刘新未扶着杜富国来到向阳处,他们安静地坐着,感受着这里的一切。鸟儿出来了,在林间飞翔跳跃,叽叽

你退后，让我来
"排雷英雄战士"杜富国奋斗实录

喳喳地唱着歌；老爷爷、老奶奶也出来了，他们听着评书，活动着身体；还有孩子们，在草坪上追逐嬉戏，不时发出开心的笑声……

"啊，外面好暖和，空气好新鲜，声音好动听呀。"微风轻拂，杜富国不禁张开双臂，贪婪地感受着。他的身心已经很久很久没有如此放松了。

"富国，待会儿要去另一栋楼检查。"

"好啊。"

"我去准备轮椅。"

"你们扶着我，我自己走过去。"

"比较远，可能不太安全，还是坐轮椅吧。"

"没事儿。"

"下次再说吧。"

"总不能一直坐在轮椅上吧，让我自己来！"

刘新未清楚杜富国的执拗劲儿，也就不再劝说。医护人员小心翼翼地扶着杜富国一步步向检查科挪去。但最担心的事情还是发生了。

进门时，杜富国的脚尖踢在了门槛上，他的身体瞬时前倾，双腿跪倒在地。在其双肘触地前，陪护战友眼疾手快，一把抓住了杜富国的肩膀。

大家赶忙上去搀扶。站起来后，杜富国用脚探了探绊倒自己的门槛，只有两三厘米高。

他懊恼极了："这么一点坎，要是在以前，哪会放在眼里？如今，如果没有你们陪着，我岂不是寸步难行？"

夜幕降临，喧闹渐渐远去。白天，摔跤的一幕像刀尖一样，一下又一下扎在杜富国早已伤痕累累的心上。

他静静地躺在病床上，思绪杂乱，恍惚之间好像看到两个人在吵架。

一个身着军装的人惊恐地说："我眼前怎么一片漆黑？我的眼睛……"

一个身着病号服的人讥笑着说："你的手没了，你的眼睛也没了，你永远也看不见了，你什么也摸不着了……"

穿军装的人惊恐地喊："我的眼睛！我的眼睛呢？天哪！不是说上帝为你关上一扇门，就会为你打开一扇窗吗？可为什么我的门和窗都被关上了？没有了眼睛，我这样活着和死去又有什么区别？！"

这时，一个高鼻梁，长着大胡子，戴着墨镜的青年走了过来："不要吵，富国战士，你要坚强地活下去，活下去才有希望，活着就是最大的资本！"

穿病号服的人摇摇头："可是，看不见也摸不着，你怎么活？"

高鼻梁青年握了握拳头："心中有阳光，就会永远有光明！爸爸妈妈甚至甘愿把眼睛给你，很多人都恨不得把眼睛给你！"

穿着军装的人椎心泣血："不！我不能把痛苦带给爱我的人，那么多人愿意为我付出一切，只有活下去，才是对他们最好的回报。来吧，无论活着要付出怎样的代价，我都准备好了！"

穿病号服的人冷笑着说："别人都在快乐地活着，你的快乐在哪里啊？"

高鼻梁青年端起握紧的拳头："痛就表示你在恢复，痛能让你凤凰涅槃、浴火重生，你是军人，你是扫雷勇士，你一定会活得越来越好的。"

穿病号服的人幸灾乐祸："你都看不见了，甚至分不清白天和黑夜、睡着还是醒着。"

穿着军装的人针锋相对："可是我还能听见，听见窗外啾啾的鸟鸣、汽车的轰鸣、雷雨的怒吼、微风的低吟，还有那么多爱我的人，围绕在我身边，用爱的声音传递温暖，我一点都不孤单。"

穿病号服的人说："你现在吃饭要人喂、洗澡要人帮、走路要人陪，甚至连上厕所都要依靠别人。以前很容易做到的事情，现在怎么都这么难，作为一个男人，你这样活着还有什么尊严？"

高鼻梁青年语重心长："你必须自立自强，因为康复训练将会伴随你的一生。以后所有事情，你都要尽量靠自己来做。你多学会一项技能，就能给照顾你的人减轻一份负担，这些技能可能很难，但是再难你也要克服，哪怕是十遍、二十遍，甚至一百遍，你都要做下去。"

穿病号服的人不屑地反问："现在，你身边有妻子父母、有战友陪着，想干什么只要动动嘴皮子就行。相比于其他人，你更有理由选择'躺平'，你为什么还要这么折腾，舒服点不好吗？"

穿着军装的人哈哈大笑："那是为颓废和无能找借口，成为这样的人，是我的耻辱。"

穿病号服的人又说："你不要自欺欺人了！你不能光凭自己的想法活着，你要知道这世上还有个词叫'力不从心'。"

穿着军装的人回答："你说对了。你嘴里的'想法'在我这里叫作'信仰'！"

穿病号服的人反问："这跟信仰有什么关系？！"

穿着军装的人言辞坚定："人因信仰而站立，信仰面前没有越不过的高山。我，是红军的传人，坚定的信仰是帮助我战胜伤痛的最大力量！"

……

那个穿军装的人叫坚强，那个穿病号服的人叫懦弱，那个高鼻梁、戴墨镜的青年也许就是保尔·柯察金。

在现实与梦幻的拉扯中，杜富国不止一次地问自己：我到底是那个穿军装的人，还是那个穿病号服的人？

这天，病房里来了几位特殊的探视者：在对越自卫反击战中光荣负伤的"战斗英雄"安忠文，一级伤残军人王曙光，"铁血营长"臧雷和"模范卫生员"钟惠玲等。这些曾浴血战斗、保家卫国的老兵，从黑龙江、北京、成都等地专程赶来，为杜富国加油鼓劲。

听说英雄前辈要来，杜富国很是激动，他早早地在病房里等候。

"水果准备好了吗？""茶叶准备好了吗？""到了没有？"杜富国的三连问，让陪护的战友田俊有些哭笑不得。

"你摸摸，这是茶叶，这是苹果和香蕉，还有葡萄。"田俊把茶叶和水果盘端到杜富国面前，"放心吧，你说的我都记着呢，你安心等前辈们过来就行了。"

杜富国还是按捺不住激动的心情。他一会儿起身，一会儿又坐下，一会儿摘下墨镜，用断臂翻来覆去地擦，紧张得像个娃娃。

当兵之前，杜富国就知道"战斗英雄"安忠文，他为了给部队开辟前进通道，不惜以身滚雷，失去双眼和一条腿。杜富国曾经把描绘安忠文自硝烟中蒙眼归来的一幅图，设置成手机桌面。

终于能近距离和传闻中的英雄见面了，他怎么能不激动呢？

听到开门声，杜富国知道大家来了，赶忙起身，立正，敬礼。

"安前辈您好！各位前辈，你们好！感谢你们千里迢迢来看我。"

"富国，你好！见到你，我们都很高兴！"几位老兵连忙扶杜富国坐下。

"富国，我是安忠文，这是王曙光、臧雷、钟惠玲。"安忠文拉着富国的胳膊一一介绍。

"今天我们几个过来就是想看看你，给你鼓鼓劲。"王曙光握着富国的袖子，泪眼模糊地说。

安忠文当场给杜富国朗诵了自己当年创作的一首诗：

自豪吧　士兵

假如从事文学，我可能成为李白；
假如从事科学，我可能成为牛顿。
……
为炊烟自由地升腾，为车轮狂热地飞奔。
我宽厚的肩膀啊，
才愿扛起这世界上所有的不幸。
……

"安前辈,当年您为什么会以身滚雷?"杜富国问道。

"小杜,当时战事紧急,前进的路上全是地雷,总得有人去冲锋,我不想我的战友们倒下,没时间犹豫就做出了这个决定。我想,我多滚爆一颗地雷,战友们就多一分安全!"安忠文讲述着自己的经历,没有半点悲伤的神色,身体的残疾没有打垮这位从枪林弹雨中走出来的老兵。

杜富国若有所思地点了点头,说道:"嗯,我当时也是这么想的,要保证战友的安全。"

"小杜,我能理解你面对的痛苦,知道你跟我当年一样,害怕成为家人的拖累。但其实他们都以你为荣,生活依然可以阳光快乐!"

安忠文的妻子高礼姝,剥开橘子递到杜富国嘴边:"我们是从攀枝花老家过来的,这是忠文在院子里种的橘子,你快尝尝甜不甜。"

安忠文接着说:"小杜,我们的眼睛虽然失去了光明,但心里可以升起太阳。这个太阳的能量要比自然界的太阳更强大,这样才能战胜痛苦。你说是不是?"

"是!是!"杜富国连声回应。

"我们当年在战场上医疗条件有限,有的战友负伤了,送下山时伤口都化脓了,有人来不及救治,就牺牲了。现在医疗条件好,你一定能扛过去!"

"来,我先教你怎么用手机。"说着,安忠文掏出了自己的手机,"现在科技发达,没有眼睛和手可以安装义眼和假肢。装了假肢以后,自己喝水、吃饭都没有问题。盲人用的手机会多装一个软件,叫读屏软件。"安忠文熟练地触动手机屏幕播放音乐,杜富国侧耳倾听。

"他现在每天戴着一副很酷的墨镜。"

"他在收集牺牲战友的照片,他发动所有战友一起找,计划将照片做成瓷片,然后送到烈士陵园里,一个一个装上去。"

"这几年,为了做这件事,他跑了几千公里,每年要作很多场报告。"

……

大家你一言我一语，介绍安忠文这几年做的事，杜富国听得连连点头。

"别多想，好好治疗，只要不放弃，你一定能在黑暗中找到光明。"王曙光轻扶着杜富国的胳膊说，"富国，我两只脚被炸飞时，刚从军校毕业，跟你一样才二十多岁，那时，我也很痛苦，很灰心，感觉今后的人生会很艰难。但看看现在的我，没有脚不照样能走四方吗？"

看看老兵们这三十多年的经历：王曙光继续学业，拿到了法学博士学位；安忠文是文学学士，每天游泳、唱歌、写诗歌，还在网上和别人下象棋……

他们的经历在杜富国的内心燃起了一团火，让他开始相信以后的人生也许会焕发新的光彩。

"别忘了你是英雄！关键时刻挺身而出是英雄，绚烂过后依旧坚强，不忘初心更是英雄！"

"铁血营长"臧雷接过话茬，他拍着杜富国的肩膀说："战斗临打响的那个晚上，我执行侦察任务，不幸从山崖上摔落，重伤昏迷。昏迷了六天六夜，神经系统受损，醒来发现自己半身瘫痪，甚至出现失忆的症状。医生们都断定，我很难恢复了，等记忆力恢复后，他们打算给我做心理辅导，让我接受现实。

"但我天生不服输，我不甘心，所以，我无时无刻不想着尽快康复，然后归队。

"就这样，我从独立起床开始，慢慢地，不依靠拐杖，试着自己走路，从一米、两米……到逐渐可以自行走动，然后逐渐恢复自理能力。不久，我就回到了战场。

"富国，你现在确实是最难的时候，一个轻微的动作都可能带来难以忍受的疼痛，但你要坚强，坚持下去，才能看到曙光。"

看着杜富国蒙着白色纱布的双眼，臧雷抹了抹泛红的眼睛。

"臧前辈，你们放心吧，我坚强着呢。"说着杜富国准备起身，一旁的钟惠玲连忙制止："富国，你别激动，你现在要好好休息。"

你退后，让我来
"排雷英雄战士"杜富国奋斗实录

"是钟阿姨吗？您能给我讲讲您的故事吗？"听到和蔼的女声，杜富国立马询问道。

"好，富国，我的故事和三位英雄的故事相比，没那么精彩，既然你想听，那我就给你讲讲吧。"钟惠玲顿了顿，开始讲述自己的故事：

"那年，我刚满十八岁，作为白衣战士，我第一次上战场。与前线浴血奋战的战友相比，我的救护工作是平凡的。前两周，头一次见到战争的残酷，面对各种需要救治的伤员，面对血肉模糊、断肢残臂的血腥场面，我真的有点想放弃了。

"但每次听到许多负伤的伤员，喊着要赶紧回到一线作战，我就觉得我的工作也没那么难了。刚开始，我戴着三层口罩，怕闻到血腥味和腐肉味。有段时间，一闻到那个味道，我就觉得五脏六腑都在翻涌。

"因为我负责二十八个床位的大病房，伤员众多，我只能快速切换到忘我的状态。战场上炮火连天，很多伤员浑身是泥土，口、鼻、耳朵、指甲里都是，我必须用手一点一点抠洗，再用棉球蘸水擦净。因为天气炎热，我还会给伤员扇扇子驱赶蚊蝇、降温，给伤员洗脚，帮助不方便的伤员上厕所。

"在这六个多月的时间里，我从那些伤员身上学到了很多。富国，在医院工作这么多年，我很能理解你现在的心情，但心急吃不了热豆腐，康复治疗必须慢慢来，才能确保每一步都走稳、走扎实。"话到此处，钟惠玲加重了语气。

转眼间一下午过去了。临别时，他们依依不舍、互道珍重。英雄前辈走了，他们的话语却留在了杜富国心中。尽管看不见他们的模样，但杜富国已经在心里为每个人描摹了一幅画像。

"想想英雄老前辈，我有什么理由不坚强，我有什么资格不振奋？"杜富国对陪护的战友说，"我现在只想着，接下来该怎么做一些有意义的事。"

第八章　勇于与伤痛作斗争

为了更好地接受康复治疗，在解放军第926医院治疗两个多月后，2018年12月21日，杜富国转院到位于重庆的陆军军医大学西南医院康复科。

杜富国到西南医院的第一天，医院就组织了全国的顶级康复专家进行远程会诊。康复科主任刘宏亮很痛心："之前我就听说过他的伤情，但没想到会这么严重！"他摇摇头，接着说："像他这样既没有双手也没有双眼的情况，极为罕见。哪怕还有一点视力，或者一根手指也好啊，他还这么年轻！"

康复的第一阶段主要是身体机能的恢复和提升。体能是康复训练的基础，毕竟做了多次手术，杜富国的身体机能较以前下降了很多。

医院为杜富国特制了一台反重力跑台，用来练习平衡，并逐步恢复体能。杜富国的腰身被厚实的气囊包裹住，保证他跑步的安全性。由于看不见，也无法摆动双臂保持平衡，刚开始练习的时候总是磕磕绊绊，还没跑几步，杜富国身上刚愈合的伤口就会被撞击、剐蹭到，钻心的疼痛使他大汗淋漓，汗水滴到眼睛里更是辣得生疼。

"我可以的！"杜富国想起书里的英雄，想起从炮火中坚强走来的前辈，他不断地给自己加油鼓劲。

杜富国反复尝试，从慢走到快走，从快走到逐渐跑起来。他在反重力跑台上越发得心应手，从只能跑几百米到一公里，从一公里到两公里再到三公里、五公里。起初的每一步都很艰难，跑起来后，每一步都让人振奋。

在医护人员和杜富国的共同努力下，他的体能恢复得十分顺利，三公里成绩达到了同年龄段军人体能标准的优秀水平；他做平板支撑的时间，也从四十秒到了六十秒，再到超过九十秒。

杜富国很快就进入康复的第二阶段，重点是提高生活自理能力。这一关是漫长而又艰难的。生活中的每一件小事，对杜富国而言都是大事、难事。

医生说，要解锁更多生活技能，就必须尽可能恢复残肢的功能。残肢不能像手一样灵活，杜富国就在治疗师的辅助下每天训练，增加关节的活动度；残肢不能像手一样拥有敏感的触觉，他就练习一千次以上摸勺子、摸筷子、摸各种生活用品，直到能够辨认出自己想要的东西；胳膊的肌力差，他就举沙袋，进行弹力带训练，以及各种抗阻力训练和平衡训练，增加自己的核心力量和平衡能力。每一组训练他都要求自己超额完成，直到力竭为止。

显然，杜富国不是把自己当成一个患者，而是当成正常人、当成军人。

尽管跑台上的杜富国眼睛上蒙着白色纱布，尽管厚实的气囊裹着他的腰身，使他像是被保护着的婴儿，尽管他只是一遍又一遍不厌其烦地练习着简单的动作，但他汗如雨下、无比坚定的背影，却让看到的人为之动容。

因为这些，也都是英雄的样子。

三、我要自己站起来

山城重庆的朝阳美得醉人，红彤彤的霞光染红了天际。西南医院的病房内，杜富国正对着窗外发呆。他喜欢风吹在脸上的感觉，喜欢听窗外人群的嘈杂声，还有远处陆军军医大学传来的呼号声。

"北京时间，上午九点整……"平板电脑的闹铃响起，杜富国知道康复治疗的时间到了。

"富国，该训练了。"妻子王静在一旁提醒。

杜富国将闹钟滑动关闭："好，我晓得了，我自己走过去。"

康复治疗室在走廊尽头，除了病房，那里是杜富国最常去的地方。

从病房到治疗室，要经过一段一百米左右的走廊，杜富国为了锻炼自己的环境适应能力,经常独自一人走过去。

他用残肢抵住墙壁,避免走偏方向,一百米的距离大约要走一百六十步,这是他多次尝试后数出来的。没有别人的指引和搀扶,一开始杜富国走得磕磕绊绊。不过,走的次数多了,也就顺了。

杜富国在心中默数,一百六十、一百六十一……当右手手肘触到门框时,他知道到治疗室门口了。

不料,杜富国侧身进门时,左脚被门槛绊住,他一个趔趄,重重地摔倒在地。

悄悄跟在杜富国身后的王静吓了一跳,赶忙去扶他:"摔疼了没有?"
"我没事,我可以自己站起来。"杜富国轻轻推开王静的手。

王静没有再说什么。她站在一旁,举着双手,以便在杜富国需要的时候能第一时间去帮他。

杜富国没有双手,没法用手支撑身体,为了站起来,他只得整个人趴在地上,用肘部的力量顶起上身,然后一点点将腿蜷曲过来,再用头顶在地上,找到一个着力点,用力挺起腰背,右腿向前跨一步。之后单膝着地,双臂抬平,保持平衡,再借助右脚的力量摇摇晃晃地站起来。

整个过程,持续了将近一分钟,起来后,杜富国的脸颊因为用力而涨得通红。

"哈哈,我觉得自己有点搞笑,这么个小小的坎就把我绊倒了。"杜富国自嘲道。王静安抚地拍拍他,没有说话,只是眼睛有些泛红。

"杜富国,该打疤痕针了。"护士李阿姨拿着四根细长的针管来到病床前,护工许继红和几个战友也都进来了。

打疤痕针,是杜富国要忍受的疼痛之一。在爆炸中,杜富国的双腕部毁损成"拖把状",双眼眼球破裂,内容物溢出,右眼球脱落,大腿根部至面部创伤面积达90%,伤口愈合后,留下了不规则的黑红色疤痕,必须通过注射药物来软化。

"啊,又要打针了。"杜富国晃动着身体,两只袖子在胸前左右摇摆。

说话间,杜富国已经在战友的协助下躺在了病床上。掀开衣服,杜富国的身体布满了大大小小的伤疤,这些伤疤"有毒",有的还带着焦黑的泥土,如果不及时清除,会引发感染。因此,需要每隔十天左右打一次疤痕针,多的时候要打六十多针,少的时候也有二十多针。

"李护士,还要打多久啊?"

"打到和正常皮肤一样,就不用打了。"

"那到底要多久呢?"

"你是疤痕体质,这个还真不好说。"李护士一边回答,一边准备着打针的药水,"唉,你之前不是问过了吗?"

"哦。"

"准备好了吗?"

"来吧,让打针来得更猛烈一些吧!"杜富国打趣地说。

李护士提醒协助的战友和护工:"把他摁好咯,不要乱动。"

"嗯。"大家点头会意,刘新未插话道,"姐姐放心,家里杀猪都是叫我去摁的。"

"哈哈哈——"大家一下子被逗笑了。

打这种针十分疼痛,每一针都像是被电击一样,杜富国的身体不由自主地抽搐。护士给杜富国准备了忍痛时咬的筷子和毛巾,还尝试给杜富国吃果丹皮等他爱吃的零食来转移注意力。

"三——二——一——狙!"一旁的护工笑着提醒杜富国,"狙"就是"打针"的意思。最难的是刚开始的时候,因为伤疤很硬,护士只能用尽全力往里面推药水,痛得杜富国直冒冷汗。

"休息一下,休息一下再打。"打完脖子上的十一针,杜富国请求暂停。

"好,大家先休息一下。"不止杜富国,李护士也累得直喘气,额头渗出了汗珠。

短暂休息后，打针继续，杜富国痛得不行，把嘴巴张大，眼睛闭紧。他的脸憋得发红，忍着不让自己喊出来，半截小臂忍不住翘起，肚子因剧痛而吸气，狠狠瘪了下去，露出根根肋骨。

四根针管，整整六十针，终于打完了，杜富国紧张的表情消失了，他嘴角上挑，露出洁白的牙齿，如同打了一场胜仗。

为了软化疤痕，医生除了让护士给杜富国注射疤痕针外，还让他穿上压力衣。医生嘱咐："要忍得住，别脱压力衣。"

穿上压力衣后，杜富国浑身绷得像弹簧，除上药、洗澡、换衣服外，每天大约有二十三小时不脱。杜富国笑称自己成了"蜘蛛侠"。

春季到了，万物复苏。杜富国身上的疤痕就像窗外的榕树，疯狂生长。医生说，杜富国是疤痕体质，尽管一直在打软化针，但他身上依旧长出了很多硕大的疤痕。疤痕比正常的皮肤生长得快，有的足足有鸡蛋那么大，长的时候奇痒无比，杜富国想挠却没有手。晚上睡觉的时候，更是浑身不自在，杜富国不想麻烦别人，只能在床上来回地蹭。

西南医院研究后，决定给杜富国做皮肤创面修复，其中最关键的是植皮手术。做这个手术，先要割除伤疤、清理创口，在割除一些大的伤疤时，医生清理出不少泥沙，大家都感叹爆炸的威力太大了，冲击波居然将泥沙推进到皮肉深处。

接着，要从头顶剥取一部分皮肤，植在创面上。为防止细菌感染，每次植皮手术后，杜富国的头都被包裹得严严实实，躺在床上完全不能动弹。稍有挪动，头就痛得像炸裂一般。

术后两三天，植皮的地方和剥皮处会开始长新皮，这时候痛感减缓，瘙痒却又开始了。为了缓解术后的痛苦和不适，在大手术后，通常会使用止痛泵，把麻药缓慢注入身体，麻痹神经。杜富国担心，麻药打多了人会变傻、记不清东西，以后自己还要学习、还要工作，再说了，当兵的哪能怕疼啊！

你退后,让我来
"排雷英雄战士"杜富国奋斗实录

于是他对医生说,能不用止痛泵就不要用,能少用就少用。多数时候,麻药还剩一大半,杜富国就要求取下止痛泵。到后来,杜富国干脆要求医生不要注射麻药了。医生却不同意:你不怕疼、能忍,但也得尊重科学。

等杜富国头顶的新皮长好后,就要进行下一次植皮手术了,又得把头裹得严严实实,躺在床上不能动弹。就这样经过多次手术,杜富国身上的伤疤终于得到改善。

"富国,今天咱们加点重量,咋样?"刘宏亮主任拿着两个黑色的沙袋,来到了康复治疗室。

"没问题,尽管加!"杜富国用残缺的上肢和下巴配合,脱去了上衣。

"哟,很有信心啊!看来下次要拿个更重的。"刘主任在杜富国的两只残臂上,绑上三公斤重的沙袋。绑之前,他特意给杜富国戴上了护具,伤口处的皮肤很嫩,稍不注意就会被磨破。

"预备,开始!"刘主任手拿秒表,在一旁为杜富国计时。

时间一分一秒地流逝,杜富国的双臂前端充血,手臂因为酸痛已经开始颤抖。他咬牙坚持着,豆大的汗珠顺着脸颊不断滴落。

"一分三十秒,富国,差不多了,可以放下来了。"刘主任按停了机器,上前将杜富国的手放下。

"莫着急嘛,慢慢来,心急吃不了热豆腐。"杜富国喘着粗气,胸口起伏,如同一条搁浅的鱼,王静一边心疼地给丈夫擦汗,一边轻声安慰他。

"我自己会把控,放心,毛巾给我,我自己来。"杜富国接过王静手中的毛巾,用残臂夹着擦汗。

"来,喝点水。"王静把挂在身上的水壶取下来,递给杜富国。他弯下腰,用下巴顶开杯扣,熟练地用双臂捧着水壶喝水。

"好!我休息好了,下一组开始吧!"休息时间刚过半,杜富国又抬起手臂，要开始下一组训练。

"我觉得今天的训练不是很累，下次还可以再加点量。"杜富国一边喘着气，一边对刘主任说。

"你这次训练已经比原先计划的多做两组了，总体康复进程蛮快的，不要着急，慢慢来。"刘主任拍了拍富国的肩膀。

"好，谢谢刘主任！"杜富国笑着说。

"富国，今天训练得咋样啊？"路过护士站，护士长关切地问道。

"回护士长，今天训练得也很好，每天都很好嘛！"杜富国笑中带着自豪。

杜富国很会自己找乐子，训练的苦和累没在他脸上过多地停留，更多的时候，他会做出轻松状，主动找大家聊天。护士站内有张折叠椅，是专门给他留的。有一回他摸索着走到护士站，倚在台子上，故作认真地对大家说："来，我们今天讲个笑话。"

"富国，这个速度怎么样？能适应吗？"站在被精心改装过的反重力跑步机旁，时刻关注着杜富国的刘新未问道。

"没问题，四眼儿，给我来首《追梦赤子心》！"

以前在扫雷队，战士们也经常在乡间小道上跑步，每次都会带着一个小音响，放放有节奏感的歌曲。

现在，杜富国的身旁依旧有战友陪伴，也许站在跑步机上奋力奔跑，能够让他找回自己曾经的样子。

"有任何不舒服都要及时跟我们说。"康复技师唐鹏一边记录着杜富国的训练数据，一边关注着他的训练状态。

"没什么不舒服，就是身体有点飘，感觉控制不住地左摇右晃，好像是在松动的吊桥上跑步。"

"这是正常现象，慢慢适应就好了，速度不能太快，咱们循序渐进，不必着急。"

跑步对于杜富国来说是一项巨大的挑战。除了眼和手，受损的肺部也导致他肺活量低于常人，而遍布全身的疤痕又使汗腺受阻、排汗不畅。最初，医护人员不允许杜富国快跑，还骗他说跑步机是特制的，速度有限制。即便如此，杜富国还是会要求加练。

有一回，他在刘新未的陪同下，到陆军军医大学的操场上练习跑步。

"一、二、三、四！"此时正值学校的体能训练时间，学生们整齐的脚步声和响亮的呼号声传到了杜富国的耳朵里。

"四眼儿，我们要不要也来一组呼号！"杜富国兴奋地对刘新未说道。

"好啊，来，预备……"

"听党指挥，能打胜仗，作风优良！"喊出的每一个字都铿锵有力，杜富国涨红了脸，尽情释放着从心底迸发的声音。

未来的人生路还很长很长，学会适应黑暗、适应世界、适应自己是杜富国一生的必修课。

一次媒体采访时，有记者提问："我们应该如何帮助倒下去的战士？"

"不要管他，让他自己站起来！"这是经过千锤百炼、从生死线上挣扎出来后，杜富国给出的答案。

第九章

爱的力量使我坚强

受伤后,杜富国最大的心安是"父母在",最幸福的时光是"和王静吵吵闹闹"。母亲说:"你好好活着,就是对我们最好的孝敬。"王静说:"我就是你的手,我就是你的眼。"

一、战友接力陪护

猛硐瑶族乡下起了蒙蒙细雨，营区一片沉寂，气氛沉重压抑。那场爆炸让杜富国身负重伤，也成为扫雷大队尤其是扫雷四队的官兵们抹不去的伤痛。

那些天，世界突然停滞了，天空静止了，鸟儿不飞了，虫儿不叫了。扫雷四队像被按了暂停键，大家沉默着，相顾无言。

队里有条大狗叫大黑，平时欢快得很，一蹦三尺高，遇到生人，狂吠个不停。可最近，连它都耷拉着脑袋趴在地上，似乎跟人一样，也有了心事。有一天，它把张中君的鞋叼走了，张中君追着它打，一脚踢到了狗屁股，鞋都踢飞了，大黑却一声叫唤都没有，就跑走了。"狗通人性啊。"张中君说。

张中君跟杜富国是同年兵，也是一同加入扫雷队的，他俩感情很深，也很玩得来，但这次他没能送杜富国去医院。他是二班的班长，领导要求他留下来，做安抚战士、保护现场的后续工作。

爆炸当天，张中君就在现场，他在斜坡的另一面负责收集爆破筒。听到爆炸声后，他立刻朝着黑云升起的方向冲了过去，只见杜富国已人事不知，仰面躺在地上，成了血人。

那些天，张中君一宿一宿地睡不着，眼睛一闭，满脑子都是杜富国被炸得血淋淋的样子，脖颈处汩汩地冒着血。张中君默默祈祷："富国，你可要坚持住，要好起来啊！"

眼下已过秋分，可天气丝毫没有见凉的意思。麻栗坡接连几场大雨都是旋下旋停。晴时，依旧焰腾腾一轮白日，晒得地皮起卷儿。裸露在外的浮土就像热锅里刚炒出的面，一踏上去就起白烟儿，灼得人心发紧。

能为杜富国做点什么？这是大家共同的心事。得知队里要派人去医院，把刘贵涛替换回来，大家都争着去。

张中君第一个找到教导员，恳切地说："杜富国是我最好的兄弟，他受伤的时候我没去，这次该让我去。"

副班长刘新未当仁不让，说："教导员，我跟杜富国相处的时间长，我了解他的生活习惯。"

"队长，我会照顾人……"

队长、教导员的门槛都快被踏破了。两人商量后，决定由战士们轮流陪护，每个人陪护三个月左右。这一次，就让副班长刘新未先去。

明天就要出发了，刘新未大大的行李箱里装得满满当当，其实他的物品只占了一个小角落，其中大多是战友们托他带给杜富国的东西。

带着大家的关心，刘新未踏上了去医院的路。

轻轻推开病房门，刘新未看到，刘贵涛正拿着毛巾一点一点擦拭杜富国的面颊。

"富国，我来接班了。全队的人都很想你。"刘新未欢快地说。

听到刘新未的声音，杜富国立马坐了起来："四眼儿，昨天就听说你要来！"杜富国伸出残臂，搭在刘新未肩膀上拍了好几下。

杜富国兴高采烈地问着扫雷队的近况，刘新未一边作答，一边观察着杜富国。他看到杜富国的脸上、脖子上，遍布厚厚的黑红色疤痕，眼睛蒙着纱布，人也瘦了整整一圈，心里不禁一阵酸楚。

"四眼儿，你怎么啦？"杜富国没听到刘新未接话，侧着脸问道。

"哦……没啥，我跟贵涛先交接一下。"刘新未掩饰着难过，和刘贵涛到一旁去交接陪护工作。

"洗脸毛巾一定要在温水里浸一浸再给他擦拭，动作一定要慢点轻点；他晚上会疼得睡不着，陪他多说会儿话，转移他的注意力；喂饭的时候慢一点……"刘贵涛事无巨细，生怕落下哪一个细节，让杜富国遭罪。

"这是我整理的陪护要点，等会儿你好好看看，可以对照着做。如果医生有别的交代，你也可以加上去。"说话间，刘贵涛递过来一本有点卷边的硬皮小本子。

"杜富国起床后，接水准备洗漱；吃早饭前提醒杜富国吃消炎药；护士过来输液前，扶杜富国上一趟厕所……"刘新未轻声念着笔记本上的文字，抬头看了看杜富国微微扬起的脸。

次日一早，刘新未先去食堂吃了早饭，又打了一份装进保温饭盒，拎回病房。

他站在病床边，叫了好几遍，可杜富国只是转了个身，一点儿没有起床的意思。

"平常心！平常心……"刘新未没想到自己陪护的第一天，杜富国就赖起了床，这可不符合军人的作息要求，也不利于杜富国的恢复。但转念一想，杜富国受了重伤，或许可以宽容一些？于是，他转身出了病房。

"不行！"刘新未停下了脚步。杜富国负伤后，不论是医护人员还是亲人战友，都心疼他，对他悉心呵护，没去严格管理他的生活，导致他现在作息随意，长此以往，肯定影响康复，也不利于保持良好的精神风貌。自己作为杜富国的好兄弟、好战友，不能继续纵容他。

他回到病房，走到床边，"呼"的一下把杜富国的被子掀开了。

"四眼儿，你干吗？"杜富国一惊，立即坐了起来。

你退后，让我来
"排雷英雄战士"杜富国奋斗实录

"吃饭了！"刘新未喊道。

"我不吃！不饿！"杜富国有些赌气，用脚把被子卷了过来，又要躺下。

刘新未不管杜富国愿不愿意，双手抓住他的肩膀，把他抱到床边，又给他套上衣服，把他扶到桌子旁。

"我还没洗漱呢！"

"不洗了，吃了早饭再洗！"刘新未很硬气。

杜富国心里不痛快，但拿这个哥们也没办法。

连续几天，刘新未都准点催起床，同时严格要求他的入睡时间。杜富国渐渐养成了规律的生活习惯。

这天，医生来查房时，杜富国已经穿戴齐整，坐在椅子上等候了。他开玩笑说："四眼儿，你比军营的军号和哨声还厉害呢。"一旁的医生、护士笑得前仰后合。

这些天，杜富国感到有点疲惫，不愿意去健身中心做康复锻炼。起初，刘新未担心他伤口出了问题，于是去询问医生。医生说，他一切正常，大概是情绪问题。

刘新未拉下了脸："锻炼，贵在坚持。有一天没一天的，能练好身体吗？"

杜富国一听四眼儿的语气，知道副班长不高兴了，只好换上衣服，跟他去了健身中心。

"跑步机设置三公里，尽量跑及格！"到了健身中心，刘新未的要求跟在扫雷队时一个样。

在刘新未的陪伴和督促下，杜富国的三公里跑步成绩，从最初的十八分三十八秒进步到十五分二十秒，最后冲进了十三分钟内。

"严是爱，宽是害。"刘新未觉得这句老话说得一点也没错。

可刘新未这个"钢铁直男",在处理家庭关系时,却问题百出。他屡屡受挫,甚至一度跟妻子闹得不可开交。多亏杜富国帮了大忙。

都说军人的爱情,一半是失联,一半是失眠。因为工作特殊、任务紧张,刘新未和妻子的沟通很少。有时候,妻子在工作上受了委屈,想跟丈夫说一说。可每次打电话过去,要么无人接听,要么无法接通。而在刘新未眼里,扫雷比什么都重要,再加上他性格直来直去的,总让妻子感觉自己被忽略了。

在陪护期间,看到杜富国对王静的呵护关爱,刘新未感触挺深的。杜富国离不开王静,王静也离不开杜富国。两个人只要分开一小会儿,杜富国的微信就响个不停。

王静吃了一碗米粉,就给杜富国发语音:"你今天吃了什么?我在外面吃了米粉,这家味道好,下次带你来吃。"

王静发来的图片,杜富国看不见,他问是什么样子的,刘新未看了看,答:"就是一碗米粉嘛。"

"不行,你得给我好好描述一下。王静挑得很,她说这家店味道好,就一定好。"

有一回,王静在老家买了四斤橘子,准备给杜富国寄两斤过去。

"叫嫂子别寄了,橘子不都一个味嘛,重庆又不是买不到。医院门口都有卖的,还大老远寄过来。"刘新未说。

"王静寄的,味道肯定不一样。"杜富国笑道。

刘新未有些发愣,他这才发现杜富国其实是个心思细腻的人,难怪王静这么喜欢他。

"四眼儿,我好久没听见你跟嫂子打电话了,没闹别扭吧?"杜富国感觉刘新未有点不对劲。

"没有!听谁说的?"刘新未板着脸。

"我看不见,但我有'第六感'啊。你这个人啊,就是太死板了,不了解女人。"

205

你退后，让我来
"排雷英雄战士"杜富国奋斗实录

"哈哈，你还教我谈恋爱？"刘新未笑道，"那你说说，我该怎么办？"

"多理解，多包容嘛。还有，你这个人爱计较，跟我计较也就罢了，跟老婆可不能计较。有句话说，女人错的也是对的，对的更是对的嘛。"杜富国一本正经。

刘新未没作声。当天晚上，他给妻子发了一条长长的、满含情意的微信，妻子很快回复了："最近降温，注意加衣暖身，你要是病了，我肯定睡不安稳……"

刘新未的监督严厉得很，有时杜富国恨不得他赶紧归队，换个人来。可刘新未真走了，他又想得不行，经常打电话回队里，问："四眼儿，在干啥？"

接替刘新未的是一个有趣又"温柔"的战友，名字叫熊鑫。

刚见面，熊鑫就给了杜富国一个熊抱，他操着一口地道的山城话说："哎，兄弟伙，看起来跟电视上不太一样哈，帅了不少哦。"

杜富国一下子被逗乐了："碰到你身上的肉，胖了不少啊，变成大熊了。"病房里顿时充满了欢声笑语。

熊鑫是个乐天派，他希望杜富国每天也能快快乐乐的。陪杜富国参加活动时，只要杜富国上台讲话，熊鑫都听得很认真，同时也很羡慕，他私下对杜富国说："下一次，也让我露露脸嘛！"

很快，熊鑫就有了一次"露脸"的机会。媒体记者来采访，杜富国特意让熊鑫回答记者提问。但当镜头转过来时，熊鑫瞬间脸红到了脖子根，他支支吾吾了好半天，也没说出像样的话，只好说："掐掉！掐掉！"逗得大家哈哈大笑。

杜富国看不见，所以特别怕身边没有声音。只要有机会，熊鑫就会请假带他去逛街。

一次，他们去了美食城，刚点好菜，熊鑫突然两手一摊："富国，对不住啊，我居然忘了带你的假肢！这可怎么办？"

"还能怎么办?要么你回去拿,要么你喂我。"杜富国没好气地说,"回去拿太远了,还是你喂吧!"

喂饭时,熊鑫摆出一副照顾小朋友的姿态:"来,富国,张嘴,啊……"又逗得杜富国哭笑不得。

回去时,走在马路边,熊鑫脑瓜一转,又有了主意。

"这里没有斑马线,我们得绕一段路。"然后,他就扶杜富国转身往回走。

杜富国连忙问:"熊鑫,你是不是把路带错了?"

"没有,没有!"走了好几圈,他们又回到了原点。

"富国,可以过马路了。"

杜富国哈哈一笑:"这不是又回到原点了吗?"

熊鑫头一仰:"你咋知道?"

"你尽管骗我吧!对面是所学校,起先走到这里,我就听到小孩子的声音了,现在绕了一圈,不,是绕了好几圈,又听到了小孩子的声音,你说是不是回到了原点?"杜富国一板一眼地说。

熊鑫见瞒不住了,就打趣道:"嘻!这不是让你多走走嘛!回到医院,你又要闷着,为你好嘛!"

学校的学生在排练节目,音响放着《夜空中最亮的星》"每当我找不到存在的意义,每当我迷失在黑夜里……"杜富国顿时来了兴趣,他也跟着唱了起来:"我宁愿所有痛苦都留在心里,也不愿忘记你的眼睛……"

他们伴着夕阳,一路哼唱。在守望相助的日子里,他们一次次用欢声笑语对抗着病魔的折磨,用永不妥协的斗志驱散了痛苦的阴霾。

三个月后,焦睿衢接过了熊鑫手中的接力棒,成了新的陪护战友。

焦睿衢是杜富国的遵义老乡,比杜富国多一年兵龄。在陪护期间,除了协助康复治疗,他还有一个重要任务,就是帮杜富国读书。

你退后，让我来
"排雷英雄战士"杜富国奋斗实录

杜富国喜欢读书，尤其是在就读贵州大学继续教育学院期间，哪怕当天打了疤痕修复针，疼得浑身难受，他也绝不推迟读书时间。

西南医院里有一座掩隐在绿植中的凉亭，这里草木葱茏，是杜富国的读书圣地。

他和焦睿衢常常肩靠肩挨坐在一起，一个读一个听。这天，焦睿衢手里捧着一本《习近平的七年知青岁月》，正念给杜富国听。

他一字一句，念得很慢，目光缓缓地在书页上滑动。杜富国全神贯注地听着，阳光照在他的脸上，映得他脸颊红润，他时而抿唇，时而皱眉，时而又笑出声，神情是那样的专注。

"停一停，把刚才那句话再念一遍。"焦睿衢又读了一遍，并掏出笔把这句话勾画出来。

……

"我是不是也应该做点什么？"从医院陪护回来后，恰逢部队自学考试报名，已经通过考试获得大专文凭的焦睿衢，又报考了专升本。

此后，不论多忙多累，焦睿衢都抽空学习，甚至在扫雷工作间隙，他也经常从兜里掏出小本看一会儿。

战友问他："怎么这趟回来像变了一个人？"焦睿衢说："富国这么难，都在用功学习，我们也应当努力啊！"

经过两年多的学习，焦睿衢通过了十三门本科课程的考试，拿到了本科毕业证书，并取得西南交通大学行政管理专业的学士学位。

接力棒交到了战士简云手里。

简云比杜富国晚两年入伍，他生性憨厚，不爱说话，但做事认真，人也细致。照顾杜富国的时间久了，只要对方一个细微的小动作，他就知道杜富国想要什么。

有段时间，杜富国密集地接到邀请和通知，要到各个地方参加宣讲活动。每到一个新地方，简云就会带着杜富国把房间走一遍。遇到楼梯，也会带着富国数一数，让他心里有底，避免踩空。

甚至，简云会蒙着眼睛，在房间里走一走，看哪里容易磕着碰着，好提醒杜富国。需要背记稿子时，简云会一遍又一遍不厌其烦地读给杜富国听，帮助他背记。

已经转业回家的老队长龙泉，挂念重伤的杜富国，也到医院陪护了一段时间。教导员陈登权听说手术后患者多吃石榴有利于康复，就买了许多石榴，再把它们一个个剥好，榨成石榴汁，用恒温瓶装好，开车送到医院去……

在无声的约定中，战友们一棒接一棒，和杜富国一起走过漫长且艰辛的康复之路，用时间书写着不离不弃的兄弟情谊。

二、父母永远在身边

凛冽的寒风吹过，散落在地的枯叶沙沙作响。

病房中，杜富国已经入睡。病房外，杜俊独自蹲在角落里发呆，怔怔地望着眼前的白墙。

他的面前，好似有一团迷雾，这一切好像是一场噩梦。这几天，他时常做梦。在梦中，富国还是小时候的样子，目光澄澈，身体健全……

思绪越飘越远，直到妻子打来电话才把杜俊的心唤了回来。他把烟头掐灭，拍了拍身上的烟灰，往病房里走去。

李合兰坐在病床旁，出神地望着儿子。杜富国负伤后，杜俊就很少见她笑了。她常常一言不发地守在床边，只有偶尔和儿子说话时，才强撑着挤出一丝笑容。

"睡着了？"杜俊蹑手蹑脚地来到床边，悄声问。

"嗯，刚睡不久，但睡得不太踏实。"

你退后，让我来
"排雷英雄战士"杜富国奋斗实录

"你去休息一下吧，我看着富国就行。"李合兰有高血压，杜俊担心她连续熬夜，身体受不了。

见妻子不愿离开，杜俊扯了扯她的袖子，将她拉到门外。李合兰扭过头，目光依旧黏在儿子身上。杜俊朝她挥了挥手，将门轻轻关上了，他利索地打开折叠床，和衣而睡。

"杜叔……杜叔……"半夜，刘贵涛发现杜俊紧皱眉头，脑袋左右晃动，以为他不舒服，就轻轻拍了拍杜俊的肩膀，把他叫醒了。

杜俊猛然惊醒，喊了一声："咋了？富国！"

"叔，富国没事，别紧张。"刘贵涛示意他小声点。

杜俊这是又做了噩梦，他梦到儿子在一团迷雾中越走越远，无论他怎么呼喊，儿子都不肯回头。

因为一直休息不好，杜俊的眼睛有些泛红，布满了鲜红的血丝，瘦削的脸上也长出了硬硬的胡楂，人显得很憔悴。

其实，父母心中的悲痛，杜富国都感受得到。有一回，他愧疚地对父母说："爸、妈，我是家里的老大，现在没了眼睛和手，将来你们老了，我没法孝敬你们……"

杜俊说："现在生活条件好了，再说你还有两个弟弟、一个妹妹，还担心我们老了没得吃、没得穿？"

李合兰抹着泪："儿子，你好好活着，就是对我们最好的孝敬。"

父母的豁达和深爱，让杜富国放下了一些心事。过了一段时间，杜富国对父亲说："爸，你告诉妈，我现在状态很好，以后的生活我会尽量自己来，战友也会陪护我，你们不用担心，回老家去吧！家里还有那么多事。"

杜俊想了想，说："行，家里的茶园该打理了，过两天我先回老家，你妈留下来陪你，好有个照应。"

杜俊和儿子话不多，更不擅长煽情。老家有活要做，老母亲也需要人照顾，他确实该回趟老家了。

可是，他舍不得儿子。这几天，陪护的战士扶着儿子出门散步，杜俊就默默地跟在后面，远远地看着。

但他不想让杜富国知道，就保持着不远不近的距离。杜富国向前，他就向前，杜富国停下来，他就静静地站在远处抽烟。

杜俊回了老家，李合兰则留在医院继续看护儿子。这是杜富国长大后，和母亲相处得最长的一段时间。

杜富国大大小小做了十多次手术，从来没有叫过一声疼，但母亲似乎能感受到他的痛苦。每次看到杜富国疼得冒冷汗，李合兰就流着泪劝他："儿子，痛就喊出来，不要硬撑……"

杜富国反而安慰妈妈："妈，只是一点点疼，我没事的。"

李合兰担心杜富国磕碰，尽量不让凸出的棱角露在外面。实在没法挪走时，她就放张凳子挡住，或者挂件衣服遮盖。有时，杜富国路过容易磕碰的地方，她就跑过去用自己的身体挡住，嘴里不停地念叨："飞飞，慢点，慢点。"

阳光透过纱窗投射到摆在病房里的一束康乃馨上。鲜花旁边，还有几个礼品袋。杜富国站在病床旁，侧着身问一旁的陪护战友马玺君："我妈来了没？你去门口打探一下？"

马玺君忙不迭地跑出，很快又跑了回来："来了，来了！我听到阿姨走路的声音了。"

"富国，你妈妈来了。"西南医院的罗杨干事牵着李合兰的手，走进了病房。

"妈，今天我们给你准备了礼物。"杜富国一边说着，一边转身接过马玺君递来的两个袋子，用残肢捧着送给妈妈。

李合兰一时摸不着头脑。对这位朴实的农家妇女来说，除了中国传统节日，对其他节日她都没什么概念。

今天是母亲节，杜富国想借这个机会，向妈妈表达心意，抚慰一下她焦虑的心。

"这是我给你买的一套衣服。"

"谢谢儿子……"杜富国用残臂递来礼物的样子，惹得李合兰既高兴又难过。

"这是佳佳送给你的花，卡片上还有佳佳对你说的话，她希望你每天都开开心心的。"杜富国张开双臂拥抱母亲，"妈，你不用担心，我们都会好好的。"

"好好的"这三个字简简单单，但杜富国知道，这是父母对儿女最深的期盼。

被儿子拥在怀里，李合兰顿时百感交集，泪水盈满眼眶。

"对了，富强让我跟你说，他买的三七过两天就到。他说你血压高，吃这个有帮助……"杜富国的声音有些哽咽。

他虽然看不见，但从母亲说话的声音和虚浮的脚步声中，能感觉到她的身体似乎更差了。从家属区到病房路程不长，但他总会听到母亲累得气喘吁吁。

"他还让你多运动，可以降血压……"杜富国越说越难过，李合兰抱着他，再也止不住眼泪。杜富国受伤后，她生怕自己的情绪影响儿子的治疗，总是偷偷地哭。

"富民说，你每天走路走得多，给你买了一双鞋。"

李合兰靠着儿子的肩头，不断地抽泣着……

几个月后，李合兰也回了湄潭老家。农家的生活，琐碎而平常。虽然没在儿子身边，但杜俊和李合兰每天都惦记着他。

清晨，东边的地平线上泛起一丝光亮，光明逐渐在昏暗的天幕上蔓延开来，新的一天开始了。

第九章 爱的力量使我坚强

李合兰背着竹篓,在一垄垄茶树间忙碌。她的双手上下翻飞,熟练地采摘片片春茶。为了加快进度,她最近会带午饭上山,中午匆匆扒几口,就继续干活。

黄昏时分,落日的余晖映红了山林,彩霞凝在峰顶,久久未熄。阳光透过暮霭,变得朦胧迷离,抬头望去,只觉得山静林清。

李合兰将饭盒和水杯放进背篓里,沿着小道回家,开始张罗晚饭。等杜俊从田里回来,村口的路灯已经亮了,天差不多全黑了。

"回来咯。"杜俊将摩托车脚撑往下一蹬,摘下头盔,挂在车头的后视镜上。

吃饭时,李合兰照例守在电视机前看天气预报,看到重庆要降温了,转头对杜俊说:"要倒春寒了,温度降得快,富国衣服够不够啊?"

"应该够,不够可以买的嘛,你打电话问一问。"杜俊想了想,又说,"莫给富国打,还是打给刘新未吧,让他帮忙看看,有没有厚衣服。"

除非有事,杜俊不太主动给儿子打电话,但每次李合兰打电话时,他都会在一旁竖起耳朵听。

"富国的厚衣服多着呢,医院里还有暖气,叔叔阿姨放心。"

"出去散步什么的,一定要把衣服穿够,莫着凉了……"

"哎呀,又不是小娃娃了,不要啰唆,人家也有自己的事情要做嘛。"杜俊边抽烟,边说道。

李合兰瞟了杜俊一眼,挂了电话。

"你看你,说要打电话的是你,说我啰唆的也是你。下次你想娃儿了,自己打电话去!"李合兰嘟囔着。

杜俊没有吱声,起身走到灶房,取下前不久刚熏好的腊肉:"到时候一起给富国他们带过去哇,新未他们上次来家里,说'好吃',这回多拿点过去。"

"哎,今天富民给我来电话了,说他刚谈了一个姑娘,是他们医院里的。"杜俊一边收拾碗筷,一边转头对李合兰说。

"富民也不小了，也该张罗自己的事情了，但不管是富民还是富强，找对象的事咱不能管太多，我只有一个条件，就是不能嫌弃咱们富国。"李合兰回应道。

"这些话你不说，三个娃儿也晓得。他们小时候，我们两个忙，富国一个人带着三个弟弟妹妹，富民他们都记在心头的，对哥哥的感情也深。"杜俊一边洗碗，一边对妻子说。

"我晓得嘛，只是我们两个老了，不能陪富国一辈子，他们四个就算成了家，也要互相帮助、互相照顾。"说到这里，李合兰的眼睛有些湿润。

"哎呀，你咋个又开始咯，不是说不要提这些事情的嘛。"杜俊见状，坐到李合兰旁边，递给她一张纸巾。

"咋个能不去想嘛，有时候做梦，我都梦见富国以前的样子。富国太要强了，啥子都不要我们帮忙，做了那么多次手术，一句痛都没跟我说过。想帮他做些啥子，娃儿都拒绝。"

一聊起儿子，李合兰的眼泪就止不住地流。

"所以我们才要坚强些嘛，我们要是天天难过伤心，他只会更难受。"

看着流泪的妻子，杜俊长长地叹了一口气，他想起了儿媳。作为杜富国的妻子，她承受的压力不比他们小，可她连个能依靠的人都没有。

三、最难的是妻子王静

"余生不用指教了，都听你指挥吧。"

"大家好，这是我的第二杯半价。"

……

热恋时的点点滴滴历历在目，新婚的甜蜜还没有远去，但一声爆炸响起，所有的幸福都被炸得支离破碎。

王静觉得自己仿佛跌入了深渊，心里装满了无法排解的痛苦。她瘫软在重症监护室外的座椅上,乱蓬蓬的头发淹没了眉额,整个人像丢了魂一样。

她的世界崩塌了。

王静与杜富国相识于一个叫"太阳城"的地方。

那是初春时节,黔北的清晨仿佛带着一丝潮湿的气味。休假在家的杜富国起了个大早,他打算去爬一爬东山,锻炼一下身体。

爬山途中,行人不多,幽幽天光下,杜富国可以听到自己踩在青砖上的脚步声。

行至山顶,镌刻着"太阳城"的石碑旁,有人正拿着手机拍照。为了不入镜,杜富国往石碑侧面走了两步,打算走到另一边,去俯瞰山下的风景。

他刚转到石碑后,就看见一个姑娘倚在栏杆上。姑娘穿着白底碎花裙,在微风的吹拂下,裙摆轻轻摇曳,她的发丝也随之轻扬。

杜富国的眼睛,仿佛变成了聚焦的镜头,无法从她身上挪开,这个女孩的身影与她背后的景色融为一体,如诗如画。

周边的游客来来往往,而杜富国浑然不觉,他的世界里仿佛只剩下自己和女孩两人了。

在他愣神之际,女孩转过了身,不小心与他对视了一眼。杜富国觉得自己的心跳得厉害,他甚至能感觉到胸腔的起伏。

见姑娘要走,有点腼腆的他,不知从哪里来的勇气,快步追了上去:"你好,能不能……帮我拍张照?"

姑娘轻轻一笑,大大方方地接过杜富国的手机。不知怎的,她突然低下头,再抬头时,两人的眼神都有些躲闪。

王静后来回忆起他们初遇时的情景:

"他高高的个子,宽宽的肩膀,挺拔的腰身,浓眉之下,衬着一双好看的大眼睛,充满了活力。"

"我好像在哪里见过他,但一时又想不起来。"

"不知道怎么回事,心里有些慌。"

……

拍完照片,两人留了联系方式,爱情的种子从此萌芽。

"王静你好,很抱歉,现在才联系你,昨天我手机突然坏了,开不了机,现在才修好。"

看到杜富国发来的消息,王静的内心小鹿乱撞,她回复:"没关系,昨天我给你拍的照片,能传我一张吗?"

王静收到照片,没事总喜欢翻出来看一看。如今,她的手机里依然保存着这张照片。每次看到,想起与杜富国初见的情景,她的内心都充满了甜蜜。

不到一个月的假期很快过去了,归队当天,杜富国想见一见王静,便问她:"能不能送我一下?"

其实,杜富国是想借这个机会,探一探王静的心意。

临近登车了,杜富国在火车站东张西望,却迟迟不见王静的身影,心里很是失落。

此时的王静,因为堵车耽误了时间,她下车后急匆匆地往车站跑,几乎是卡着点跑进了候车大厅。

杜富国一下就看见了奔跑的王静,他焦急的双眸里瞬间迸发出了光彩。他把行李撂在地上,大步迎了上去。

王静的脸上渗出细细的汗珠,仿佛红彤彤、沾满露珠的苹果。杜富国又心疼又心动,抬起手给王静擦了擦汗。

"王静,我喜欢你,我们在一起吧。"杜富国注视着王静的眼睛,心跳不自觉地漏了几拍。

王静有些意外,她的脸一下红到了耳根。她强作镇定,低头看着自己的脚尖,轻轻地点了点头。

工作人员在催促检票了,两人依依不舍地告别。王静摘下右手的粉色橡皮圈,戴在了杜富国的手上。

列车穿过山洞,在群山之间绕行,路基两旁的树木渐次向后掠去。远处的山头上,笼罩着淡淡的白雾。杜富国心里不仅装着浓浓的乡愁,如今还多了甜蜜而温暖的思恋。

这趟列车将两人的距离拉长了近一千公里。但即便远隔万水千山,两人的心也紧紧相连,每天都有说不完的话。

2017年8月,杜富国和王静在老家举行了婚礼。新婚后,两人如同坠入了蜜罐,如胶似漆。在外人看来有些内敛的杜富国,在妻子面前却像是另一个人——温柔、体贴又幽默。

婚后第一个春节,杜富国因为执行任务,没能回家过年。王静向单位请了年假,独自去扫雷队探亲。她想跟杜富国一起过年,也想看看丈夫所在的扫雷队。

为了不让杜富国分心,也想给杜富国一个惊喜,王静没有告诉他,就悄悄按照早已查好的路线,来到了文山州普者黑站。下车时刚好是中午,正值太阳最毒辣的时候。王静辗转换乘大巴车、出租车,一路走,一路问,下午五点终于到达扫雷四队所在的临时营区。

这一天是张中君在值班,他看到岗哨外面有个姑娘在张望。这个姑娘看着有点眼熟,仔细一瞧,竟然是王静,他赶忙上去招呼:"嫂子,怎么是你?你咋来啦?"

"你……你是中君吧。"

"对啊,我是张中君,你跟富国结婚的时候我是伴郎。"

"不好意思,我刚才给富国打电话,没打通。"

张中君抬腕看了看时间:"富国去扫雷了,还没回来。没听他说嫂子要来呀。"

"我没跟他说,自己找来了。"

张中君接过王静手中的行李,带她到营区旁边的招待所办理入住手续。

办好手续,张中君热情地带王静回到营区,等杜富国回来。

部队归来时,天已经黑了。昏黄的灯光下,全是身穿迷彩服的扫雷兵,王静瞪大了眼睛,一时没有认出丈夫。

不知是谁,帮王静喊了一声:"杜富国!"

"到!"杜富国正在卸装具,听见有人喊,循着声音望了过来,看到熟悉的身影,他一时不敢相信自己的眼睛。愣了几秒钟后,他朝王静跑了过来。

日思夜想的妻子突然出现在眼前,杜富国觉得自己像是在做梦。他想给王静一个拥抱,但周围人多,也担心自己满身的灰尘弄脏了妻子的衣服。

"你……你咋来了?"杜富国的声音在颤抖。

"想你了啊,来陪你过年。"看着满身泥土和汗水的丈夫,王静心疼不已。

这一年的除夕夜,年轻的夫妻依偎在一起。夜空中绽放着一朵朵绚丽的烟花,映亮了高处的天空。

王静靠在丈夫的肩头眺望远处的灯火,眼前这和谐宁静的生活,是丈夫和他的战友们用青春和热血绘就的啊!王静心想,身旁的这个男人就是自己这辈子最坚实的依靠。

时光无法倒流,失去的不会再来。王静知道,如今自己才是丈夫的依靠。

杜富国受伤后,王静最大的心愿就是帮他寻求恢复视力的方法。没了双手可以安装假肢,但没了眼睛会成为生活最大的阻碍。

王静不止一次地去找医生,询问丈夫的眼睛是否有治愈的可能。然而,希望一次次化为泡影。以人类目前的医疗水平,根本无法让一位失去眼球的病人恢复视觉。

每当夜深人静时，王静的苦闷就会喷涌而出，她仿佛被一座无形的大山紧紧压住。突如其来的变故，毁掉了她的生活。她成了英雄的妻子，但其实也只是一个二十岁出头的女孩。

她不止一次地问自己，我该怎么办？

她一次又一次地被噩梦惊醒，世俗的压力、未来的迷茫、人们的目光，这一切都令她感到痛苦和窒息。

在很长一段时间里，王静都穿着一件米黄色的外套。黄色是温暖的颜色，在色彩心理学中代表着积极的心理暗示。她把自己裹进米黄色的外套，也裹住了自己那颗极度疲惫、千疮百孔的心。

后来，央视《时代楷模发布厅》栏目总监特意从北京大学请来了心理专家，对他们夫妻进行了心理疏导和心理干预。在心理专家与她闭门交流时，王静的情绪像高高堆起的积木，一推便倒了。她无法自已地号啕大哭，仿佛抓住了泄洪的缺口，哭声痛彻心扉，让屋外的人也不禁落泪。

他们夫妻过去有多么相爱，此时就有多么痛苦。王静想守着杜富国，却不知该如何守下去。痛了、累了，她只能躲在角落里用回忆来缝补破碎的心，没人能真的理解她的痛苦。

与心理专家聊过之后，王静的情绪渐渐平息下来。她明白自己的心，只要丈夫还活着，就比什么都强。虽然再也回不到过去，但可以以新的方式相濡以沫。

接受现实，接受不完美的人生，就是对内心最好的疗愈。

王静来到杜富国负伤的地方——坝子雷场。她没让陪同上山的干部继续陪着，而是一个人静静地注视着爆炸留下的弹坑和扫雷过后的焦土。

王静觉得胸口很闷，眼前的一切好像飘了起来，天空中不知是浮尘还是别的杂质，潮湿的空气里弥漫着淡淡的硝烟味，天空灰蒙蒙的，无端地让人觉得压抑。

这一次，她没有流泪。从雷场回来后，她更加坚定了自己的心："富国是为国为民负的伤，不管今后多苦多难，我都要陪他走下去。"

盛夏的中共广西区委党校，空气中弥漫着若有若无的花香，绿道两侧的香樟树枝繁叶茂，将丝丝缕缕的阳光切成碎片。一阵微风吹来，树叶哗哗作响，仿佛在欢迎远道而来的英雄。

杜富国应邀跟党校学员分享了自己浴火重生的励志故事。课间休息时，王静挽着杜富国的手，漫步在绿荫之下。

"富国，前面有好大一片月季，开得很艳。"远远地，王静看见一大片盛放的花，粉粉嫩嫩，在细风的吹拂下摇摆着，好像在同路人招手。

"真香呀。"走到月季花旁，王静俯身嗅了嗅，清雅的淡香盈满鼻腔。

王静拉着杜富国的胳膊，缓缓蹲下。她担心月季上的刺扎到杜富国的脸，就用左手挡在前面，右手轻轻将花枝侧弯向杜富国，杜富国深吸了一口气，仔细感受着花朵的清香。

一路上，王静手舞足蹈地将自己看到的景象讲给杜富国听，有时还拉着杜富国的手去摸一摸。看到叫不出名字的植物，也会耐心地跟杜富国描述一番。

路旁有一个小池塘，里面有两只黑天鹅，前一天杜富国就说想要喂一喂。早上出门前，王静便在兜里放了一包玉米粒。

走到池塘边，王静把玉米粒放在杜富国的残臂上，然后扶着杜富国把饲料撒进池塘里："你撒的玉米粒，这两只黑天鹅一下就吃光了，看来它们很喜欢。"杜富国听了笑得开心。

"王静，我们下午去游乐园吧。"回去的路上，杜杜富国突然对王静说。

王静望向丈夫，一脸诧异："好啊！"

下午,闹钟一响,杜富国就兴冲冲地拉着王静收拾东西。

一进游乐园,欢快的气息扑面而来,尖叫声、欢呼声、笑闹声纷纷涌进耳朵里,两人都很高兴。

"富国,那边有个大摆锤,比我们之前坐过的还要大。"

"那个过山车看着就刺激……"

王静挽着他的手,蹦蹦跳跳地,杜富国的脸上挂着笑容,认真地听着妻子的描述,还不时地问王静旁边都有什么。

游乐园有一个裸眼 3D 的游乐项目,通过立体动画展现各地美景。杜富国听到旁边的游客说:"来这里不体验这个项目,就白来啦。"

他便拉着王静排队。轮到他们时,王静把杜富国扶到椅子上,帮他系好了安全带。杜富国看不到,但他能听到旁边传来的阵阵惊呼声:"哇,好漂亮!""原来江州夜景这么美!"

杜富国感觉椅子摇来晃去,又听见身旁妻子的笑声,于是也跟着高兴起来。出了游乐场,王静意犹未尽,开心地跟丈夫说个不停,杜富国心里也美滋滋的。

"走,一起吃个甜筒。"王静很久没有这么快活了。

八月的青岛,热情而奔放。这是杜富国负伤后,第一次到外地疗养。组织上特批,他可以带上妻子王静。

金沙滩水清滩平、沙细如粉,太阳懒洋洋地挂在天上。沙滩上躺着多如繁星的漂亮贝壳,随处可见卷起裤脚、弯腰捡拾贝壳的游人。

杜富国也在其中,他戴着墨镜,俯下身子,用残臂在沙子里摸索,有时候他嫌探得不够深,便直起身来用脚去踩,他脚下的沙滩里藏了许多贝壳,有的裸露在外,有的半掩在沙子里。

摸到一个海螺,他又用脚仔细地触摸确认,确定无疑了,便大声喊:"王静,王静,这里有一个海螺,帮我捡起来看看。"

王静捡起海螺,说"很好看",杜富国便用残臂拍拍王静的肩膀:

"送给你。"

杜富国也有失误的时候，他捧着一堆石头，信誓旦旦地跟王静说"这些贝壳好看"，王静忍不住笑出声来："你怎么知道这些好看？"

"我就是感觉好看。"杜富国仰着头，像是捧着珍宝，一脸期待地看着妻子。

王静好笑又心酸，装模作样地从石头堆里抓了一把："嗯，确实好看。"

杜富国低下头继续在沙滩上摸索。阳光照在他身上，把他的影子拉得很长，王静站在一旁，两个人的影子被日光叠在一起。

"王静，来看看。"没多时，杜富国又大声叫起来。王静走过去一看，沙滩上有一行歪歪扭扭的字，像是小孩随手的涂鸦。

"能看出来是什么字吗？"杜富国满怀期待地问。

"必须能看出来，是'平安喜乐，未来可期'嘛。"

得到肯定后，杜富国又一笔一画写了"向海图强"四个字。

回去的路上，杜富国对王静说："我今天写字的时候才发现，有好多字都快忘记怎么写了，连写'喜'字都想了半天，这个字我到底写得对不对？"

王静默默地听着，挽着杜富国的手又紧了一些："没关系，有我在，忘记的字，我帮你回忆。"

杜富国好像感觉到了妻子的情绪忽然变得低落，他说："我什么都能忘，就是不能忘记你的模样，你在我心里永远是好看的。"

王静看着杜富国认真的神情，扑哧一笑："那我不用担心自己变老了，反正在你心里我永远都是年轻的样子。"

杜富国认真地点了点头。

疗养归来，他们重返西南医院。在病房里，杜富国摸索着走到沙发旁，坐下后熟练地打开平板电脑。

对杜富国来说，没有光亮，没有声音，没有人，世界就会陷入无边无际的黑暗。平板电脑是他与外界接触和联络的重要工具。

"滑动解锁""微信""联系人""家人杜富佳""战友张波"……杜富国的平板电脑设置了视觉障碍模式，通过语音提示，他能够简单地操作平板电脑。

"王静，你还记不记得我受伤后，第一个微信电话打给谁了？"

"记得啊，不就是我嘛？你高兴得不得了，说自己学会打电话了，要打给我试一试，让我去隔壁房间跟你通话。"

王静给杜富国挑了一些歌曲，专门建了个收藏夹。因为爆炸，杜富国的听力也有所下降，调好音量后，她让杜富国坐在沙发上听歌，自己就去别的房间做家务了。中间担心杜富国找自己，她总会时不时过来看一眼。

"王静，你今天有没有买毛豆？我可以帮你剥。"

"没事，我三下五除二就弄完了。"

"拿来试试嘛，我可以一边听歌一边剥。"

王静走到厨房，把毛豆倒进篓子里，放在杜富国腿上。杜富国用两只胳膊夹起一个毛豆，使劲一挤豆粒就会掉进竹篓里。杜富国剥得很慢，但王静很满意。

"富国，该上网课了。"王静从厨房里探出头，对着杜富国喊道。因为音乐音太大，杜富国没有听到，王静放下木勺，从厨房快步走了过来。

在陪护战友的帮助下，杜富国用平板电脑给贵州大学的易丹妮老师打去了视频电话，开始了今天的学习。

饭菜做好了，杜富国的网课刚好结束。

杜富国摸索着走到餐桌旁。王静从包里拿出假肢，为他穿戴好。起初杜富国掌控不好力度，用假肢吃饭时经常把菜汤溅到身上，有时候碗还会滑走。王静总是悄悄地把碗推回原位，有时还会伸出一只手帮杜富国扶碗。

吃完饭，王静细心地帮杜富国擦净手上、嘴角的油渍。由于假肢比较重，杜富国的手肘会被勒出一道道痕迹，脱下假肢后，王静免不了要帮他揉一揉。

时间久了，两人变得更加默契，只需要一个小小的动作，他们就知道对方想做什么。走在路上，遇到台阶，王静扶着杜富国的手轻轻一抬，杜富国就知道要抬步子了。杜富国用手肘蹭一下墨镜，或者抽一抽鼻子，王静就知道他的眼眶痒了，会拿出随身携带的棉签给他擦一擦。

晚饭过后，王静又带着杜富国去外面散步。来来往往的人群中，没人注意到这就是扫雷英雄杜富国。王静挽着杜富国的半截残臂，迎着风雨，相伴而行，风雨终归会停，这条路他们会携手走下去。

2023年1月27日，杜富国和王静喜得一子。为了迎接新生命的到来，杜富国忙前忙后，瘦了整整十斤。虽然身体有残缺，但杜富国下定决心，要做一个好丈夫、当一个好爸爸，成为妻子的依靠，成为孩子的榜样。

第十章

追梦的脚步不停歇

虽然我没了双手,但我还有双腿,我可以继续为梦想奔跑;虽然失去了光明,但只要心中升起太阳,我的世界依然五彩缤纷。

一、"南陆一号"播音员

杜富国一边听收音机,一边起床收拾。收音机是那种老式的灰色盒子,头上伸出一根长长的天线,不小心碰到天线,收音机就发出"吱啦吱啦"的噪音,那是录制完《感动中国》后,中央电视台著名主持人敬一丹特意送给他的。

洗漱后回到卧室,收音机里仍播着早间新闻,太阳升得更高了,把整间卧室照得透亮,但杜富国的眼前仍旧是一片漆黑。

"小度、小度,打开喜马拉雅。"杜富国摸索着将收音机关闭,走到沙发前,用语音提示打开平板电脑上的听书软件。

"钢是在烈火里燃烧的,高度冷却中炼成的,因此它很坚固……"杜富国看不见,语音成了他接受外界信息的重要方式。

身体好转后,富国一有空闲就会拿着平板电脑听书,主播的声音总是能吸引他,带他进入另一个世界。听到故事的高潮之处,他常常情不自禁地跟着读出声来。

"王静,你说以后我能不能去学学播音,好给大家讲一讲扫雷战士的辛苦。"杜富国对着正在卫生间的王静说。

王静将嘴里的牙膏沫吐掉,扭过头对杜富国说:"当然可以啊,不过你那一口'贵普'怕是有点难哟。"

"这个没得事嘛,只要多练习肯定可以的,就像当初学扫雷,我也是从零开始的。"杜富国嘴唇上挑,盛满了自信。这句话是说给王静听的,也是说给自己听的。

其实杜富国的这个想法已经酝酿很久了,康复训练之初,他就私下和战友说过:"我虽然没了手和眼,耳朵也受了伤,但我还有嘴。如果可以,我想做一名播音员,把扫雷队的故事讲给更多的人听,让更多的人了解扫雷战士。"

2018年12月3日,杜富国迎来了二十七岁生日。

"祝你生日快乐,祝你生日快乐……"

病房内,杜富国眼睛蒙着纱布,头戴一顶金灿灿的生日帽,在家人、战友和医护人员的歌声中,他闭上双眼,将残肢合在一起,许下了负伤后的第一个生日愿望:

"如果可以,我想做一名播音员……"

杜富国的这一特殊愿望,经媒体报道后,引起云南广播电视台主持人李丹的注意。李丹没有当过兵,却对军队、对军人有着深厚的情感。

她从业十多年来,用笔触、声音和镜头,展现人民子弟兵和退役军人的好模样,致力于凝聚拥军正能量。在演训一线、国门边关、岗哨战位、扫雷现地,她用"最近的距离报道最可爱的人",宣扬军人的忠诚与崇高、牺牲与奉献,被评为"云南省三八红旗手",被部队官兵誉为"传播拥军强音的新闻战士"。

作为节目主持人,李丹参加了杜富国的典型宣传工作。台里领导在研究部署这一重大典型宣传项目时,特别强调:在中越边境扫雷行动中涌现出的扫雷兵英雄群体,既是人民军队的光荣,也是云南红土地的光荣,一定要宣传好、服务好扫雷英雄。

她当即向领导申请,并与部队联系,自告奋勇举荐自己担任杜富国的播音老师,得到军地的大力支持。

杜富国从未学过播音，应当怎么教他？李丹思考之后，决定先跟杜富国沟通，再制订训练课程。她带着教学书本和录音带，风尘仆仆地来到解放军第926医院。

得知播音老师来了，杜富国十分高兴，急忙站起来迎接："李丹老师好，谢谢您来教我。"

"富国，你是不是以前就喜欢播音呀？"

"不是的，我文化基础薄弱，贵州口音也重，没有播音天赋，过去没想过要当播音员。想学播音，是因为我现在没了眼睛，也没了双手，只能说话了，只能通过声音继续为部队、为社会做一点有意义的事儿。"

听了杜富国的话，李丹心疼又敬佩。面对伤痛，杜富国明知道无法重回雷场战位了，还想着用声音传播能量。

她说："富国，我们先来体验一下当播音员的感觉，好吗？"

杜富国很高兴："好啊。"

接下来，李丹耐心地教了杜富国播音常识和发音技巧。杜富国虽然听得很认真，但发音很吃力。在爆炸中，他的肺部和声带也受到一些损伤。

在李丹的领读下，杜富国跟她一起录制了《老人与海》的节选。

"人，并不是生来就要被打败的。你可以消灭他，可就是打不败他。"

李丹问："富国，这句话你能做到吗？"

"我能！"杜富国铿锵有力地回答。

看到这一幕，在场的人不禁为杜富国找到新的人生价值而高兴。

第一次播音课结束，李丹将自己精心准备的有声读物和播音教材送给了杜富国。接下来，李丹主要通过视频和语音给杜富国上课，许多播音练习需要杜富国自行完成。

"四是四，十是十，十四是十四，四十是四十……"杜富国是土生土长的贵州人，经常前后鼻音不分，有时候回听录音，他也会被自己逗笑。

为练好普通话，杜富国争分夺秒地练习，卫生间内、走廊尽头，甚至在做康复训练的时候,他嘴里都念念有词。只要王静有时间,杜富国就让她给自己朗读文章,然后默默背记,再录下自己的发音。他反复模仿、反复对比,最多的时候,战友一天帮他录了四十多条语音。

一遍又一遍,一次又一次,杜富国的吐字逐渐清晰起来,感情也愈加充沛。

2020年初,南部战区陆军机关专门为杜富国购置了一套播音设备,协助杜富国进行系列播音节目策划,并在"南陆一号"微信公众号上开设了《杜富国陪你读好书》专题栏目。

杜富国看不见,播音时不能自己读稿,录制第一个音频作品时,战友张鹏读一句,杜富国再跟着读一句。他觉得别扭,对张鹏说:"我得想想办法,不能这么依赖你啊!再说,这样一句一句跟读,语气不连贯,也给人家剪辑增加了很多麻烦,会影响效果。"

不让别人领读,就得自己整篇背下来。一千多字的稿子,杜富国需要背记两三天。在背记的过程中,他一边理解语意,一边调整语气,一段一段地磨合,自己觉得顺畅了,再背给王静听。

两周后,在张鹏的协助下,杜富国走进了陆军军医大学的演播室,坐到了录音台前,戴上了耳麦。

他有些紧张。为了完成此次播音,他前前后后花了十多天的时间,稿子不知读了多少遍。

"富国,准备好了吗?"负责音频录制的工作人员在演播室外问。

"嗯,可以了!"杜富国深吸一口气。

"预备,三、二、一,开始!"

"听众朋友们,晚上好!这里是'南陆一号',我是今晚的主播杜富国。我会用我的声音和故事,和大家一起分享感动……

"世界上只有一种英雄主义,那就是认识到生活的真相后,依旧热爱生活。这句话深深烙印在我的脑海里,用于勉励自己。曾经,有人问我,假如时光倒流,你会如何选择,而我回答道,如果再有一次机会,我还

会选择雷场，还会说出那句：'你退后，让我来！'

"说实话，刚苏醒的那段时间，我总是疼得冒汗、烦躁不安。但是生活像海洋，有风平浪静，也有波涛汹涌，对于咱们军人来说，可能更多的时候面对的是波涛汹涌，所以军人要有更强的意志力去面对所遇到的困难，即便摔倒，也能自己爬起来走出困境……"

首期节目，杜富国以《我只是做了军人应该做的事》为题，深情讲述自己从参军到扫雷、从负伤到康复的过程，用无悔的选择诠释了"四有"新时代革命军人的精神担当，迅速收获许多铁杆粉丝，评论区很是热闹：

"没有天生的英雄，只有挺身而出的凡人。"

"在祖国和人民需要的时候，'你退后，让我来'，字字千钧，振聋发聩，这就是英雄！"

"虽然身体受到严重创伤，但是你仍然能保持乐观积极的心态，用行动和语言向大家传递正能量！祖国和人民不会忘记你……"

"富国，这是你的第一条播音。"张鹏将剪辑好的音频发给了他。

"这是我的声音吗？感觉不太像啊，还挺像个'专业'播音员的。"听着语音，杜富国有点不敢相信。

贵阳市的一栋居民楼内，刘芳正倚坐在阳台边的竹椅上，她脸部轮廓硬朗，皮肤很白，两侧的颧骨上撒着星星点点的雀斑。刘芳的鼻子不算挺，从侧面看，鼻尖有一个小小的钩。

"芳姨妈，你快听一听我的播音。"微信传来语音提醒，刘芳点开，听出了杜富国的兴奋与激动。

听着杜富国的声音，刘芳心里感慨万千，从第一次见面到现在，她和杜富国认识已经一年多了。

刘芳和杜富国相识于2019年5月，当时北京召开了第六次全国自强模范暨助残先进表彰大会，她是来自贵州的一名盲人女教师，杜富国是贵州走出来的一位英雄战士。两个人聊得很投机,刘芳经常教他如何与黑暗和平相处。杜富国亲切地喊她"芳姨妈",他说:"我从芳姨妈那里得到了很多想要的答案!"

虽然人们常说世界上没有真正的感同身受,但刘芳也经历过同样的至暗时刻,对杜富国的处境有着更为深刻的理解。她知道,从光明进入黑暗是一段漫长的旅途,而杜富国的黑暗之旅才刚刚开始。所以听到杜富国这么快就能用声音传递光明,她由衷地为他感到高兴。

从1992年开始,刘芳就开始夜盲,光线一暗就看不见东西。当时,她还在贵阳师范高等专科学校读书。

她明眸善睐、多才多艺,却患上了罕见的视网膜色素变性。得了这种病,患者的视力会逐渐下降,甚至完全失明。

她陷入了巨大的恐惧和绝望之中,她说,这病就像是一把剪刀顶在胸口,你越往前走,它扎得就越深。2007年,在三十六岁那年,她彻底失明了。

怜悯和同情都是肤浅的,她必须学会独自适应黑暗,适应陌生的世界。

"这就是生活呀,哪怕再难总要把生活过下去。"这是刘芳第一次和杜富国见面时,跟他说的话,是她在漫长的黑暗中领悟和摸索出来的。

倚靠在竹椅上的刘芳沉默不语,却面带微笑,没人知道此刻她在想些什么。

有一次,电视台来学校采访刘芳,需要一位同学配合。他们在班级里征集志愿者。一个高大的男孩举手:"我我我!"电视台的记者问:"你知道刘芳老师平时是怎么生活的吗?""知道,她就摸着墙走路呗,还成天跟我们嘻嘻哈哈。""难吗?""不难吧。""好,那你现在戴上眼罩,从办公室的这边走到那边,怎么样?""没问题。"

男孩戴上眼罩,世界瞬间熄了灯。黑暗降临的那一刻,他被恐惧淹没了。他自然地弓起了背，摸索着移动步子。走两步，就撞到了茶几，然后是沙发，再后面是办公桌和椅子。看得见的时候，这些只是家具摆设，看不见之后，它们都成了障碍物。终于走到终点了，摘下眼罩，高大的男孩抱着刘芳哭了。"刘老师，你太棒了。"男孩说，"我才知道，你的生活有多不容易。"可是，谁又能真正体会她的不容易呢？

杜富国又何尝不是如此？刘芳失明的过程是缓慢的，就像缓缓垂下的大幕，当黑暗真正来临的时候，刘芳反而释然了。而杜富国却在一瞬间失去了光明，犹如苍鹰坠海、骏马坠渊，巨大的落差本就难以接受，更何况他还失去了双手——现实如此残忍——他甚至曾打算永远离开。

但很快他重整旗鼓，他说："从光明走向黑暗的是我的眼睛，但从黑暗重新走向光明的是我的心灵！"

刘芳和杜富国一样，坚强而又克制。在父母亲人面前，他们都极力表现得轻松愉快，磕着、碰着、摔着、烫着，从来不说，小心翼翼地把那些淤青和伤疤遮盖起来，假装一切都在自己的掌握之中。

2010年，有人帮刘芳下载了一个盲人软件，只要打字进去，它就会立刻念出读音。刘芳将信将疑地在键盘上敲了一个"妈"字，立即听到一种带着金属质感的声音响起："妈妈的妈。"刘芳惊呆了，随后跳了起来，拍着桌子板凳大喊大叫："我会打字了！"那一刻，刘芳就像一个在隧洞中被困了很久的人，经过漫长的跋涉，终于看到了出口的光亮。

而播音也给杜富国打开了一扇窗，正如他所说："在录制的过程中，我感到了快乐。我知道自己还有很大的上升空间，我还要努力学习，将更多更好的故事通过我的声音传递给大家。"

刘芳放下手机，擦了擦眼角的泪水。她觉得此时的阳光分外温暖，仿佛穿透皮肤传到了心脏。

"富国，你普通话进步了好多呀，我真为你感到高兴，希望你能一直坚持下去，做个能给大家带来正能量的'一号播音员'，我期待着你的更

你退后，让我来
"排雷英雄战士"杜富国奋斗实录

多喜讯。"她给富国回了一条微信语音。

杜富国的节目一期接着一期，他没想到的是，为纪念抗美援朝战争胜利七十周年，中央广播电视台中国之声《国防时空》节目，专门推出了六集《英雄杜富国讲述英雄故事》。杜富国应邀来到中国人民解放军新闻传播中心，作为当日的主播，他满含深情地朗读了刘芳写给他的一首诗，名为《只想写给你》：

> 你说
> 到了部队只长高了三厘米
> 可你知道吗
> 在父母的眼里，你可以顶天立地
> 你说
> 从未抱怨炊事班面食的单一
> 可你知道吗
> 战友觉得你足够高大壮实
> 你说
> 得到的都没有装进眼里
> 得不到的却在心里默默惦记
> 看见的都成了回忆
> 看不见的却随风而去
>
> 原本目送你渐行渐远的父母
> 如今离你却是最近
> 甜蜜的爱情触手可及
> 永远的相偎相依才是真情
> 你问我人生低谷时如何面对
> 我说你可以流泪哭泣

你说如果没有眼泪如何难过伤心
那就想想曾经的落日余晖、芳草萋萋

曾经的梦想
在黑夜来临时逐渐清晰
你奔跑的脚步
让无数人肃然起敬
没有谁比谁更悲催
只有谁比谁更敢于接受命运
远去的雷声亦如昨昔
你爽朗的笑声送它们远去
晴朗的不仅仅是天地
还有你自己

二、我有一个大学梦

盛夏，贵阳市一片生机盎然，漫步在贵州大学校园里，木樨的新叶在风中摇曳，张扬着枝丫。葳蕤的杨树叶紧紧相拥，呼吸间微风送来阵阵清香，吹皱了平静的湖面，致诚北路的标识牌在枝叶中若隐若现，与洋溢着青春活力的大学生相映成趣。

会议室内，一场专题会议正在举行，主题是研究成立一个教学团队，帮助"排雷英雄"杜富国完成他的大学梦。

时间回溯到一天前，杜富国应邀到贵州大学给大一新生作报告，会上杜富国表露了自己的两个梦想：一个是当兵，一个是上大学。这一发言引起当时的贵州大学校长郑强的关注。经过考虑，郑强将这个任务交

你退后，让我来
"排雷英雄战士"杜富国奋斗实录

给了继续教育学院的院长任康民。

"团队负责人必须要有丰富的教学经验，并且要有足够的爱心和耐心，大家有没有推荐的人选？"继续教育学院的会议室内，任康民院长率先发言。

大家面面相觑，贵州大学优秀的教师很多，但谁的教学经验和教学方式更适合杜富国的实际情况呢？

会议开了很久，始终拿不出个结果，任院长皱着眉头，手中的中性笔不停地在会议桌上敲击，他也在心里琢磨谁才是合适的人选。

"院长，我推荐王晓玲老师，王晓玲老师有三十余年的教龄，对待学生一直像是对待自己的孩子，并且王老师也有帮助伤残学生取得大学学历的经验。"听到此话，任院长皱着的眉头舒开了，但转而又皱了起来。

"王晓玲老师确实很适合，但是前不久她刚向我提交了退休材料，这项教学任务不是一时半会就能结束的，如果王老师接过这个任务，就得延迟退休啊。"任康民陷入了沉思。

贵阳市的一处小院内，王晓玲正一盒一盒地备注着父亲的每日用药量，时不时还探出头看看坐在园中藤椅上的母亲，她的母亲确诊阿尔茨海默病已经好几年了，还患有体位性高血压，如今头脑时而清晰时而混乱，糊涂的时候甚至连自己的名字都叫不出来。

见母亲将前不久园中刚种下的花苗尽数拔掉，王晓玲放下手中的签字笔，打算走过去。这时，手机铃声却突然响起。

"喂，院长好。"王晓玲拿起手机便往屋外走。

"王老师啊，现在学校计划组建一个教学团队，帮助杜富国完成他的大学梦，昨天我们在会上讨论，大家都觉得你很适合担任这个团队的负责人，但是这项教学任务大概要持续三年多，你接手的话退休肯定要延迟了。你看有没有意愿？"电话这头的任康民开门见山地说明了情况。

"您说的是那个在雷场受伤的年轻战士杜富国吗？"王晓玲一边给母

亲擦着手上的泥土，一边问道。

"对的，王老师。昨天你没在，他来学校作报告了。"

"这个我知道，我看朋友圈里好多老师都在发，但是这个事情我得认真考虑一下，我明天一早给您回复可以吗？"

当晚王晓玲几乎一夜未眠。杜富国的事迹她早就在新闻里看到过了，这孩子才二十多岁，他该怎么面对未来的生活呢？王晓玲觉得自己必须要为这个年轻的战士做些什么。

第二天一早，王晓玲便给院长发去消息，表明自己愿意参与此次教学任务。几天后，王晓玲带着教学团队的成员从贵州来到西南医院看望杜富国。虽然早有心理准备，但真的见到杜富国，直观的冲击还是让王晓玲备受震撼，一时竟不知该说些什么。她觉得心疼，眼前的这个孩子分明和自己的孩子一般大。

病床上的杜富国好似感受到了一般，主动大声喊道："老师好！"爽朗的声音一下子将安静的氛围打破了。王晓玲走上前去，给杜富国一个大大的拥抱，然后悄悄转过身去擦眼角的泪水。

"大熊，帮老师拿几张凳子嘛。"

"王静，给老师倒几杯水。"

"老师，你们坐嘛。"杜富国的乐观开朗让老师们感到意外。

"老师，你们一路过来，辛苦了吧。"

"不辛苦，富国。我叫王晓玲，以后就是你的老师了。"

"王老师好！"富国一下子站了起来，朝着正前方，向王晓玲问好。王静轻轻将杜富国转向王老师的方向。

"哈哈哈，不好意思，方向搞错咯。"杜富国的一句玩笑话把大家都逗笑了。

在多方的努力下，杜富国正式成为贵州大学成人高等教育行政管理专业的一名在读学生。

你退后，让我来
"排雷英雄战士"杜富国奋斗实录

　　杜富国的第一堂课，被安排在探望后的第二周。那天，他起了个大早，洗漱后便拉着熊鑫收拾接待室，课桌怎么摆放，给老师准备什么水果，杜富国想得面面俱到。

　　第一次上课，杜富国显然有些紧张。授课时间一共两个小时，他一直全神贯注地听着，想要记住老师说过的每一个知识点。豆大的汗珠不停地从杜富国的额头滴落，一旁帮他记笔记的熊鑫，还时不时得给他擦擦汗。

　　"富国，如果我的授课节奏太快，你可以提出来。"谢萍老师见杜富国满头大汗，不禁怀疑自己授课的节奏太快，于是体贴地将节奏放缓，遇到专业的名词她还会反复解释几遍。

　　后来谢老师才知道，杜富国的伤口在愈合过程中会出现瘙痒，身体很不舒服，他才会满头大汗。但为了不影响上课进度，杜富国从来都不说。

　　学习的过程是输出和输入的过程，但杜富国失去了双手双眼，相当于输出输入的两个重要通道都被关闭了。对他来说，学习无疑是困难的。

　　"大熊，你把今天的学习笔记再给我念念呗。"吃过晚饭，杜富国拉着熊鑫不放。这时，熊鑫收到一条微信消息，是谢萍老师发来的。

　　"熊鑫，今天的课我都录了音，等一下我发给你，空闲的时候你可以给富国放一放，加深他的记忆，富国有什么学习上的困难，也及时和我们沟通交流。"

　　那天晚上，杜富国将授课音频反反复复听了好几遍，直到深夜才沉沉睡去。

　　每天清晨，病房里总会传出杜富国大声朗读的声音。他看不见，只能用听力来弥补，他没有双手，课堂重点也只能让战友帮忙记录，三年时间，课堂笔记整整记了三大本。

　　一遍又一遍地听录音，一遍又一遍地大声诵读，从一开始的记不住，到最后能够复盘90%以上的内容，其中付出的艰辛只有杜富国自己最清楚。

杜富国的伤口需要不定期进行植皮手术。"哎，等一下。"进手术室之前，他特意嘱咐陪护战友熊鑫，"大熊，我明天还有一堂课，如果老师打电话来问，就说可以正常上课，不要打乱了老师的教学计划。"

给杜富国上课的老师都是各专业的骨干教师，在校内都有正常的课程安排，他们基本都是利用排课的空当或休息时间，来给杜富国上课的，通常早上赶来，当晚就匆匆返回。

这天一早，王老师把家中的一切都安排妥当后，便匆匆赶往火车站，她背着一个电脑包，手里的袋子装着馒头等干粮，以便在动车上解决午餐。谢萍老师则直接从出差城市毕节赶往重庆。

谁知越急越容易出问题，王老师大步冲向安检口，但身份证却怎么都刷不进去，检票机不停地报错，进不了站，王老师着急地询问安检人员。

"阿姨啊，你这张车票出发站是贵阳南站，这里是贵阳站，肯定通不过啊。"

"哎哟喂，这可怎么弄？"王老师急得在原地跺脚。

顾不得多想，王老师冲出车站，随便找了一辆出租车："能不能九点前到贵阳南站。"

司机抬手一看表："时间也太紧了吧，这可打不了包票。"

"我着急赶火车。"王晓玲说道。

司机咧嘴一笑，说道："行，给一百块，我给你送到。"

平时也就二十多块的路费，王晓玲没有计较，一屁股坐到车上。

车在马路上飞驰，坐在后座的王晓玲焦虑不安，时不时抬手看一看表。车上，司机得知王老师是去给"排雷英雄战士"杜富国上课，连声跟她道歉，并坚决不肯收车费，王老师一下车，他就一溜烟开走了。

王晓玲冲向检票口，见缝插针地在车站奔跑，完全无暇顾及自己的形象，她心里只有一个念头："无论如何必须赶上车，一定不能让富国失望。"踏进车厢没一会儿，动车便开走了。王晓玲扶着车辆连接处的扶手，大口大口喘着粗气，好一会儿才缓过劲来。

等到达重庆西站时，已经临近中午了，也许是舟车疲顿，也许是有些晕车，王晓玲并没有饥饿感，手里拎着的馒头也早已发硬。来不及吃午饭，她和谢萍老师会合后就匆匆赶往西南医院。

到了医院，两人又急忙往康复科跑，刚走进大厅，就被迎面过来的熊鑫拦下："老师，今天富国在整形科。"

两人没有多想，便跟着熊鑫往整形科走去。走进病房时，杜富国正仰面躺在病床上，两只手肘上都插着输液管，头部、身体缠满了纱布，一眼看去如同蝉蛹一般。

"富国，老师来了。"熊鑫走到富国跟前，弯下腰在杜富国的耳边说道。

"老师好。"也许是因为疼痛，也许是因为麻药，杜富国的声音显得有些虚弱，不像从前那般响亮。

见到杜富国这样，王晓玲愣在了原地。过了一会儿，她缓缓走到病床边，声音有些颤抖："富国，你怎么不跟我们说呢？我们可以改时间呀。"

杜富国笑了笑，说道："老师，没事的，我的耳朵不还露在外面嘛，不影响我听课。"

授课从下午一点持续到三点，整整两个小时，杜富国躺在病床上努力坚持。为了不影响课堂效果，两位老师极力控制着情绪。

走出病房后，两位老师都哭了。这是一位多么坚强的战士啊！在强烈的求知欲面前，剜肉剥皮的痛都被生生地忍了下来。

2020年新冠疫情席卷全国，杜富国的授课方式也由线下改为线上、线下相结合，跟老师们见面的次数也减少了。但教学团队的老师们已对杜富国有了深厚的感情，时常惦记他吃得好不好，睡得怎么样，学习有没有进步。

一次，王晓玲老师在办公室和谢萍老师聊起了杜富国，正说着非常想念他，就收到了杜富国发来的微信语音。

惦念和情谊是互相的。

"富国，我们给你买了一件新衣服，快试试合适不？"杜富国过生日了，老师们给他买了羽绒服。王老师把羽绒服披到杜富国肩上，他胳膊一伸，左右抖动两下，衣服就穿好了。

谢萍老师下意识地说了一句："这衣服好看，就是袖子有点长。"话一出口，谢老师就意识到不对，她和王老师对视了一眼，生怕这句话会戳到杜富国的痛点。没想到杜富国不以为意，憨笑着说："没事的，老师。我穿哪件衣服，袖子都有点长，谢谢老师的礼物。"谢老师瞬间感觉春暖花开，一股暖流涌上心头。但出了病房，想起富国空空的袖管，几个老师还是心酸不已。

相处两年多了，王老师感触颇深，她说："虽然在教授知识方面我们是富国的老师，但是在对待生活豁达乐观的态度上，他是我们的老师。"

"王静，王静，辣子鸡做好没得？"杜富国时不时扭头朝厨房的方向喊道。

知道老师今天会来，杜富国一大早就提醒王静准备做辣子鸡的食材，说是要让老师尝一尝家乡的好味道。

杜富国耸了耸鼻头："我咋个没闻到辣子鸡的味道？"王静把做好的辣子鸡端到他面前，他闻到了味道才安心。

吃饭的时候，杜富国一直不停地叫老师们夹菜，听见老师们夸赞今天的菜好吃，他笑得咧开了嘴。

老师们的辛苦付出，杜富国一直都记在心里，表达在无声的行动中。每逢节日，他都会用平板电脑给老师们发去祝福语音，细心记下老师们的生日，托战友提前给老师寄去生日礼物，而最直接的行动，是加倍努

你退后，让我来
"排雷英雄战士"杜富国奋斗实录

力学习，顺利毕业。

2022年7月4日，对于杜富国来说，是非常重要的一天。这天，他作为优秀毕业生代表在贵州大学毕业典礼上发言。终于，他圆了自己的大学梦。

王静用熨烫机为杜富国熨平了衣服，并在他左胸口袋上别上了贵州大学的校徽。

上场前，杜富国很紧张，时不时会问身边的王静，自己看起来怎么样。

"作为一名扫雷排爆战士，扫雷就是我的使命；作为一名学生，学习就是我一生的使命……"慷慨激昂的发言，说得学生们心潮澎湃。

老师们看着台上自信的杜富国，不禁热泪盈眶。他们最知道为了追逐自己的大学梦想，杜富国付出了多少别人难以想象的努力。

"老师，我好想摸一摸我的毕业证书啊。"毕业典礼结束后，杜富国对王晓玲说。

王老师把烫金的毕业证书放到富国面前，看着他用手臂一遍一遍来回抚摸。杜富国笑得开心，但王晓玲的心里五味杂陈。

在精神和身体的双重压力下，杜富国也有过气馁，也想过放弃，但老师的陪伴、家人战友的鼓励，给了他继续学习的动力。

对杜富国而言，大学时光不仅丰富了他的精神世界，还让他感受到了生活的温暖，虽然现在毕业了，但他永远是老师的牵挂。王晓玲老师说："我快退休了，但只要富国需要，我愿意一直教他。"王老师还对富国说，自己能做的也不多，以后每年都织一件毛衣给他寄去。

大学毕业后，杜富国口述，妻子王静代笔，给贵州大学写了一封感谢信，信中写道：

> 随着课程的增加，我不仅增长了见识，还丰富了阅历。每当老师们授完课离开时，我都依依不舍，期待着老师下一次的到来。老

师们使我感受到学习的快乐、生活的温暖。我想说，学习就是为了让自己感受生活、热爱生活、融入生活……

中国工程院院士、贵州大学当时的校长宋宝安和贵州大学当时的党委书记李建军，给杜富国回了一封信，信中写道：

山河无恙，我辈自强……三年来，你在学习上、生活中勇于挑战自我，自强不息，奋斗不止，以军人的顽强毅力、积极乐观的态度和永不言弃的精神，勇敢追逐梦想，在青春的赛道上奋力跑出加速度。你是我们全体师生心目中真正的英雄、真正的榜样！贵州大学以你为傲！

三、不平凡的每一天

早晨六点二十分，闹钟准时响起。杜富国知道，新的一天开始了。他摸索着床头的平板电脑，用右臂熟练地关闭闹钟。

天亮与否，他不能直观感受，于是开口询问："王静，今天天气咋样？有没有出太阳呀？"说着坐起身来，摸索着穿上拖鞋。

"今天天气挺好的，出太阳了。"王静一边拉开窗帘，一边回头说道。

眼前的漆黑，使杜富国更加渴望感知身边的事物，哪怕只能想象，他也觉得宽慰。

"那等下我们吃完饭，出去晒下太阳，补下钙。"杜富国边说边整理床铺。他用胳膊和嘴巴，努力地把军用薄毯拉平，然后对折，再对折，叠成一个正方形放在床头，再绕着床，把床单上的褶皱抹平。

收拾好床铺，杜富国摸索着拿起床头柜上的电动剃须刀，残臂交叉协力按下开关。剃须刀的开关上，王静缠了厚厚一层医用胶带，杜富国稍稍用力便能打开。

刮完胡须，他张开双臂"自我导盲"，摸索着向卫生间的方向走去，胳膊摸到门把手，身体略微半蹲，两臂协力向下按，门开了。开门曾是他面临的最大难题，如今已很熟练了。

开门后抬腿慢下，门口有个小坎，走到洗手台前，右臂摸索着找到水龙头，向上抬起，水随之流出。

然后，双臂协同，向左前方摸索到玻璃杯，用力夹起放置在水龙头下。而后伏下身子，用双臂捧起半露在洗手台外的牙膏。

杜富国把牙膏送至嘴边，再吸入嘴中，双臂用力夹起牙刷，利用手臂的力量来回晃动。牙刷柄是圆柱形的，杜富国的手臂很难将牙刷稳稳夹住，于是王静就在牙刷柄上缠了一层橡胶圈，一来为了防滑，二来能保护富国残肢末端脆弱的皮肤。

刷完牙，杜富国将牙刷放回原位，还特意往里推了推，调整好角度，放置整齐。

杜富国的房间里，拖鞋、毛巾、牙刷、平板电脑都放在固定位置，连朝向都是固定的，这既是杜富国内化在心、外化在行的军人素养，也是他伤残后方便拿取物品的生活诀窍。

胳膊捧不住水，就得学会夹住毛巾洗脸，沾湿的毛巾杜富国没法拧干，只能将毛巾搭在一侧的胳膊上，用另一只胳膊拍打挤压，再弯下腰，手和头相互配合着洗脸。

在黑暗的世界里，他经历的每一天、每一刻都不普通。早上七时三十分，杜富国准时吃早饭。

中国人民解放军南部战区陆军成立之初，就与中共广西区委党校建立了学习宣传习近平新时代中国特色社会主义思想联学联建战略协作，党校的师生把杜富国当亲人，杜富国每年都会在这里住上一两个月。

第十章　追梦的脚步不停歇

最近，南部战区陆军正在筹备策划"穿越时空的对话"交流分享课，邀请的新老英雄模范代表有："硬骨头六连"第二十七任指导员齐有为、"滚雷英雄"安忠文以及杜富国、"硬骨头六连"第四十四任连长赵松、"时代楷模"王锐、"倾心学习践行传播党的创新理论的青年团队"代表白莎。大家相聚一堂，共话英雄精神。

"我要一杯豆浆、一碗稀饭、一个茶叶蛋，谢谢。"点餐窗口前，杜富国笑着说道。食堂里的师傅都认识这位英雄，对他十分热情。

从寝室到食堂需要走大约八百米长的路，还要上两层楼，每层的台阶有多少步，杜富国早已记在心里。每到一个新的地方，杜富国都会在家人或战友的带领下，熟悉房间的每个角落，然后在脑海中勾勒出房间的空间结构，走多少步到哪个位置，哪个东西在什么地方，杜富国会在脑海中"建模"。

坐到餐桌前，王静打开了自己随身携带的包。包里装着假肢、棉签、生理盐水等杜富国日常要用的东西。

王静从包里取出杜富国的假肢和定制的护肘。假肢的前端配有抓手，在抓手里拧上勺子，这便是他的进餐工具了。勺子不好取菜，杜富国每次吃饭，最先舀起的总是主食。

爆炸导致杜富国的耳膜穿孔，吃东西的时候，他听不到外界的声音，耳边只有咀嚼声。所以他总是嚼得很快，吃一会儿就停下来，竖起耳朵，听听大家在说什么，还不时地问一句："你们吃饱了吗？"好调整自己吃饭的速度。

假肢有七斤多重，每隔一段时间，他都得将发酸的手肘放下来歇一歇。时间久了，手肘还被磨出一层老茧。

"碗里没什么了。"听到妻子的提醒，他才停下手中的动作。

"解决战斗！"杜富国一边说，一边将右臂放在桌上，再用左臂将假肢脱下。自己能完成的事，他绝不会让别人帮忙。

早餐结束，大家直奔党校礼堂。

"硬骨头六连"的齐有为，健步登上舞台。安忠文和杜富国在各自妻子的搀扶下，就座了。其他年轻代表依次入场，彩排开始了。

"我是华夏的后代、炎黄的子孙，'硬骨头六连'的一兵，我们肩负着人民的重托，我们十六个人要像十六把尖刀直插敌阵……"这是一次前线作战中突击队队长林祖武的原声录音，所有人瞬间被拉回到那场壮烈的战斗。

齐有为是这场战斗的见证者，他拿出了战前自己和"十六勇士"的合影，深情地讲述了勇士们在战场上的勇猛顽强。他说：

"那次战斗中，突击队以五人牺牲、十一人负伤的代价，用血肉之躯打开了胜利的通道。林祖武在身负重伤的情况下坚持战斗，拉响手榴弹，与敌人同归于尽……"

这种触动心弦的沉浸式课堂，是南部战区陆军创新思想政治教育的一种探索尝试。后来，这堂课被搬到了全军思想政治教育创新集训现场，打动了参会的上百名将军，三十二分钟的课程，赢得了十一次掌声。

中午的阳光穿透绿荫，洒下一路斑驳的光影。

排练结束，在回来的路上杜富国对"狙击枪王"白莎说："和前辈相比，我哪是什么英雄？和你们相比，未来战场上，我还能做什么……"他的心还在课堂上，他被大家的事迹深深打动了。

接连两天的排练，大家都有点累。机关便安排了下午调休。但当两点四十五分的闹钟响起时，杜富国还是准时起了床。他通过语音提示，操控着平板电脑，准备跟老战友打个语音电话。

平板电脑的外壳很光滑，刚开始他总是拿不住，摔到地上屏幕都开裂了。

"那段时间，富国经常一个人抱着平板电脑反复尝试。有时候点开一个软件出不来了，也不叫我，我主动去帮忙，还被他嫌弃。后来，富国只要操作有误,就用下巴或者嘴巴关机重启。我觉得这样的操作太烦琐,但这就是富国的原则。"战友刘新未说道。

平板是他打开世界的又一扇窗,但是开窗的人还得是他自己。从第一次接触平板电脑到成功打出第一个微信电话,杜富国用了整整一个月的时间。他还尝试用嘴巴咬着充电器给平板电脑充电,但是插座孔太小,很难对准,发力也很困难。不过,每次充完电,他坚持自己咬着充电器,拔掉它。

屏幕已经换了七八块,但平板电脑始终没换过,它的保护壳是淡绿色的,上面画着一只小恐龙,保护壳的最下方还写着一句英文"Love you forever",那是王静给杜富国定做的,保护壳的四个角都特意加厚了。

"富国,有人来看你啦。"

"富国,听得出我是谁吗?"许久未见的老班长许猛听说富国住在党校,特地来探望。许猛是杜富国在扫雷队的第一任班长,曾和他在雷场并肩战斗了两年多。

"班长的声音咋可能忘记嘛。"杜富国听到许班长的声音,一下子笑开了花。失明后,杜富国学会了通过声音辨认身边的人。

"听说你今天穿的是西装。"杜富国调侃地说道。

"那可不是,帅气得很。"许猛拍了拍富国的肩头,扶着他坐下。

"我们两个起码有几年没见面了。"

"就上次在西南医院见过一次,后面忙,就没过来了,说起来我还挺对不起嘞。"说这话的时候,许猛低下了头。

"其实我们都晓得你在外面不容易,只是不跟我们说。"一旁的刘新未说道。

"哎,没什么不容易的,自己选的路嘛,不想让你们为我操心。再说了,再苦再难,也没我们以前在扫雷队难,那可是拿命在拼呢!"

2018年,许猛退伍了。以许猛的条件,可以选择转业进企事业单位,

你退后,让我来
"排雷英雄战士"杜富国奋斗实录

平平稳稳地过生活,但许猛不甘于平淡,选择自己做生意。由于经验不足,他创业失败了。最艰难的时候,他兜里只剩下几百块钱。

每当快要坚持不住的时候,许猛就会拿起手机,看看昔日战友的照片,翻一翻在扫雷队的日记,再想想没有了双手和双眼的富国,就鼓起了直面苦难和挫折的勇气。

在建筑工地上,许猛从最苦最累的活干起。盛夏的南宁,太阳像火炉一般炙烤着大地。就算站着不动,人也热得像蒸笼里的包子。许猛每天需要在太阳直晒的工地上,工作十余个小时,将八米长、六十多斤重的钢管码成山。他的皮肤被晒得黢黑,豆大的汗珠顺着安全帽不停滴落。后来因为肯吃苦,干活实在,得到老板的认可,先是让他带班,后来直接把活包给他干,他的生活渐渐有了起色。

如今的他已经在南宁买了房,买了车,日子一天比一天好。杜富国一直是许猛心底的牵挂,他的微信收藏夹里关于杜富国的各类新闻报道有近百条,尽管没有在一起,但他一直默默地关注着杜富国。

"富国,我这次把我们在扫雷队的日记带来了。"许猛给富国带来了一个本子,上面详细记录着那些年在扫雷场上的点点滴滴。

他打开日记,轻声读了起来:

"这块耗时最长、投入炸药最多的雷场终于清扫完毕了。"

"今天大家都很疲惫,工作量之大让每个人都耗尽了力气。"

……

许猛的日记把杜富国带回了雷场,带回了与战友并肩战斗的日日夜夜。

"富国,你还记得之前咱们设计的班旗吗?"

"记得啊,咱们班有八个人,画了八个环环相扣的圆,外面又套上班集体这个大圆,当时我们还想了很好的寓意嘛。"

"对啊,环环相扣意味着团团圆圆,同生共死。"

……

第十章 追梦的脚步不停歇

时间过得真快,一转眼到了下午五点,平板电脑的闹铃准时响起。

"走啊,搞体能去,跑跑步,出出汗,让班长看看,我现在的体能有没有以前好。"杜富国嘴唇上挑,笑着说。

体能训练是杜富国的必修课,练好身体、回归战位是杜富国每天坚持锻炼的动力。

"四眼儿,放首《追梦赤子心》吧!"跑步机上,杜富国腰部以下被气囊包裹着,他奋力挥动着双臂,双脚坚实地踏出每一步,不一会儿,就汗流浃背了。

体能训练结束,几个人一齐走回去,路过家属区,传来一阵孩子的欢笑声。杜富国停下脚步,哼起了歌:"爱你孤身走暗巷……"

有几个小孩立马接道:"爱你不跪的模样……"

对上了"暗号",一听是"自己人",孩子们立刻朝杜富国围了过来。

"叔叔,你们是干啥的?"

"叫哥哥!"杜富国假装严厉,跟孩子们开起了玩笑。

孩子们做了个鬼脸,一哄而散,往跷跷板的地方跑去了。

"富国,他们在玩跷跷板,我们去不去?"

"走,我们也去玩一玩。"

坐在跷跷板上的两个大人成了孩子们眼中的焦点。

有几个细心的孩子注意到杜富国的衣袖空空。他们远远地看着,想靠近又不敢过来。刘新未冲他们招手,他们反倒跑远了。

又过了一会儿,几个胆大的小孩蹑手蹑脚地走了过来。一个虎头虎脑的小胖子问道:"叔叔,啊……不对,哥哥,你的手怎么了?"

"哥哥的手被怪兽吃掉了!"杜富国甩了甩袖子,晃着脑袋回答。

"是真的吗?"

"是被奥特曼里面的怪兽吃掉了!"

一听到奥特曼,周围的孩子又围了上来,叽叽喳喳地围着杜富国问这问那。杜富国不厌其烦地回答着,还时不时举起自己的手,配上各种表情逗孩子们玩。

"哥哥，我能摸摸你的手臂吗？"一个小女孩好奇地问。

"这不行！"刘新未立马阻止，生怕孩子们伤到杜富国。

"没事，让他们摸摸！"杜富国笑着将胳膊伸了过去。

孩子们惊奇地抚摸着杜富国的断臂。

"软软的。"

"有点像肚子上的肉……"

他们像发现了新大陆，七嘴八舌地讨论着，像一群快乐的鸟儿。

"我人缘不错嘛！"孩子们散去后，杜富国跟刘新未和许班长打趣道。

"哈哈，你怎么还跟小孩一样。"许猛笑着说。

杜富国也笑了，在孩子们的世界里，自己只是一个有点不一样的大人而已。

夜深了，杜富国坐在床头，摇晃着双腿，没有人知道他在想什么，也许他的脑海中，正浮现着许多美好的画面。老山的美、边民的乐、战友的情、妻子的笑……明天醒来，杜富国依然得面对黑暗，但他的心底早已升起最美的太阳。

尾声

英雄归队

从重庆西南医院到滇西军营的路并不遥远，但杜富国却走了整整四年。四年，历经万般磨难，终于凤凰涅槃，那个充满活力的年轻战士又回来了！

2022年9月25日，是杜富国归队的日子，他等这一天等了太久，扫雷队的战友们也等了太久。

对杜富国来说，生龙活虎的军营生活才是最真实的，杀声震天的训练场才是军人的舞台，他想念军营的号声、食堂的味道、宿舍的兄弟、拉歌的热闹……在他看来，只有在火热的军营，兵才当得有味道。

扫雷排爆大队的教导员黄建军带车来接杜富国。快到营区了，杜富国不断地问：

"教导员，我的军容严整吗？"

"帽子戴得正不正？"

"勋章有没有佩戴正确？"

……

"都挺好，富国，你今天又帅又精神！"黄建军认真地帮富国正了正军帽。

汽车越驶越近，熟悉的气息扑面而来，记忆里的点点滴滴也纷纷涌现。重返军营是杜富国受伤后最大的梦想，这份期待已积压太久，心底厚厚的思念化作紧张、激动和不安，千头万绪汇集到一起，竟有些近乡情怯的意味。

"富国回来啦！"队伍前有人喊。

一阵噼里啪啦的鞭炮声响起，等候已久的锣鼓队卖力地敲响欢快的节奏，营院里像炸开了锅，比过年还热闹。

"欢迎英雄归队！""欢迎富国班长回家！""向排雷英雄致敬！"车辆缓缓驶近，战友们热烈地喊了起来。

一路上，掌声、欢呼声、锣鼓声，此起彼伏，一浪高过一浪。

"战友们，我回来啦！"杜富国一边挥着手臂，一边兴奋地回应。

"战友们，我回来啦！"他激动得想要站起来，声音也由最初的洪亮，变得哽咽、沙哑。

金秋的营区分外美丽，道路两旁彩旗林立，桂花树上挂满了金黄细小的花朵，战友们夹道而立，眼里明明噙满了泪水，脸上却是一派喜悦之情。

杜富国受伤仿佛就在昨天。生死未卜的抢救，病房外大家焦灼的等待，历经万难的康复之路。当杜富国熟悉的声音再次在营区回荡时，就像洪流奔涌翻腾在狭长深谷中，狠狠地冲击着每个人的心，战士们又回到了那些个并肩作战的夏天。

车辆缓缓驶停。阳光下，机关楼上的强军目标标语分外庄严和夺目，官兵们在机关楼前整齐列队，《敬礼·英雄》的悦耳旋律在营区回荡。

杜富国军容严整，胸前的"八一勋章"熠熠生辉，他齐步走向队前，向政委大声报告：

"政委同志，我自2018年10月在云南坝子雷场受伤，现在结束医院治疗，报到归队，请指示！扫雷排爆大队战士杜富国。"

政委响亮地答道："欢迎归队！"

杜富国抬起残缺的右臂，向离别多年的部队，向可敬可亲可爱的领导和战友们，汇报一名士兵的深情。

无手的军礼，是杜富国最赤诚的敬意。巍峨青龙山下，粼粼星云湖畔，全场掌声雷动，官兵齐唱《让我来》："当兵就要勇担待，铁血青春就这么豪迈……"

尾声　英雄归队

夜色渐深，伴着悠扬的熄灯号，夜幕下的军营像一个摇篮，在星空的映照下，笼罩着朦胧的面纱，宛若慈祥的母亲，离家多年的杜富国此时依偎在母亲怀里，睡得无比香甜。

这天晚上，杜富国做了一个很特别的梦：朦胧之中他好像看见了稚气未脱的自己，行走在队列中，身上崭新的军装棱角分明，胸前的红花格外鲜艳，斜挂着的绶带上写着金灿灿的"一人参军，全家光荣"。在送行的人群中，他看到两个熟悉的面孔默默地望着自己。那是爸爸妈妈！

"到了部队，要好好干，要听领导的话，练好身体，当个好兵……"父亲抱着自己，母亲脸上满是泪痕。

"爸妈，你们放心，我一定好好干！等我的好消息。"杜富国含泪答应，背着背包，一步三回头地走远了。

杜富国从梦中惊醒，入伍时的豪情壮志挥散不去——"重新归队，便要重拾使命，虽然无法拿起钢枪，无法继续扫雷，但可以从零开始，学习新技能，在新的战场上重新出发。"

第二天清晨，起床号还没响，负责陪护照顾杜富国的简云就被一阵摸索声吵醒了。

"怎么起这么早？"简云揉着眼睛嘟囔道。

"简云，我走路慢，得起早点，不然来不及参加早操集合了，不能让大家等我。"杜富国说。

杜富国归队后，领导考虑到他身体情况特殊，安排他住在官兵家属来队的周转房里。这里离连队有一段距离，走路过去得好一会儿。

"富国，单位特地给你定制了一套作息时间表，不需要早起出操。你就不要跟自己较劲嘛，现在把身体养好才是头等大事。"一路上简云都在给杜富国"做思想工作"。

"你知道'八一勋章'有多重吗？"话锋一转，杜富国突然问道。

"不知道，大概二百克吧？"简云瞎蒙了一个答案。

你退后，让我来
"排雷英雄战士"杜富国奋斗实录

"'八一勋章'称起来只有二百多克，却承载着全军官兵的期望，更承载着习主席的期待，沉甸甸的。"杜富国娓娓道来，"回到部队，我就是一名普通战士，就应该和大家一起参加连队的工作。我的一言一行都要对得起这份荣誉啊。"

这时起床号响起，杜富国和简云也已经到了连队。

营院内响起了熟悉的脚步声、号子声、口令声……处处都是昂扬向上的景象，秋天的寒意被如火如荼的气氛一扫而空。

"简云你听，咱们也跑起来！"说完，杜富国和简云也跟上了队伍。

火热的军营给了杜富国热情的拥抱。一路上，从身边经过的战友不断为杜富国加油鼓劲，他笑容灿烂，额头上细密的汗珠像是一颗颗珍珠，在晨曦下闪动。

在杜富国的要求下，他跟随着战友们，遵守一日生活制度，随队参加体能训练、政治教育等集体活动，还在军队职业教育平台上报名研修播音主持、心理学、大数据等课程。

看到杜富国每天的时间安排得满满当当，简云打趣说："高考生都没你这么紧张吧？"

"有压力才有动力。我离开部队太久了，一切都要从头适应，可不能掉队啊。"

杜富国每天像个陀螺似的转个不停，战友们既心疼又开心——"小马达"又回来了！

此外，杜富国还担任了旅史馆的"金牌解说员"，给刚到部队的三十多名新战友，讲述扫雷兵"明知山有雷，偏向雷山行"的故事。

他说："扫雷队刚开进边境，看到乡亲们有的拖着假肢，有的挂着拐杖，来到村口欢迎我们……第一次成功排除地雷时，我感到很自豪，很有成就感，也许我排除了这颗地雷，就挽救了某个老乡的一条腿。"

训练场上，杜富国给即将奔赴雷场的战友分享自己的扫雷经验。他说："你们听到探雷器发出连续的嘀嘀声，说明地下有不明金属物，再用十字交叉法准确定位……"

每周一次的《英雄富国说英雄》广播节目，深受战士们喜爱，不少人录了下来，给亲人、朋友听。心理服务课上，杜富国讲述自己克服"心魔"的经历，以此来鼓励大家勇于迎难而上，不可轻言放弃。

归队后的杜富国，像钉子一样铆在战位上，像海绵一样吸收知识。人们仿佛看到一个浴火重生的战士，身披铠甲，拿起武器，在号角的催征下创造新的战绩。

还有一个地方使杜富国魂牵梦绕，那就是坝子雷场——四年前他负伤的地方。

"杜富国要来了！""富国要回猛硐了！""富国要来看我们啦！"

很快，杜富国要回第二故乡"探亲"的消息，传遍了整个猛硐瑶族乡。瑶家姑娘穿着节日的盛装，盘好头发，戴上了用五彩丝线绣成花边的帽子，银饰在阳光下闪着光，在风中撞击着发出悦耳的丁零声，像是在诉说着她们的欣喜与激动。

远处的青山在绵软的云朵下若隐若现，迷彩色的军车在崎岖不平的山路上起起伏伏。车子刚刚停稳，人群中就爆发出一阵欢呼。

"富国，你回来了！我们都想你！"

"我们一直牵挂着你，看到你好好的，还当了爸爸，我们就放心了！"

"欢迎恩人回家……"

乡亲们围着他，七嘴八舌地说着。几位老人忍不住悄悄抹起了眼泪，他们说："富国是为了我们才负的伤！"

"富国！你身体还好吧？"杜富国一到坝子雷场，盘金良就挤过人群，和他紧紧地抱在一起。

"金良大叔！我身体好得很，你最近身体还好吧？日子过得怎么样？"

"都好，都好！"盘金良轻轻擦去泪水。

"富国，你不知道，金良叔是越活越年轻了！"旁边的刘新未打趣道。

你退后，让我来
"排雷英雄战士"杜富国奋斗实录

在杜富国的记忆里，盘金良总是穿着一件迷彩上衣，乱糟糟的头发蓬松着，极少打理的胡须也显得有些凌乱，再加上失去了双腿，才五十来岁的盘金良看上去特别沧桑。

希望，能让一个人发生天翻地覆的变化。不再受地雷的困扰，生活慢慢变好了，如今的盘金良像变了一个人，红光满面，穿着一身干净整洁的衣裳，身材也圆润了不少。听着战友对盘金良的描述，杜富国心里宽慰不少。

"富国，你们扫干净的那片地，种下的水果现在都能吃啦！你尝尝，甜不甜？"

"这些是雷场里种出来的'雷场果'，甜得很！"

芭蕉、火龙果、荔枝……乡亲们争着把水果递到杜富国面前，他们不知道要怎么表达对杜富国的感激，只能把那些无法用言语表达的情感，寄托在这些亲手培育的水果里。

耳边是乡亲们关切的问候，口腔里弥漫着水果的香甜，杜富国被乡亲们的热情紧紧包围，他觉得格外温暖。

"富国，你前面有一座雕塑，是雷场百姓为你和扫雷大队官兵立的功勋碑，上面刻着'你退后，让我来'。"乡亲们说。

顺着乡亲们手指的方向望去，在杜富国当年负伤的地方，立着一座巨型雕塑。这座雕塑，碑前有289级台阶，代表着从20世纪90年代至今扫雷部队扫除了289平方公里的雷区；碑身上刻着"你退后，让我来"六个大字，是富国在生死关头那句坚定命令；雕塑的最顶端，一面"八一"军旗高高飘扬，寓示着扫雷兵为人民扫雷、为军旗增辉的赤胆忠诚。

这座碑像一盏明灯、像一座灯塔、像一把火炬，永世记载着杜富国的英雄壮举，守护着边境人民的幸福安宁！

如今的坝子雷场，不再是吞噬生命的死亡地带，而是百姓的致富乐园。从天空向下俯瞰，你会发现，昔日的地雷区宛若一张点缀着彩色花纹的绿色地毯，金色的阳光如轻纱般笼罩在大地上。

尾声　英雄归队

微风吹过，新种下的茶苗随风摇曳，交头接耳地诉说着新生的喜悦；枝绿叶青的芭蕉簇拥着在风里舞蹈，投下一片片流动的阴凉。

夏日里，昔日雷场上的老山兰悄然绽放，默默地在林中散发着清香。

2022年12月31日，习近平主席发表2023年新年贺词："大家好！2023年即将到来，我在北京向大家致以美好的新年祝福……"听着这温暖熟悉、厚重有力的声音，杜富国下意识地站了起来。

"今天的中国，是梦想接连实现的中国……这一切，凝结着无数人的辛勤付出和汗水。点点星火，汇聚成炬，这就是中国力量！"

杜富国一字一句认真地聆听和思考。

"明天的中国，奋斗创造奇迹。"

——对，我要在新的战位继续奋斗，继续努力，哪怕能做的并不多，也要有愚公移山的志气、滴水穿石的毅力，在拼搏中创造更多奇迹！

"明天的中国，力量源于团结。"

——对，我回到了部队，要和战友们紧紧团结在一起，时刻战斗在一起，这样才能凝聚起更强大的力量，朝着更高更远的目标奋斗不息！

"明天的中国，希望寄予青年。"

——对，我很年轻，战友们也很年轻，我们共同被赋予了这个时代的重任，我要继续以奋斗的姿态激扬青春，激励身边的每一个人！

杜富国感到有一股力量在拍打他，推动他。

是的，一直以来，杜富国始终与命运抗争，与伤痛博斗，与时间赛跑，与困难叫板……现实的残酷是打击，也是磨砺。

杜富国坚信，只要心中有光、有爱、有感恩，便不惧黑暗和孤独，他不会是这个时代的"孤勇者"。一定有很多和他一样的青年，在勇敢地背负着这个时代赋予的重任，脚踏实地、负重前行；一定有很多和他一起的战友，在坚毅地担当新时代革命军人的崇高使命，不惧生死、向战而行；一定有越来越多像他一样的人，在不同的战线上舍生忘死、挺身

你退后，让我来
"排雷英雄战士"杜富国奋斗实录

而出。

在战友的帮助下，杜富国慢慢走到书桌前，用胳膊夹起了笔。往事一帧帧地在他脑海里重现，太多的感慨一时间不知从何下笔。

"当——"

新年的钟声响起，一下又一下敲在杜富国的心上。"行而不辍，未来可期，励志青春，扬帆起航。"落笔虽然颤抖，但此时杜富国脸上满是自信与豪迈，他落下的一笔一画皆是愿景。

踏过千重浪的杜富国，仍赤诚而热烈地爱着我们共同生活的世界。愿他，愿我们，经历过白云苍狗，四季枯荣，依然能赤着脚，昂着头，奔跑在这世间的烈风中。

附录

让世界看见我们

"富国你最近好吗？我们刚执行完任务，这地中海的海风吹起来可舒服了。"

作为中国第二十一批赴黎巴嫩维和部队的一员，高彬滨在维和战场上已经奋战四个多月了。和大家一样，高彬滨习惯用手机拍照将美景和新奇的事物一一定格："我要把这里的风景、这里的故事都带回去，讲给富国听，也带富国看看世界的样子。"

看似风平浪静的地中海，实则暗流汹涌、危机四伏。执行任务的雷场，就在距黎巴嫩与以色列边境"蓝线"不足二十米的地方，这里曾经爆发过多次战争和武装冲突，被称作"中东的火药桶"，如今气氛依然紧张。

中东地区气候湿热，夏季白天最高温度可达40多摄氏度，这里的雷场乱石遍布、植被茂密，扫雷官兵只能穿着厚重的防爆服在烈日的炙烤下小心翼翼地前进，未知的危险如同一把悬在扫雷兵头顶的尖刀。

刚销毁一枚地雷的田俊，一脸得意地跟杜富国语音连线："富国，你听到了吗？刚才我们又销毁了一枚地雷，这声音没毛病吧？"

"要注意安全！"电话里的杜富国，依然反复叮嘱着，不难猜到电话那头他的表情有多严肃。

一旁的张翔飞兴奋不已："嘿嘿，班长，咱每销毁一枚地雷，每清排一平方米的土地，黎巴嫩的民众就可以多种一块地、多盖一所房子。咱们中国扫雷兵的名声在世界上也得响当当啊！"

杜富国笑着数落已经取得上士军衔的田俊："是的是的，你那股小孩子气能不能改改啊？要注意中国军人的形象！"

田俊眉飞色舞地跟杜富国聊着天："是是是，大班长，等我回去给你带几块黎巴嫩的巧克力，给嫂子带几瓶外国香水……"

2019年以来，扫雷大队已经有数十名扫雷兵陆续走出国门、走向世界，在世界舞台上展示中国扫雷兵的风采。

"没什么困难能让我们退缩，中国军人在国内是这样，在国外也是这样！"

说话的这位个子不高、皮肤黝黑的中国维和军官叫卿圣和，他是杜富国的中队长，也是赴黎维和官兵中的一员。此时，他正用流利的英语，与联合国驻黎巴嫩临时部队（联黎部队）司令部的官员沟通着。

在黎以边境上，有一片被称为死亡禁区的未爆弹存放区，散落着数千枚爆炸物，连续多年无人敢涉足。联黎部队司令部原计划将销毁任务安排给外军任务分队，但因为过于危险，联黎的外军纷纷打起了退堂鼓。卿圣和得知这一情况后，主动向指挥长请缨，毅然决定带领排爆组人员啃下这块"硬骨头"。

听到卿圣和的话，联黎部队司令部的联络官露出了不可思议的表情，最终他们同意由中国赴黎巴嫩维和多功能工兵分队执行此次任务。

卿圣和在动员会上激情澎湃："我们要让全世界人民知道，中国军人最擅长的，就是完成看似不可能完成的任务。别人不能的，我们中国军人能！"

经过三天三夜的连续奋战，中国维和军人以令人难以想象的勇气和过硬的本领，成功销毁爆炸物九百九十七枚。

这次任务的完成再次刷新了中国扫雷排爆作业的新高度，同时也被联黎部队司令部认为是"国际扫雷排爆作业的奇迹和典范"，当地民众更是把中国维和军人亲切地称为"最可敬的东方朋友"。

视频里，卿圣和正一脸兴奋地向富国讲述自己小队的"战果"，分享着中国维和军人的骄傲与自豪："富国，在黎巴嫩维和任务区，咱们中国维和军人所到之处都是掌声，不同肤色的人们对咱们高高竖起大拇指，还能听到不同的口音喊出：'China, Good！'"

"太好啦！我在家里等着你们凯旋……"视频那头的杜富国也笑得非常开心。

杜富国与他的战友们，似乎在这种带有某种特殊"能量"的互动中，慢慢织成了一张巨大的"网"，顺着这张"网"，"能量"源源不断地相互传递、相互补给。

我已经不仅是"我"，是千千万万有着共同使命担当的"我们"。那些挫折雕琢我，锤炼我，塑造我，最终融入我，而成为我，成为散落在世界各地的渺小而闪闪发光的我。

如今的杜富国正重新焕发着新的光芒，他既是夕阳，也是旭日。当苦难痛苦包围着他，仿佛将要熄灭着走下山，去收尽苍凉残照的时候，其实正是他从山的另一面燃烧着爬上天空，向世界播撒烈烈朝晖之时。

致谢

事非经过不知难，成如容易却艰辛。复旦大学毕业的书稿责任编辑柳老师给我打来电话，说还有一章，她就完成第一道编辑程序了。听到她这句话，看到她发来的改得密密麻麻的书稿，我心里的一块石头总算落了地。

翻看日历，这一天是2023年11月23日，是西方的感恩节。我们是中国人，是血液里流淌着龙的基因的华夏子孙，但这一点也不影响我们心存感恩。

回头望，这本书从最初立意，到今天编辑老师从头到尾完成修改，已两年有余，其间大修大改至少有五次，小修小改不知多少次了。而且，中间经历了不少人和事。

首先要感谢的，是心中有光又有实才的新闻骨干，他们中有即将离开部队、曾经的宣传科科长李祖龙，有胸怀理想、青春有朝气的二等功臣关磊，有兢兢业业、埋头苦干的黄海，有肩扛士官衔又才华横溢的任玉婷，有刚刚入伍却善于走进人心的大学生士兵王芸睿，还有家庭条件优越、充满社会责任感的赵超，以及对杜富国充满感情、现已调到院校的刘浩，等等，他们有的帮忙整理了素材，有的对文稿的完善提出了宝贵意见。还有，颇有文学潜质的陈天渝，对部分章节的后期修改提供了翔实而有益的建议。

杜富国是幸运的，这本书是幸运的。初稿出来后，德高望重的齐有为老首长和他的夫人石继军大姐，原原本本读完了当时还甚为粗糙的书稿，说了很多鼓励的话，并为这本书的出版奔走呼号。老首长那句话至今使我感怀："杜富国是英雄，为英雄做点事，是我的责任！"这是怎样的情怀啊，老首长已转业离开部队多年，而今已是花甲之年！

  人间正道是沧桑。在本书的创作过程中，也曾沮丧，也曾迷茫，低落之时，是军事科学院的潘宏老师，为我重新点燃了希望；是浙江文艺出版社的虞文军社长，说"这本书很有价值，我们是一定要出的"，我因此坚定了信心；是文山州文联的边富斌主席，作为老山边境作家，对杜富国有真情实感，对书稿提出许多珍贵的意见，让我看到出版此书的价值所在。另外，在中国人民解放军国防大学军事文化学院学习期间，有幸得到了董斌少将的大力支持，徐嘉馨等青年才俊作为第一读者，对书稿又提供了许多可贵意见。

  这本书能够问世，要感谢的人很多，可以说，这本书是大家共同的心血之作，参与的每一个人都对杜富国怀有深深的敬意和感动！

  感谢对本书给予关心支持的每一个人，感谢杜富国给了我们审视当下、学习英雄、传播正能量的机会。

张首伟 欧阳治民